OSSOS

KATHY REICHS

OSSOS

Tradução de
Alexandre Raposo

EDITORA RECORD
RIO DE JANEIRO • SÃO PAULO

2012

CIP-BRASIL. CATALOGAÇÃO NA FONTE
SINDICATO NACIONAL DOS EDITORES DE LIVROS, RJ

Reichs, Kathleen J.
R282b   Ossos / Kathy Reichs; tradução de Alexandre Raposo. — Rio de Janeiro: Record, 2012.

Tradução de: Bare bones
ISBN 978-85-01-09186-4

1. Ficção americana. I. Raposo, Alexandre. I. Título.

11-6041   CDD: 813
                                  CDU: 821.111(73)-3

TÍTULO ORIGINAL EM INGLÊS:
Bare Bones

Tradução para o português © 2012 Editora Record

Copyright © 2003 by Temperance Brennan, L.P.

Publicado mediante acordo com a editora Scribner,
uma divisão de Simon & Schuster, Inc.

Texto revisado segundo o novo Acordo Ortográfico da Língua Portuguesa.

Todos os direitos reservados. Proibida a reprodução, no todo ou em parte, através de quaisquer meios. Os direitos morais da autora foram assegurados.

Editoração eletrônica: Mari Taboada

Direitos exclusivos de publicação em língua portuguesa somente para o Brasil adquiridos pela
EDITORA RECORD LTDA.
Rua Argentina, 171 - Rio de Janeiro, RJ - 20921-380 - Tel.: 2585-2000, que se reserva a propriedade literária desta tradução.

Impresso no Brasil

ISBN 978-85-01-09186-4

Seja um leitor preferencial Record.
Cadastre-se e receba informações sobre nossos lançamentos e nossas promoções.

Atendimento e venda direta ao leitor:
mdireto@record.com.br ou (21) 2585-2002.

Dedicado a todos aqueles que lutam para proteger
nossos preciosos animais selvagens, especialmente:

O United States Fish and Wildlife Service

A WWF

A Animals Asia Foundation

AGRADECIMENTOS

DESEJO EXPRESSAR MINHA GRATIDÃO ao capitão John Gallagher (aposentado); ao detetive John Appel (aposentado), do departamento do xerife do condado de Guilford, Carolina do Norte; ao detetive Chris Dozier, do Departamento de Polícia de Charlotte-Mecklenburg; e, especialmente, a Ira J. Rimson, P.E., por ajudar com o cenário Cessna/drogas.

Muitos daqueles que trabalham para proteger os animais selvagens ameaçados dedicaram generosamente tempo e experiência. Agradecimentos especiais a Bonnie C. Yates, perito forense, líder da equipe de morfologia de mamíferos, e Ken Goddard, diretor do Clark R. Bavin National Fish and Wildlife Forensics Laboratory; a Lori Brown, assistente de investigação, e Tom Bennett, agente residente encarregado do United States Fish and Wildlife Service; aos agentes Howard Phelps e Carolyn Simmons, e para o pessoal do Pocosin Lakes National Wildlife Refuge. Vocês estão na linha de frente, lutando para salvar o que não podemos nos dar ao luxo de perder. Seus esforços são admiráveis.

David M. Bird, Ph.D., Universidade de McGill, forneceu informação sobre espécies de pássaros ameaçadas. Randy Pearce, DDS, e James W. Williams, J.D., compartilharam seu conhecimento sobre os melungos do Tennessee. Eric Buel, Ph.D., diretor do Vermont Forensics Laboratory, me orientou sobre amelogenina. Os médicos

Michael Baden e Claude Pothel me esclareceram detalhes sobre diátomos e morte por afogamento.

O capitão Barry Faile, do departamento do xerife do condado de Lancaster, e Michael Morris, legista do condado de Lancaster, foram pacientes com minhas perguntas. O Dr. Michael Sullivan me deu as boas-vindas nas instalações do departamento médico legal do condado de Mecklenburg. Terry Pitts, D.Min., NCFD, ofereceu sugestões sobre porões de casas funerárias. Judy H. Morgan, GRI, me garantiu precisão sobre os imóveis e a geografia de Charlotte.

Agradeço o apoio contínuo do chanceler James Woodward, da Universidade da Carolina do Norte, Charlotte. *Merci* ao Dr. André Lauzon, chefe de serviço, e a todos os colegas no Laboratoire de Sciences Judiciaires et de Médecine Légale.

Mil agradecimentos a Jim Junot, por ter respondido a um milhão de perguntas.

Obrigada a Paul Reichs por comentar o manuscrito, e para toda a turma da praia por sugestões sobre o título e outras minúcias.

Minha editora incrivelmente brilhante e paciente, Susanne, Kirk, que pegou um trabalho bruto e o fez fluir.

Agradecimentos especiais a minha agente supersônica, Jennifer Rudolph Walsh. Você teve Wyatt Z. no mesmo dia em que terminei *Bare Bones*. Foi um ano muito bom.

OSSOS

CAPÍTULO 1

Enquanto eu embalava o que tinha sobrado do bebê morto, o homem que eu mataria dirigia velozmente para o norte, em direção a Charlotte.

Eu não sabia disso então. Nunca ouvira o nome do sujeito, nada sabia sobre o jogo terrível que ele estava jogando.

Naquele momento, me concentrava no que diria a Gideon, Banks. Como lhe contaria que seu neto estava morto? Sua filha mais nova, fugitiva?

Meus neurônios discutiram a manhã inteira. Você é uma antropóloga forense, dizia a parte lógica. Visitar a família não é sua responsabilidade. O legista relatará suas descobertas. O detetive de homicídios dará a notícia. Uma ligação telefônica.

Todos são pontos válidos, rebatiam os neurônios da consciência. Mas esse caso é diferente. Você *conhece* Gideon Banks.

Senti uma profunda tristeza quando guardei o pequeno feixe de ossos no recipiente, fechei a tampa e escrevi o número de arquivo no plástico. Tão pouco a examinar. Uma vida tão curta.

Quando guardei o recipiente no cofre de provas, minha memória projetou uma imagem de Gideon Banks. Rosto marrom enrugado, cabelo grisalho e ralo, voz semelhante ao ruído de fita adesiva ao ser cortada.

Aumente a imagem.

Um homem pequeno vestindo camisa de flanela quadriculada passando um esfregão no piso de azulejos.

Meus neurônios reproduziram a mesma imagem a manhã inteira. Embora eu tenha tentado pensar em outras coisas, aquela lembrança continuava a aparecer.

Gideon Banks e eu trabalhamos juntos em Charlotte, na Universidade da Carolina do Norte, por quase duas décadas até ele se aposentar, três anos atrás. Eu o agradecia frequentemente por manter o meu escritório e o meu laboratório limpos e lhe enviava cartões de aniversário e um presentinho em cada natal. Sabia que ele era responsável, educado, profundamente religioso e dedicado aos filhos.

E que mantinha os corredores impecáveis.

Era só. Além do local de trabalho, nossas vidas não tinham outros vínculos.

Até Tamela Banks jogar o seu bebê recém-nascido em um fogão de lenha e desaparecer.

Fui até o escritório, liguei o laptop e espalhei minhas anotações sobre a mesa. Mal havia começado o relatório quando um vulto preencheu o vão da porta.

— Uma visita domiciliar realmente é demais.

Cliquei em "salvar" e ergui a cabeça.

O legista do condado de Mecklenburg usava um avental cirúrgico verde. Uma mancha no ombro direito reproduzia em vermelho vivo a forma do estado de Massachusetts.

— Não me importo.

Tanto quanto eu me importaria em supurar furúnculos em minhas nádegas. — Gostaria de falar com ele.

Tim Larabee poderia ser um homem bonito não fosse pelo vício em corrida. O treinamento diário para a maratona mirrara o seu corpo, rareara a sua cabeleira e endurecera a pele do rosto. O bronzeado permanente parecia se concentrar nas depressões das bochechas e se acumular ao redor dos olhos muito fundos. Olhos que agora estavam cheios de preocupação.

— Afora Deus e a Igreja Batista, a família era a pedra fundamental da vida de Gideon Banks — falei. — Isso vai abalá-lo.

— Talvez não seja tão ruim quanto parece.

Olhei feio para Larabee. Tivéramos a mesma conversa uma hora antes.

— Tudo bem. — Ele ergueu a mão musculosa. — É ruim. Tenho certeza de que o Sr. Banks vai gostar de uma abordagem pessoal. Quem será o seu motorista?

— Skinny Slidell.

— Seu dia de sorte.

— Eu queria ir sozinha, mas Slidell se recusou a aceitar um não como resposta.

— Skinny? — disse ele, com uma surpresa fingida.

— Acho que Skinny está esperando algum prêmio pelo conjunto da obra.

— Acho que Skinny está a fim é de transar.

Tentei espetá-lo com a caneta. Ele se esquivou.

— Cuide-se.

Larabee se foi. Ouvi a porta da sala de necrópsia abrir e fechar.

Olhei o meu relógio: 15h42. Slidell chegaria em vinte minutos. Meus neurônios se retraíram em grupo. A respeito de Skinny havia consenso cerebral.

Desliguei o computador e reclinei-me na cadeira.

O que direi a Gideon Banks?

Que azar, Sr. Banks. Parece que a sua caçula deu à luz, embrulhou o bebê em um cobertor e o usou como lenha.

Boa, Brennan.

Bum! Os neurônios visuais enviaram-me outra imagem mental. Banks retirando da carteira de couro rachado uma fotografia. Seis rostos marrons. Cabelos curtos para os meninos, rabos de cavalo para as meninas. Todos com dentes grandes demais nos sorrisos.

Tirando o *zoom*.

O velho, orgulhoso com a fotografia em mãos, é inflexível ao afirmar que cada um de seus filhos cursaria uma faculdade.

Cursaram?

Sei lá.

Tirei o avental de laboratório e o pendurei em um gancho atrás da porta.

Se os filhos de Banks cursaram a UNC-Charlotte enquanto eu lecionava na faculdade, demonstraram pouco interesse por antropologia. Conheci apenas um. Reggie, filho do meio da escadinha, foi meu aluno no curso de evolução humana.

Meus neurônios reproduziram a imagem de um garoto alto, magro, usando boné de beisebol, aba abaixada sobre as sobrancelhas castanhas. Última fila da sala de aula. A em intelecto, C+ em esforço.

Há quanto tempo? Quinze anos? Dezoito?

Eu trabalhava com muitos estudantes na época. Naquele tempo, minha pesquisa se concentrava em morte na Antiguidade, e dei aula para diversas turmas de universitários. Bioarqueologia. Osteologia. Ecologia de primatas.

Certa manhã, uma aluna de antropologia apareceu no meu laboratório. Detetive de homicídios do Departamento de Polícia de Charlotte-Mecklenburg, ela me trouxe ossos recolhidos em uma cova rasa. Poderia sua ex-professora determinar se os despojos eram de uma criança desaparecida?

Podia. E eram.

Aquele caso foi o meu primeiro encontro com o trabalho de legista. Hoje, o único seminário que ministro é o de Antropologia Forense, e me divido entre Charlotte e Montreal como antropóloga forense em ambas as jurisdições.

A geografia era um empecilho quando eu lecionava em tempo integral, exigindo uma complexa coreografia no calendário acadêmico. Agora, exceto o compromisso com aquele único seminário, posso me deslocar conforme necessário. Algumas semanas no norte, outras no sul e um período maior quando estou trabalhando em algum caso ou testemunhando nos tribunais.

Carolina do Norte e Quebec? É uma longa história.

Meus colegas acadêmicos chamam o que faço de "ciência aplicada". Usando o conhecimento que tenho sobre ossos, obtenho detalhes de cadáveres e esqueletos, ou partes deles, que não estão em condições de serem submetidos à necrópsia. Dou nomes a esqueletos, pedaços de carne decomposta, mumificada, queimada e mutilada que, de outro modo, ocupariam tumbas anônimas. Em alguns casos, determino o modo e a hora da morte.

No caso do bebê de Tamela, não havia mais do que um punhado de fragmentos carbonizados. Um recém-nascido é moleza para um fogão de lenha.

Sr. Banks, lamento ter de lhe informar, mas...
Meu celular tocou.

— Oi, doutora. Estou estacionado aqui em frente.

Skinny Slidell. Dos 24 detetives do departamento de investigação de delitos graves e homicídios da polícia de Charlotte-Mecklenburg, era ele o que eu menos gostava.

— Já estou indo.

Eu estava em Charlotte havia algumas semanas quando a dica de um informante levou à chocante descoberta no fogão de lenha. Os ossos foram enviados para mim. Slidell e seu parceiro assumiram o caso como homicídio. Eles vasculharam a cena do crime, procuraram testemunhas, colheram depoimentos. Tudo levava a Tamela Banks.

Coloquei a bolsa ao ombro, peguei o laptop e saí. No caminho, enfiei a cabeça na sala de necrópsia. Larabee ergueu os olhos da vítima de arma de fogo que analisava e balançou um dedo enluvado em advertência.

Minha resposta foi um revirar de olhos exagerado.

O Instituto Médico-Legal do condado de Mecklenburg ocupava uma extremidade do inexpressivo edifício de tijolos em formato de caixa de sapato, que outrora tinha sido o Sears Garden Center. A outra extremidade da caixa de sapato abrigava escritórios-satélites do Departamento de Polícia de Charlotte-Mecklenburg. Desprovido de charme arquitetônico além de um ligeiro arredondamento nas extremidades, o prédio era cercado de asfalto suficiente para pavimentar Rhode Island.

Ao sair pela porta de vidro duplo, minhas narinas aspiraram um coquetel olfativo composto por escapamentos, fumaça e asfalto quente. O calor irradiava das paredes do prédio e dos degraus da escada de tijolos que os conectavam a um pequeno tentáculo do estacionamento.

Hot Town. Summer In The City.*

Havia uma negra sentada no terreno baldio do outro lado da College Street, junto a um plátano, pernas de elefante esticadas sobre a grama. A mulher se abanava com um jornal, conversando animadamente com um interlocutor inexistente.

Um homem vestindo a camiseta dos Hornets empurrava um carrinho de compras pela calçada em direção aos edifícios dos departamentos de serviço do condado. Parou junto à mulher, enxugou a testa com o braço e verificou sua carga de sacos plásticos.

Ao perceber que eu estava olhando, o sujeito acenou. Acenei de volta.

O Ford Taurus de Slidell estava parado em ponto morto ao pé da escada, ar-condicionado no máximo, vidros escuros inteiramente fechados. Desci, abri a porta traseira, empurrei para o lado pastas de arquivo, um par de sapatos de golfe repletos de fitas de áudio, dois sacos do Burger King, um tubo amassado de loção bronzeadora, e abriguei o meu computador no espaço recém-criado.

Erskine "Skinny" Slidell certamente achava pertencer à "velha escola", embora só Deus soubesse qual instituição o reivindicaria como membro. Com seus surrados óculos escuros, bafo de cigarro Camel e um discurso de quatro letras, Slidell era a caricatura não intencional de um tira de Hollywood. As pessoas me diziam que ele era bom no que fazia. Eu achava aquilo difícil de acreditar.

Quando me aproximei, Dirty Harry verificava os incisivos inferiores no espelho retrovisor, lábios curvados para trás em uma careta de macaco assustado.

Ao ouvir a porta de trás se abrir, Slidell deu um pulo e levou a mão ao espelho. Quando me sentei no banco do passageiro, ele ajustou o retrovisor com a diligência de um astronauta ajustando o Hubble.

— Doutora. — Slidell manteve os falsos óculos Ray-Ban voltados para o espelho.

---

* Tradução livre: cidadezinha quente, verão na cidade. Música popular nos anos 1960, da banda The Lovin' Spoonful. (*N. do E.*)

— Detetive. — Meneei a cabeça, pousei a bolsa aos meus pés e fechei a porta.

Finalmente satisfeito com o ângulo do reflexo, Slidell abandonou o espelho, engatou a marcha, saiu do estacionamento e cruzou a College até a Phifer.

Dirigimos em silêncio. Embora a temperatura no carro estivesse muito abaixo da lá de fora, o ar estava impregnado de uma mistura peculiar de odores. Chocolate velho e fritas. Suor. Filtro solar. A esteira de bambu sobre a qual Slidell apoiava as costas largas.

O próprio Skinny Slidel. O homem fedia e parecia uma foto do "depois" em um cartaz antitabagismo. Durante a década e meia em que fui consultora do IML do condado de Mecklenburg, tive o prazer de trabalhar com Slidell em diversas ocasiões. Cada uma delas foi uma viagem à irritação. Aquele caso prometia ser outra.

A casa dos Banks ficava em Cherry, a sudoeste da I-277, a versão de Charlotte de uma rodovia marginal interna. Cherry, ao contrário de muitos bairros da cidade, não desfrutava da renascença experimentada em anos recentes por Dilworth e Elizabeth, a oeste e ao norte. Enquanto tais bairros se integraram e se yuppificaram, as fortunas de Cherry migraram para o sul. Mas a comunidade se apegou às suas raízes étnicas. Começou negra e assim permanecia.

Em alguns minutos, Slidell passava por um lava a jato Autobell, entrava à esquerda no Independence Boulevard, pegava uma rua estreita, então virava à direita na rua seguinte. Carvalhos e magnólias com 30, 40, 100 anos projetavam sombras sobre casas de tijolos. Roupas secavam nos varais. Os irrigadores rodavam ou permaneciam imóveis e silenciosos à ponta de mangueiras de jardim. Bicicletas e triciclos coalhavam os quintais e as calçadas.

Slidell estacionou junto ao meio-fio na metade do quarteirão e indicou com o polegar um pequeno bangalô com janelas projetadas despontando do telhado. O revestimento lateral era marrom com remate branco.

— Dei uma geral naquele ninho de ratos onde o menino foi frito. Achei que ia pegar sarna mexendo naquela lixeira.

— A sarna é causada por ácaros. — Minha voz soava mais fria que o interior do carro.

— Exato. Você não faz ideia de como é aquela fossa.

— Devia ter usado luvas.

— Isso mesmo. E um respirador. Essa gente...

— Que gente, detetive?

— Algumas pessoas vivem como porcos.

— Gideon Banks é um trabalhador, um homem decente que criou seis filhos por conta própria.

— A mulher deu no pé?

— Melba Banks morreu de câncer de mama há dez anos. — Pronto. Eu sabia algo sobre o meu colega de trabalho.

— Que azar.

O rádio cacarejou uma mensagem que não compreendi.

— Ainda assim, nada justifica os jovens arriarem as calças sem pensarem nas consequências. Engravidou? S-e-e-e-m problema. Faça um aborto. — Slidell desligou o motor e voltou os Ray-Bans para mim. — Ou coisa pior.

— Deve haver alguma explicação para os atos de Tamela Banks.

Eu realmente não acreditava naquilo, tinha passado a manhã inteira defendendo a opinião contrária com Tim Larabee. Mas Slidell era tão irritante que resolvi brincar de advogada do diabo.

— Certo. E provavelmente será nomeada a mãe do ano pela câmara do comércio.

— Você conheceu Tamela? — perguntei, contendo o volume da voz.

— Não. E você?

Não. Mas ignorei a pergunta de Slidell.

— Você conheceu alguém da família Banks?

— Não, mas colhi depoimentos de gente que estava cheirando cocaína no quarto ao lado, enquanto Tamela incinerava a criança. — Slidell guardou as chaves no bolso. — *Excusez-moi* se não apareci para tomar chá com a senhorita e seus familiares.

— Você nunca teve que lidar com os filhos dos Banks porque eles foram criados com valores bons e sólidos. Gideon Banks é tão puritano quanto...

— O vira-latas com quem Tamela estava transando não me parecia lá muita coisa.

— O pai do bebê?

— A não ser que a Srta. Tesão estivesse se divertindo enquanto o pai do bebê traficava.

Calma! O sujeito é uma barata.

— Quem é ele?

— O nome é Darryl Tyree. Tamela morava no pedacinho de céu de Tyree, em South Tryon.

— Tyree vende drogas?

— E não estamos falando de drogas de farmácia. — Slidell abriu a porta e saiu.

Resolvi não retrucar. *Uma hora e acabou-se.*

Uma pontada de culpa. "Acabou-se" para mim, mas e quanto a Gideon Banks? E quanto à Tamela e seu bebê morto?

Juntei-me a Slidell na calçada.

— Je-sus! Está quente o bastante para queimar a bunda de um urso polar.

— Estamos em agosto.

— Eu deveria estar na praia.

Sim, pensei. Debaixo de quatro toneladas de areia.

Segui Slidell por uma calçada estreita repleta de grama recém-aparada até uma pequena varanda de cimento. Ele apertou uma campainha enferrujada ao lado da porta da frente, pegou um lenço do bolso de trás e enxugou o rosto.

Sem resposta.

Slidell bateu na moldura de madeira da porta telada.

Nada.

Slidell voltou a bater. Sua testa estava brilhando e seu cabelo, separado em mechas úmidas.

— Polícia, Sr. Banks.

Slidell bateu com a palma da mão. A tela chacoalhou em sua moldura.

— Gideon Banks!

Gotas de condensação pingavam do ar-condicionado instalado em uma janela à esquerda da porta. Um aparador de grama foi ligado ao longe. Ouvia-se um hip hop vindo de algum lugar do quarteirão.

Slidell voltou a bater. As axilas de seu casaco de poliéster exibiam um crescente de suor.

— Alguém em casa?

O compressor do ar-condicionado foi acionado. Um cão latiu.

Slidell puxou a tela.

Brrrrp!

Bateu à porta de madeira.

Bam! Bam! Bam!

Soltou a tela e gritou:

— Polícia! Tem alguém aí?

Do outro lado da rua, uma cortina estremeceu e logo voltou ao lugar.

Teria eu imaginado aquilo?

Uma gota de suor escorreu pelas minhas costas para se juntar a outras que encharcavam o sutiã e a minha cintura.

Nesse momento meu celular tocou.

Atendi.

Aquela chamada me sugou para um furacão de eventos que acabaram me levando a tirar uma vida.

CAPÍTULO 2

— TEMPE BRENNAN. Porco na brasa! — Minha filha emitiu uma série de risadas guturais. — Churrasco!

— Não posso falar agora, Katy.

Dei as costas para Slidell, apertando o telefone contra o ouvido para poder ouvir Katy acima da estática.

Slidell voltou a bater, dessa vez com a força de um oficial da Gestapo.

— Sr. Banks!

— Pego você amanhã ao meio-dia — disse Katy.

— Nada sei sobre charutos — falei, no tom mais baixo possível. Katy queria que eu a acompanhasse em um piquenique oferecido pelo dono de uma tabacaria. Eu não fazia ideia do porquê.

— Então coma o churrasco.

Bam! Bam! Bam! A porta telada vibrava em sua moldura.

— Sim, mas...

— Você gosta de música country. — Katy sabia ser persistente.

Nesse momento, a porta interna se abriu e uma mulher olhou feio através da tela. Embora Slidell fosse cerca de 3 centímetros mais alto, a mulher o fez abaixar as mãos.

— Gideon Banks está em casa? — resmungou ele.

— Quem quer saber?

— Katy, preciso desligar — sussurrei.

— Boyd está ansioso por isso. Há algo que ele quer discutir com você. — Boyd é o cão do meu ex-marido. Conversas com ou sobre Boyd geralmente significavam problemas.

Slidell ergueu o distintivo em direção à tela.

— Pego você ao meio-dia? — Minha filha podia ser tão implacável quanto Skinny Slidell.

— Tudo bem — sussurrei, apertando o botão de desligar.

A mulher observou o distintivo, mãos à cintura como um carcereiro.

Guardei o celular no bolso.

Os olhos da mulher voltaram-se do distintivo para o meu companheiro, então para mim.

— Papai está dormindo.

— Acho melhor acordá-lo — antecipei-me, na esperança de desarmar Slidell.

— É sobre Tamela?

— Sim.

— Sou a irmã de Tamela, Geneva. Como na Suíça. — O tom de voz sugeria que ela já dissera aquilo antes.

Geneva abriu a porta telada. Dessa vez, a mola fez um som como de teclas de piano.

Depois de tirar os óculos escuros, Slidell entrou. Eu o segui até uma sala de estar pequena na penumbra. Um arco levava a um corredor diretamente oposto à entrada da casa. Havia uma cozinha à direita com uma porta fechada mais além, duas portas fechadas à esquerda e um banheiro à frente, nos fundos.

Seis filhos. Mal conseguia imaginar a discussão na hora do banho ou de lavar a louça.

Nossa anfitriã fechou a tela, depois a porta interna e voltou-se para nós. Sua pele era de um marrom profundo, cor de chocolate, as escleras dos olhos com o pálido amarelo das pinhas. Avaliei a sua idade em cerca de 25 anos.

— Geneva é um belo nome — comentei, na falta de algo melhor para começar a conversa. — Já esteve na Suíça?

Geneva olhou-me por um longo tempo, o rosto desprovido de expressão. O suor pontilhava as suas sobrancelhas e têmporas. Usava o cabelo puxado para trás. O ar-condicionado barulhento aparentemente resfriava outro cômodo da casa.

— Vou chamar o papai.

Ela meneou a cabeça em direção a um sofá surrado junto à parede direita da sala de estar. Sobre o móvel, as cortinas que emolduravam a janela aberta pendiam, pelo calor e pela umidade.

— Queiram se sentar. — Era mais uma ordem do que uma oferta.

— Obrigada — respondi.

Geneva caminhou em direção ao arco, os shorts embolados entre as coxas. Um pequeno e duro rabo de cavalo despontava da parte de trás da cabeça.

Enquanto Slidell e eu nos sentávamos em lados opostos do sofá, ouvi uma porta se abrir e, então, o som metálico de uma estação de rádio gospel. Segundos depois, o rádio foi desligado.

Olhei ao redor.

A decoração era Wal-Mart *nouveau*. Linóleo. Poltrona de vinil. Mesas de centro e cabeceira folheadas com carvalho. Palmeiras de plástico.

Mas um toque cuidadoso estava sempre presente.

As cortinas com babados atrás de nós cheiravam a sabão em pó e amaciante. Um rasgo no braço do sofá fora cuidadosamente costurado. Cada superfície brilhava.

Estantes de livros e mesinhas abarrotadas de fotos emolduradas e objetos de arte grosseiros. Um pássaro de cerâmica pintado em cores berrantes. Um prato de cerâmica com a impressão de uma mão infantil, o nome *Reggie* escrito em arco mais abaixo. Uma caixa feita de palitos de sorvete. Dezenas de troféus baratos. Ombreiras e capacetes preservados para sempre em plástico revestido de dourado. Um arremesso com salto. A cortada em uma bola rápida.

Analisei as fotografias mais próximas. Manhãs de Natal. Festas de aniversário. Equipes esportivas. Cada memória preservada em uma moldura barata.

Slidell pegou uma almofada, ergueu as sobrancelhas, voltou a posicioná-la entre nós. *Deus é amor* bordado em azul e verde. Trabalho manual de Melba?

A tristeza que senti por toda a manhã se intensificou quando pensei em seis filhos perdendo a mãe. No filho morto de Tamela.

A almofada. As fotografias. As recordações escolares e esportivas. Não fosse o retrato do Cristo negro pendurado acima do arco, eu podia estar sentada na casa de minha infância em Beverly, no lado sul de Chicago. Beverly tinha árvores que ofereciam boa sombra, quermesses da associação de pais e mestres e jornais todas as manhãs jogados nas varandas. Nosso pequeno bangalô de tijolos era meu Green Gables, minha Ponderosa, minha nave estelar *Enterprise* até os 7 anos. Até que o desespero causado pela morte do filho caçula levou minha mãe de volta à sua amada Carolina, marido e filhas seguindo seu rastro de luto e tristeza.

Eu amava aquela casa, sentia-me amada e protegida. Senti a mesma coisa ali.

— Tomara que o quarto com ar-condicionado seja o do velho — disse Slidell com o canto da boca. — Com seis filhos, acho que ele teria sorte apenas por ter um quarto.

Eu o ignorei.

O calor realçava os aromas do interior da casa. Cebolas. Óleo de fritura. Cera para móveis. Seja lá o que foi usado para limpar o linóleo.

Quem o limpou?, perguntei-me. Tamela? Geneva? O próprio Banks?

Observei o Jesus negro. Mesmo manto, mesma coroa de espinhos, mesmas palmas das mãos. Apenas o cabelo afro e o tom de pele diferiam do Cristo pendurado em cima da cama de minha mãe.

Slidell suspirou alto, enfiou um dedo no colarinho e o afrouxou.

Olhei para o linóleo em padrão branco e cinza.

Como os ossos e a cinza do fogão de lenha.

O que direi?

Nesse momento, uma porta se abriu. Um grupo gospel cantando "Going On in the Name of the Lord", o arrastar de chinelos no linóleo.

Gideon Banks parecia menor do que eu me lembrava, todo ossos e tendões. Aquilo estava errado de certa forma. Invertido. Ele devia parecer maior em seu próprio território. Rei de seus domínios. *Paterfamilias*. Será que minha lembrança era incorreta? A idade o encolhera? Ou as preocupações?

Banks hesitou sob o arco, e suas pálpebras se franziram por trás das grossas lentes de seus óculos. Então ele se aprumou, foi até uma poltrona e sentou-se, mãos nodosas agarrando os braços do assento.

Slidell inclinou-se para a frente. Eu me antecipei.

— Obrigada por nos receber, Sr. Banks.

Banks meneou a cabeça. Usava chinelos Hush Puppies, uma calça cargo cinza e uma camisa de boliche cor de laranja. Seus braços pareciam gravetos saindo das mangas.

— Sua casa é adorável.

— Obrigado.

— Mora aqui há muito tempo?

— Fará 47 anos em novembro.

— Não tive como evitar ver as fotos. — Apontei para a coleção de fotografias. — Você tem uma bela família.

— Agora, só restamos eu e Geneva. Ela é minha segunda mais velha. Ela me ajuda. Tamela é a mais jovem. Ela foi embora há alguns meses.

Com o canto do olho, vi Geneva surgir através do arco.

— Creio que sabe por que estamos aqui, Sr. Banks. — Eu não sabia como começar.

— Sim, sei. Estão procurando Tamela.

Slidell limpou a garganta como quem diz "vamos logo com isso".

— Lamento muito ter de lhe dizer, Sr. Banks, mas foi recolhido material do fogão na sala de estar de Tamela...

— Não era a casa de Tamela — interrompeu Banks.

— A propriedade foi alugada por um tal de Darryl Tyree — declarou Slidell. — Segundo testemunhas, sua filha estava morando com o Sr. Tyree havia aproximadamente quatro meses.

Os olhos de Banks permaneceram voltados para mim. Olhos repletos de dor.

— Não era a casa de Tamela — repetiu Banks. Seu tom de voz não era de raiva ou de argumentação e, sim, o de um homem desejando que o registro fosse feito corretamente.

Senti a camisa grudando às minhas costas, o estofamento barato arranhando meu antebraço. Respirei fundo e comecei outra vez:

— O material recuperado no fogão daquela casa incluía fragmentos de ossos de um recém-nascido.

Minhas palavras pareceram tê-lo surpreendido. Ele inspirou profundamente e percebi o seu queixo se erguer alguns milímetros.

— Tamela só tem 17 anos. É uma boa menina.

— Sim, senhor.

— Ela não estava grávida.

— Sim, senhor, ela estava.

— Quem disse isso?

— Obtivemos esta informação de mais de uma fonte — disse Slidell.

Banks pensou um instante.

— Por que foram mexer no fogão de alguém?

— Um informante afirmou que um bebê tinha sido queimado naquele endereço e fomos investigar.

Slidell não mencionou que a pista fora dada por Harrison "Sonny" Pounder, um traficante de esquina tentando barganhar privilégios após recente prisão.

— Quem disse isso?

— Não importa. — A irritação alterou o tom de voz de Slidell. — Precisamos saber onde está Tamela.

Banks levantou-se e foi à estante mais próxima. Voltando à poltrona, entregou-me uma fotografia.

Olhei para a menina na foto sentindo os olhos de Banks voltados para mim. E os da segunda mais velha no corredor.

Tamela vestia um blusão dourado de manga curta com um W preto no painel frontal. Estava sentada com um joelho dobrado, uma perna esticada à sua frente, mãos à cintura, cercada por um círculo de pompons brancos e dourados. Seu sorriso era enorme, olhos iluminados de felicidade. Dois grampos brilhavam em seus cabelos curtos e encaracolados.

— Sua filha era animadora de torcida — falei.

— Sim, senhora.

— Minha filha tentou ser animadora de torcida quando tinha 7 anos — falei. — Do time infantil Pop Warner de futebol americano. Acabou decidindo que preferia jogar a torcer.

— Todos têm a sua vocação, eu acho.

— Sim, senhor. Todos têm.

Banks me entregou uma segunda fotografia, esta em Polaroide.

— Este é o Sr. Darryl Tyree — disse Banks.

Tamela estava ao lado de um homem alto e magro usando correntes de ouro ao redor do pescoço e um lenço preto na cabeça. Um de seus braços de aranha estava pousado sobre o ombro de Tamela. Embora a menina sorrisse, o brilho se esvaíra de seus olhos. Seu rosto e todo o seu corpo pareciam tensos.

Devolvi a fotografia.

— Sabe onde está Tamela, Sr. Banks? — perguntei calmamente.

— Tamela é uma menina crescida agora. Diz que eu não tenho o direito de perguntar.

Silêncio.

— Se ao menos pudéssemos falar com ela, talvez haja uma explicação para tudo isso.

Outro silêncio, mais longo dessa vez.

— Você está familiarizado com o Sr. Tyree? — perguntou Slidell.

— Tamela vai terminar o segundo grau. Reggie também, e Harley, Jonah e Sammy. Ela nunca teve problemas com drogas ou com rapazes.

Deixamos aquilo no ar um instante. Como Banks não falou mais nada, Slidell insistiu:

— E então?

— Então Darryl Tyree apareceu. — Banks praticamente cuspiu aquele nome, o primeiro sinal de raiva que notei. — Não demorou muito e ela esqueceu os livros. Passava todo o tempo pensando em Tyree, perguntando-se ansiosa quando ele apareceria.

Banks voltou-se de Slidell para mim.

— Ela pensa que eu não sei, mas já ouvi falar de Darryl Tyree. Eu avisei a ela que o rapaz não era boa companhia, disse que ele não devia voltar aqui.

— Então ela foi embora? — perguntei.

Banks assentiu.

— Quando foi isso?

— Perto da Páscoa. Há uns quatro meses. — Os olhos de Banks brilharam. — Eu sabia que tinha algo em mente. Achei que era apenas Tyree. Meu Deus, não sabia que ela estava grávida.

— Sabia que ela estava morando com o Sr. Tyree?

— Eu não perguntei, Deus me perdoe. Mas achei que tinha se mudado para a casa dele.

— O senhor tem alguma ideia de por que sua filha faria mal ao bebê?

— Não, senhora. Tamela é uma boa menina.

— Teria o Sr. Tyree forçado Tamela a fazer isso porque ele não queria a criança?

— Não foi assim.

Todos nos viramos ao ouvir a voz de Geneva.

Ela nos encarava sem expressão, usando uma blusa sem caimento e um short horrível.

— Como?

— Tamela me conta coisas, vocês entendem o que quero dizer?

— Ela faz confissões para você? — perguntei.

— Sim. Ela confia em mim. Diz coisas que não pode contar para o papai.

— O que ela não pode me contar? — perguntou Banks.

— Muita coisa, papai. Ela não podia falar sobre Darryl. Você só grita com ela e a obriga a rezar o tempo todo.

— Tenho que me preocupar com a alma dela...

— Tamela falava sobre a relação com Darryl Tyree? — interrompeu Slidell.

— Um pouco.

— Ela lhe disse que estava grávida?

— Sim.

— Quando?

Geneva deu de ombros.

— No inverno passado.

Os ombros de Banks arriaram visivelmente.

— Sabe onde está a sua irmã?

Geneva ignorou a pergunta de Slidell.

— O que encontraram no fogão a lenha de Darryl?

— Fragmentos de ossos carbonizados — respondi.

— Está certa de que eram de um bebê?

— Sim.

— Talvez o bebê tenha nascido morto.

— Há sempre essa possibilidade. — Duvidei de minhas palavras ao dizê-las, mas não conseguia suportar a tristeza nos olhos de Geneva. — É por isso que precisamos localizar Tamela e descobrir o que realmente ocorreu. O bebê pode não ter sido assassinado. Sinceramente espero que esta seja a verdade.

— Talvez o bebê tenha vindo muito cedo.

— Sou especialista em ossos, Geneva. Posso reconhecer mudanças que ocorrem no esqueleto de um feto em desenvolvimento. — Lembrei-me do princípio SSI. Seja Simples, Idiota. — O bebê de Tamela não era prematuro.

— O que isso quer dizer?

— Que a gravidez durou as 40 semanas necessárias, ou muito perto disso. O bastante para o bebê ter sobrevivido.

— Pode ter havido algum problema.

— Pode.

— Como você sabe que era o bebê de Tamela?

Slidell intrometeu-se, destacando os pontos com seus dedos de salsicha.

— Em primeiro lugar, diversas testemunhas afirmaram que sua irmã estava grávida. Em segundo, os ossos foram encontrados em um fogão na casa *dela*. E, em terceiro, ela e Tyree desapareceram.

— Pode ser o bebê de outra pessoa.

— Eu podia ser a Madre Teresa, mas não sou.

Geneva voltou-se para mim.

— E quanto a esse negócio de DNA?

— Havia poucos fragmentos e estavam queimados demais para fazermos o exame de DNA.

Geneva não demonstrou reação.

— Sabe para onde foi sua irmã, Srta. Banks? — disse Slidell, alterando o tom de voz.

— Não.

— Há algo que *possa* nos dizer? — perguntei.

— Só uma coisa.

Geneva olhou para o pai, para mim e para Slidell. Mulher branca. Policial branco. Más opções.

Certa de que a mulher seria a escolha mais segura, ela lançou a bomba em minha direção.

CAPÍTULO 3

ENQUANTO SLIDELL DIRIGIA DE VOLTA, tentei conter minhas emoções e lembrar que eu era uma profissional.

Senti tristeza por Tamela e seu bebê. Irritação pelo tratamento impiedoso que Slidell dedicara à família Banks. E estava ansiosa com tudo o que teria de fazer nos dois dias seguintes.

Havia prometido passar o sábado com Katy, tinha visitas chegando no domingo. Na segunda-feira, sairia nas primeiras férias não familiares que me permitira durante anos.

Não me entendam mal. Adoro a viagem anual que faço à praia com a minha família. Minha irmã, Harry e meu sobrinho Kit vêm de avião de Houston, e todos os parentes letões de meu ex-marido vêm do leste de Chicago. Se não houver algum processo judicial em curso, Pete se junta a nós durante alguns dias. Alugamos casas com 12 quartos perto de Nags Head, Wilmington, Charleston ou Beaufort, andamos de bicicleta, nos deitamos na praia, assistimos *Nosso querido Bob*, lemos romances e aproveitamos a família. A semana na praia é um tempo de união e relaxamento, que todos valorizamos.

Aquela viagem seria diferente.

Muito diferente.

Novamente, revisei uma lista mental.

Relatórios. Lavanderia. Compras. Limpeza. Fazer as malas. Deixar Birdie com Pete.

A propósito, eu não tinha notícias de Pete havia mais de uma semana. Aquilo era estranho. Embora estivéssemos separados há vários anos, geralmente eu o via ou ouvia falar dele regularmente. Nossa filha, Katy. Seu cão, Boyd. Meu gato, Birdie. Seus parentes em Illinois. Meus parentes no Texas e na Carolina. Algum vínculo em comum sempre nos unia a cada dois dias. Além disso, eu gostava de Pete, ainda apreciava sua companhia. Só não conseguia ficar casada com ele.

Fiz um lembrete mental para perguntar a Katy se o pai tinha saído da cidade. Ou se havia se apaixonado.

Paixão.

Voltando à lista.

Depilação?

Ai, ai.

Acrescentei um item. Lençóis do quarto de hóspedes.

Eu jamais conseguiria fazer tudo aquilo.

Quando Slidell me deixou no estacionamento do IML, a tensão endurecia os músculos de meu pescoço e se espalhava pela minha nuca.

O calor que se acumulara no interior de meu Mazda não ajudava. Nem o tráfego a caminho da cidade.

Ou seria o tráfego que vinha da cidade? Os moradores de Charlotte ainda tinham que decidir para que lado a cidade estava voltada.

Sabendo que seria uma noite longa, fui até o La Paz, um restaurante mexicano no South End, para comprar *enchiladas* para viagem. Guacamole e uma porção extra de creme azedo para Birdie.

Minha casa é chamada de "anexo da cocheira" ou simplesmente de "anexo" pelos veteranos do Sharon Hall, uma mansão do século XIX transformada em complexo imobiliário na vizinhança de Myers Park no sudoeste de Charlotte. Ninguém sabe por que o anexo foi construído. É um prédio pequeno e estranho que não aparece no projeto original da propriedade. O saguão está lá. A cocheira. O herbário e o jardim. Nenhum anexo.

Não importa. Embora apertado, o lugar é perfeito para mim. Quarto e banheiro em cima. Cozinha, sala de jantar, sala de estar, quarto de hóspedes/escritório embaixo. Total de uns 112 metros quadrados. O que os corretores chamam de "aconchegante".

Por volta de 18h45, eu estacionava junto ao meu pátio.

O anexo estava deliciosamente tranquilo. Entrando pela cozinha, não ouvi nada além do rumor da geladeira Frigidaire e do suave tique-taque do relógio de parede Gran Brennan.

— Oi, Bird.

Meu gato não apareceu.

— Birdie.

Nada do gato.

Larguei meu jantar, bolsa e pasta, fui até a geladeira e abri uma lata de Coca Diet. Ao me virar, Birdie se alongava junto à porta da sala de jantar.

— Nunca se cansa de ouvir o som de uma lata se abrindo, não é mesmo, garoto?

Aproximei-me e acariciei suas orelhas.

Birdie sentou-se, ergueu a pata traseira e começou a lamber os genitais.

Tomei um gole de refrigerante. Não era Pinot, mas servia. Meus dias de Pinot haviam acabado. Ou Shiraz, ou Heineken, ou Merlot barato. Tinha sido uma luta e tanto mas a cortina se fechara para valer.

Se o álcool me fazia falta? Claro. Tanto que às vezes sentia o seu gosto durante o sono. Do que eu não sentia falta eram as manhãs seguintes. As mãos trêmulas, o cérebro dilatado, o autodesprezo, a ansiedade sobre os lapsos de memória.

De agora em diante, refrigerante. Tudo vai melhor com Coca-Cola.

Passei o resto da noite escrevendo relatórios. Birdie ficou por perto até o guacamole e o creme azedo acabarem. Então deitou-se no sofá, patas para o ar, e adormeceu.

Além do bebê de Tamela Banks, eu havia examinado três conjuntos de despojos desde minha volta de Montreal para Charlotte. Cada um exigia um relatório.

Um corpo parcialmente descarnado fora descoberto sob uma pilha de pneus em um lixão em Gastonia. Mulher, branca, 27 a

33

32 anos, 1,57m a 1,62m de altura. Muitos tratamentos nos dentes. Fraturas curadas no nariz, maxilar direito e mandíbula. Trauma por um instrumento cortante nas costelas superiores e no esterno. Feridas defensivas nas mãos. Provavelmente homicídio.

Um barqueiro do lago Norman topara com um pedaço de braço. Adulto, provavelmente branco, provavelmente masculino. Altura entre 1,65m e 1,82m.

Um crânio foi encontrado nas margens do Sugar Creek. Mulher adulta, idosa, negra, sem dentes. Não era recente. Provavelmente uma cova de cemitério violada.

Enquanto eu trabalhava, minha mente voltava à primavera anterior, na Guatemala. Lembrei-me de uma cena. Um rosto. Uma cicatriz, sensual como o inferno. Senti uma pontada de agitação, seguida por um surto de ansiedade. Seria aquela viagem para a praia uma boa ideia? Eu precisava me forçar a me concentrar nos relatórios.

À 1h15, desliguei o computador e fui para o andar de cima.

Somente após tomar banho e me deitar, tive tempo de pensar na declaração de Geneva Banks.

— O bebê não era de Darryl.

— O quê? — Slidell, Banks e eu dissemos ao mesmo tempo.

Geneva repetiu.

De quem então?

Ela não fazia ideia. Tamela lhe confidenciara que o bebê em seu ventre não era de Darryl Tyree. Aquilo era tudo o que Geneva sabia.

Ou estava disposta a dizer.

Aquilo suscitava mil perguntas.

Será que a informação de Geneva inocentava Tyree? Ou o tornava ainda mais suspeito? Ao saber que a criança não era dele, teria Tyree assassinado o bebê? Teria forçado Tamela a matar o próprio filho?

Será que Geneva estava certa? Poderia o bebê ter nascido morto? Haveria algum defeito genético? Um problema com o cordão umbilical? Teria Tamela, arrasada, escolhido o meio mais rápido e cremado o corpo sem vida no fogão? Era possível. Onde o bebê havia nascido?

Senti Birdie subir na cama, explorar o terreno, então se enroscar atrás de meus joelhos.

Minha mente voltou à viagem à praia. Poderia dar em alguma coisa? Será que eu queria que desse? Estaria desejando algo significativo ou apenas sexo e rock'n roll? Deus bem sabia, eu andava subindo pelas paredes. Seria capaz de me comprometer com outra relação? Seria capaz de voltar a confiar nos outros? A traição de Pete fora tão dolorosa e o fim de nosso casamento, tão agonizante, que eu não tinha certeza.

De volta à Tamela. Onde ela estava? Tyree a teria ferido? Teriam desaparecido juntos? Teria Tamela fugido com outra pessoa?

Antes de adormecer, tive um último e perturbador pensamento.

Encontrar respostas a respeito de Tamela era tarefa de Skinny Slidell.

QUANDO DESPERTEI, o sol escarlate atravessava as folhas da magnólia do lado de fora da minha janela. Birdie se fora.

Olhei para o relógio, que marcava 6h43.

— Nem pensar — murmurei, puxando os joelhos para o peito e me enfiando mais profundamente sob o cobertor.

Senti um peso nas costas. Ignorei.

Uma língua áspera lambeu o meu rosto.

— Agora não, Birdie.

Segundos depois senti um puxão no cabelo.

— Bird!

Uma pausa, então outro puxão.

— Pare!

Outro puxão.

Levantei e apontei um dedo para o nariz dele.

— Não mastigue o meu cabelo! — O gato me olhou com olhos redondos e amarelos. — Tudo bem.

Suspirando dramaticamente, afastei as cobertas e vesti meu uniforme de verão: short e camiseta.

Ceder agora seria fornecer reforço positivo, mas eu não tinha como evitar. Era um truque que funcionava, e o pilantra sabia disso.

Limpei o guacamole que Birdie reciclara no chão da cozinha, comi uma tigela de Grape-Nuts, então dei uma olhada no *Observer* enquanto tomava café.

Houvera um engavetamento na I-77 após um show tarde da noite no parque temático Carowinds, da Paramount. Dois mortos, quatro em estado grave. Um homem tinha sido baleado por espingarda em um jardim no Wilkinson Boulevard. Um filantropo local estava sendo julgado por crueldade com animais por ter esmagado quatro gatinhos em um compactador de lixo. O conselho municipal ainda discutia o lugar para a construção de uma nova arena de esportes.

Dobrei o jornal e avaliei minhas opções.

Lavanderia? Compras? Aspirador?

Dane-se.

Voltei a me servir de café, fui até o meu refúgio e passei o resto da manhã preparando relatórios.

KATY ME PEGOU ao meio-dia em ponto.

Embora seja uma ótima aluna, pintora talentosa, carpinteira, sapateadora e comediante, a pontualidade não é um conceito que minha filha privilegie.

Hum.

E ao que eu saiba, também não privilegia a tradição sulista conhecida como porco na brasa.

Embora o endereço oficial de minha filha continue sendo o da casa de Pete, onde ela cresceu, Katy e eu frequentemente passamos uma temporada juntas quando ela vem da Universidade da Virgínia, em Charlottesville. Vamos a shows de rock, spas, torneios de tênis e de golfe, restaurantes, bares e cinemas. Mas ela nunca me propôs uma saída envolvendo porco defumado e música estilo bluegrass no quintal.

Hum.

Observando Katy atravessar o pátio, voltei a me perguntar como eu tinha sido capaz de gerar uma criatura tão admirável. Embora eu não seja exatamente um bagulho, Katy é linda. Com seus cabelos louro-trigo e olhos verde-jade, ela tem a beleza que faz os homens disputarem quedas de braço com os colegas e mergulharem de quebra-mares decrépitos.

Era uma tarde abafada de agosto, do tipo que faz a gente se lembrar de verões de nossa infância. No lugar onde fui criada, os cinemas tinham ar condicionado e as casas e carros eram abrasadores. Nem o bangalô em Chicago nem a casa de fazenda para a qual nos mudamos em Charlotte tinha ar condicionado. Para mim, os anos 1960 foram uma década de ventiladores de teto.

O tempo quente e úmido me fez lembrar de viagens de ônibus para a praia. De jogos de tênis sob um céu azul inclemente. De tardes no lago. De caçar vaga-lumes enquanto os adultos tomavam chá na varanda dos fundos. Eu adoro o calor.

Contudo, um ar-condicionado seria útil no volkswagen de Katy. Mantivemos as janelas abertas, cabelos esvoaçando ao redor de nossos rostos.

Boyd ficou no banco de trás, focinho voltado para o vento, língua cor de berinjela pendurada no canto da boca, 32 quilos de pelo marrom. De vez em quando ele mudava de janela, espalhando saliva em nossos cabelos enquanto se movia dentro do carro.

A brisa não fez mais do que circular o ar quente, trazendo o cheiro de cachorro do banco de trás para o banco da frente.

— Sinto-me dentro de uma secadora de roupa — comentei quando saímos da Beatties Ford Road e entramos na NC 73.

— Vou consertar o ar-condicionado.

— Eu lhe dou o dinheiro.

— Vou aceitar.

— O que exatamente é esse piquenique?

— Os McCranie o promovem todo ano para amigos e frequentadores da loja de cachimbos.

— Por que *nós* estamos indo?

Katy revirou os olhos, um gesto que adquiriu aos 3 anos.

37

Embora eu seja uma grande reviradora de olhos, minha filha é a campeã mundial. Katy consegue acrescentar ao gesto nuances de significado sutis que eu não consigo dominar. Aquele era um revirar sutil de já-expliquei-isso-para-você.

— Porque piqueniques são divertidos — respondeu Katy.

Boyd mudou de janela, parando no meio para lamber o bronzeador do meu rosto. Eu o afastei e enxuguei a bochecha.

— Por que trouxemos o pulguento?

— Papai não está na cidade. Aquela placa diz Cowans Ford?

— Bela mudada de assunto. — Olhei para a placa. — Sim, é o que está escrito.

Refleti um instante a respeito da história local. Cowans Ford fora uma travessia de rio usada pelos índios catawba no século XVII e, depois, pelos cheroquis. Daniel Boone lutara ali durante a guerra dos franceses e dos índios.

Em 1781, forças patrióticas, sob o comando do general William Lee Davidson, lutaram contra lorde Cornwallis e seus casacas vermelhas naquele lugar. Davidson morreu na batalha, emprestando seu nome para a história do condado de Mecklenburg.

No início da década de 1960, a Duke Power Company represou o rio Catawba à altura de Cowans Ford e criou o lago Norman, que se estende por quase 55 quilômetros.

Hoje, a usina nuclear da Duke McGuire, construída para complementar a energia fornecida por uma hidrelétrica mais antiga, fica praticamente ao lado do monumento ao general Davidson e ao Cowans Ford Wildlife Refuge, uma reserva natural de 2.250 acres.

Pergunto-me como o general se sentiria ao saber que sua tumba fica ao lado de uma usina nuclear.

Katy pegou uma estrada de duas pistas mais estreita que aquela que acabáramos de deixar. Pinheiros e árvores de madeira nobre erguiam-se nos dois lados da estrada.

— Boyd gosta do campo — disse Katy.

— Boyd só gosta de coisas que pode comer.

Katy olhou para a cópia de um mapa desenhado a mão e o prendeu atrás do quebra-luz.

— Deve ficar a uns 5km à direita. É uma velha fazenda.

Estávamos viajando havia quase uma hora.

— O cara mora aqui e tem uma loja de cachimbos em Charlotte? — perguntei.

— A sede da McCranie's fica no Park Road Shopping Center.

— Desculpe, não fumo cachimbo.

— Eles também têm milhões de charutos.

— Esse é o problema. Ainda não acabei o estoque deste ano.

— Fico surpresa que não conheça a McCranie's. O lugar é uma instituição em Charlotte. As pessoas gostam de se reunir ali. Há anos. O Sr. McCranie está aposentado agora, mas os filhos assumiram o negócio. O que mora aqui tem a sua própria loja em Cornelius.

— E? — perguntei, aumentando o tom de voz.

— E o quê? — Minha filha olhou para mim com olhos verdes e inocentes.

— Ele é bonito?

— Ele é casado.

Revirar de olhos profissional.

— Mas ele tem um amigo? — sondei.

— Você precisa ter amigos — cantarolou.

Boyd viu um retriever na carroceria de uma caminhonete que passava em direção contrária. Ele se lançou do meu lado para o lado de Katy, enfiou a cabeça o máximo que pôde pela fresta da janela e emitiu seu melhor rosnado de se-eu-não-estivesse-trancado-aqui-neste-carro-eu-ia-te-mostrar.

— Sente-se — ordenei.

Boyd obedeceu.

— Vou conhecer esse amigo? — perguntei.

— Sim.

Alguns minutos depois, carros estacionados lotavam ambos os lados da estrada. Katy estacionou à direita, desligou o motor e saiu.

Boyd ficou maluco, correndo de janela em janela, língua inquieta entrando e saindo da boca.

Katy pegou cadeiras dobráveis no porta-malas e entregou-as a mim. Então, adaptou uma correia à coleira de Boyd. Em sua ansiedade para se juntar à festa, o cão quase deslocou o ombro de minha filha.

Talvez houvesse umas cem pessoas sob os enormes olmos do jardim, uma faixa gramada com cerca de 20 metros de largura entre a floresta e uma casa de fazenda com molduras amarelas. Alguns convidados ocupavam cadeiras de jardim, outros se reuniam em grupos de dois ou três, equilibrando pratos de papel e latas de cerveja.

Muitos usavam bonés esportivos, ou fumavam charutos.

Um grupo de crianças brincava de jogar ferraduras do lado de fora de um estábulo que não era pintado desde que Cornwallis havia passado por ali. Outras brincavam de pique-pega, ou arremessavam bolas ou discos de frisbee.

Uma banda de bluegrass tocava entre a casa e o estábulo, no ponto mais distante que seus fios de extensão permitiam que ficassem. Apesar do calor, os quatro membros da banda usavam terno e gravata. O cantor cantava "White House Blues". Não era Bill Monroe, mas não soava mal.

Um jovem se materializou assim que Katy e eu acrescentamos nossas cadeiras a um semicírculo em frente aos músicos de bluegrass.

— Kater!

Kater? Desgrudei a camisa de minhas costas suadas.

— Oi, Palmer.

Palmer?, perguntei-me se o nome verdadeiro do rapaz não seria Palmy.

— Mamãe, quero que conheça Palmer Cousins.

— Olá, Dra. Brennan.

Palmer tirou os óculos escuros e estendeu-me a mão. Embora não fosse alto, o rapaz tinha uma basta cabeleira negra, olhos azuis, e o sorriso de Tom Cruise em *Negócio arriscado*. Era bonito de doer.

— Tempe. — Estendi-lhe a mão.

O cumprimento de Palmer era de esmagar os ossos.

— Katy fala muito de você.

— É mesmo? — Olhei para minha filha, que fitava Palmer.

— Quem é o vira-lata?

— Boyd.

Palmer inclinou-se e acariciou a orelha de Boyd. O animal lambeu-lhe o rosto. Três tapinhas nas ancas do cão e Palmer voltou ao nosso nível.

— Belo cão. Posso pegar uma cerveja para vocês?

— Eu quero uma — disse Katy. — Coca Diet para a mamãe. Ela é alcoólatra.

Lancei um olhar para minha filha que podia congelar piche borbulhante.

— Sirvam-se de comida. — Palmer se foi.

Achando ser um convite para ele, Boyd avançou, arrancando a correia da mão de Katy, e começou a correr em círculos ao redor das pernas de Palmer.

Recuperando o equilíbrio, Palmer voltou-se, um olhar de dúvida em seu rosto perfeito.

— Ele pode ficar solto?

Katy assentiu.

— Mas cuidado com a comida.

Minha filha recuperou a correia e a desatou da coleira.

Palmer ergueu um polegar.

Boyd correu em círculos, deliciado.

Atrás da casa, mesas dobráveis ofereciam comida caseira em vasilhas de plástico. Salpicão. Salada de batata. Feijões cozidos. Verduras.

Havia uma mesa coberta por bandejas de alumínio descartáveis repletas de porco desfiado. No limiar da floresta, ainda pairavam fios de fumaça da churrasqueira gigante que estivera acesa a noite toda.

Em outra mesa havia doces. Em mais outra, saladas.

— Não devíamos ter trazido alguma coisa? — perguntei enquanto inspecionávamos as mesas, dignas de programas de casa e culinária.

Katy tirou da bolsa um pacote de Fig Newtons e o colocou na mesa de sobremesas.

Revirei os olhos, do meu jeito.

Quando Katy e eu voltamos às nossas cadeiras, o tocador de banjo executava "Rocky Top". Não era Pete Seeger, mas não soava mal.

Durante as duas horas seguintes, diversas pessoas pararam para conversar conosco. Era como o Dia das Carreiras, nos tempos de colégio. Advogados. Pilotos. Mecânicos. Um juiz. Nerds. Um ex-aluno, agora empreiteiro. Fiquei surpresa com o número de tiras do departamento de polícia de Charlotte que eu conhecia.

Diversos McCranie se aproximaram, dando-nos as boas-vindas e expressando sua gratidão por termos ido. Palmer Cousins também ia e vinha.

Soube que Palmer fora apresentado por Lija, a melhor amiga de Katy desde o quarto ano. Também descobri que Lija, tendo se formado em sociologia na Universidade da Geórgia, trabalhava em Charlotte como paramédica.

Mais importante de tudo, descobri que Palmer era solteiro, 27 anos, formado em biologia pela Wake Forest, atualmente empregado pelo U. S. Fish and Wildlife Service no escritório de campo em Colúmbia, Carolina do Sul.

Era um frequentador assíduo da casa dos McCranie quando voltava para casa em Charlotte. O que eu não entendi era por que eu estava mastigando porco desfiado em um campo de trevos.

Boyd se alternava entre dormir aos nossos pés, correr com diferentes grupos de crianças e vagar pela multidão, aproximando-se de qualquer um que parecesse mais acessível. Ele estava cochilando quando um grupo de crianças apareceu requisitando companhia.

O animal abriu um olho e ajeitou o queixo sobre as patas. Uma garota de cerca de 10 anos, usando uma capa roxa com capuz, acenou com um bolinho de milho. Boyd foi atrás.

Observando-os correr ao redor do estábulo, lembrei-me das palavras de Katy ao telefone dizendo que Boyd queria ter uma conversa comigo.

— O que o cão queria discutir?

— Ah, sim. Papai está trabalhando em um julgamento em Asheville, de modo que estou tomando conta de Boyd. — Com a unha do polegar, ela cutucava a borda do rótulo da Budweiser. — Ele acha que vai ficar por lá mais três semanas. Mas, ahn... — Ela arrancou uma larga faixa de papel molhado. — Bem, acho que vou me mudar para o norte da cidade pelo resto do verão.

— Norte?

— Com Lija. Ela tem uma bela casa no terceiro distrito, e sua nova colega de quarto não poderá ir até setembro. E papai está longe, de todo modo. — A essa altura, o rótulo da cerveja estava completamente destruído. — Então achei que seria legal, você sabe, morar lá por algumas semanas. Ela não vai me cobrar aluguel nem nada.

— Só até as aulas começarem.

Katy estava no sexto e, por imposição dos pais, *último* ano como estudante sem especialização na Universidade da Virgínia.

— Claro.

— Você não está pensando em abandonar os estudos.

Revirar de olhos.

— Você e papai têm o mesmo roteirista?

Pude ver para onde a conversa estava indo.

— Deixe-me adivinhar. Você quer que eu fique com Boyd.

— Só até o papai voltar.

— Vou para a praia na semana que vem.

— Vai para a casa de Anne na ilha Sullivan, certo?

— Sim — respondi, cautelosa.

— Boyd adora praia.

— Boyd adoraria Auschwitz se lhe dessem comida.

— Anne não se incomodaria se você o levasse. E ele pode lhe fazer companhia e você não vai ficar completamente só.

— Boyd não é bem-vindo na casa de Lija?

— Não é que ele não seja bem-vindo. O senhorio de Lija...

Em algum lugar no meio da floresta, ouvi Boyd latir freneticamente.

Segundos depois, os latidos foram acrescidos de um grito de gelar o sangue.

Então outro.

CAPÍTULO 4

LEVANTEI-ME RAPIDAMENTE, coração disparado no peito.

Os convidados juntos ao quarteto de bluegrass continuavam a conversar e a comer, alheios à calamidade que podia estar ocorrendo na floresta. Os que estavam junto ao estábulo formavam um quadro congelado, boquiabertos, cabeças voltadas na direção dos gritos terríveis.

Corri em direção ao barulho, desviando de cadeiras de jardim, cobertores e pessoas. Katy e os outros me seguiam de perto.

Boyd nunca tinha ferido ou sequer rosnado para uma criança. Mas estava calor. Ele estava agitado. Teria alguma criança provocado ou confundido o cão? Teria ele atacado?

Meu Deus.

Imagens de vítimas de ataques de cães vieram à minha mente. Vi cortes profundos, couros cabeludos rasgados. O medo tomou conta de mim.

Dando a volta no estábulo, vi uma abertura entre as árvores e corri através de uma trilha de terra batida. Galhos e folhas prendiam meus cabelos e arranhavam a pele de meus braços e pernas.

Os gritos ficaram mais altos, mais estridentes. Os intervalos desapareceram e os gritos se avolumavam em um crescente de medo e pânico.

Corri naquela direção.

Subitamente, os gritos pararam. O silêncio era mais assustador que os gritos.

Boyd continuou a latir, frenético e persistente.

Eu estava suando frio.

Momentos depois, vi três crianças atrás de uma enorme cerca viva. Através de um buraco na folhagem, vi que as duas meninas estavam abraçadas. O menino pousara a mão no ombro da menina de capa roxa.

O menino e a menina mais nova olhavam para Boyd, expressões de fascínio e repulsa distorcendo seus rostos. A menina com a capa estava de olhos cerrados, punhos fechados apertados contra as pálpebras. De vez em quando, seu peito arfava involuntariamente.

Boyd estava com eles no outro extremo da cerca viva, avançando e depois recuando, latindo para algo a 1 metro da base da cerca. De vez em quando, erguia o focinho para o céu e emitia uma série de latidos agudos. Estava com as costas eriçadas, o que lhe dava o aspecto de um lobo ruivo.

— Vocês estão bem, crianças? — perguntei, entrando pelo vão na cerca.

Os três menearam a cabeça solenemente.

Katy, Palmer e um dos filhos dos McCranie chegaram correndo às minhas costas.

— Alguém ferido? — perguntou Katy, ofegante.

Três cabeças balançaram em negativa. Um pequeno soluço.

A menina de capa correu para McCranie e abraçou-o pela cintura. Ele começou a acariciar-lhe a cabeça.

— Está tudo bem, Sarah. Você está bem.

McCranie ergueu a cabeça.

— Minha filha é um pouco nervosa.

Voltei a atenção para o cão e imediatamente entendi o que estava acontecendo.

— Boyd!

Boyd voltou-se. Ao ver a mim e a Katy, aproximou-se, cutucou minha mão, voltou à cerca e recomeçou a latir.

— Pare! — gritei, curvando-me para aliviar a pontada que sentia na lateral do abdômen.

Quando desconfiava da sabedoria de uma ordem, Boyd revirava os longos pelos que lhe serviam de sobrancelhas. Era seu modo de dizer: "Está louca?"

Boyd voltou-se e fez aquilo.

— Boyd, sente-se!

Boyd voltou a latir.

Os braços de Sarah McCranie apertaram o pai com mais força. Seus colegas me olhavam com olhos arregalados.

Repeti a ordem.

Boyd voltou a cabeça e fez aquilo com as sobrancelhas, dessa vez como se dissesse: "Você está completamente louca?"

— Boyd! — Mantendo a mão esquerda na coxa, ergui o indicador da mão direita em direção ao seu focinho.

Boyd baixou a cabeça, expirou e sentou-se.

— O que há de errado com ele? — Katy estava tão ofegante quanto eu.

— O idiota provavelmente acha ter descoberto a colônia perdida de Roanoke.

Boyd voltou-se para a cerca viva, abaixou as orelhas e emitiu um rosnado longo e grave do fundo do peito.

— O que foi?

Ignorando a pergunta de minha filha, avancei em meio às raízes e à vegetação. Quando me aproximei, Boyd levantou-se e olhou para mim, ansioso.

— Sente-se.

Boyd sentou.

Ajoelhei-me ao seu lado.

Boyd levantou-se, cauda rígida e trêmula.

Senti um frio no estômago.

A descoberta de Boyd era muito maior do que eu esperava. Seu achado anterior foi um esquilo, que estava morto havia uns dois ou três dias.

Olhei para o cão. Ele retribuiu o olhar, a grande quantidade de branco visível em cada olho como um indicador de sua agitação.

Voltando a me concentrar no volume aos meus pés, comecei a compartilhar de sua apreensão. Peguei um graveto e cutuquei no centro do embrulho. O plástico furou, então um fedor de carne putrefata ergueu-se em meio às folhas. As moscas zumbiam ao redor, corpos iridescentes no ar quente e úmido.

Boyd, o caçador de cadáveres, atacava novamente.

— Merda.

— O que foi?

Ouvi um farfalhar quando Katy se aproximou.

— O que ele descobriu? — Minha filha se agachou ao meu lado, então voltou a ficar de pé como se amarrada a um cabo de bungee jump. Levou a mão à boca. Boyd dançava ao redor de suas pernas.

— O que diabos é isso?

Palmer juntou-se a nós.

— Algo morto. — Após aquela observação genial, Palmer apertou as narinas com o polegar e o indicador. — Humano?

— Não estou certa. — Apontei para dedos quase descarnados despontando de um rasgão que Boyd fizera no plástico. — Definitivamente, não é um cão e nem um veado.

Sondei as dimensões do saco semienterrado.

— Poucos animais são assim tão grandes.

Afastei terra e folhas e examinei o solo abaixo.

— Não há evidência de pelo.

Boyd avançou para cheirar. Eu o afastei.

— Droga, mãe. Não em um piquenique.

— Não pedi para que isso estivesse aqui. — E apontei para o achado de Boyd.

— Você vai ter que fazer toda aquela coisa de legista?

— Pode não ser nada. Mas no caso de *ser* algo, os restos mortais devem ser recuperados adequadamente.

Katy gemeu.

— Olha, gosto disso tanto quanto você. Eu ia sair de férias na segunda-feira.

— Isso é tão embaraçoso. Por que você não pode ser como as outras mães? Por que simplesmente — ela olhou para Palmer, então voltou a olhar para mim — não assa biscoitos?

— Prefiro Fig Newtons — rebati, levantando-me. — Talvez seja melhor afastar as crianças — dirigi-me ao pai de Sarah.

— Não! — gritou o menino. — É um cara morto, certo? Queremos vê-la escavar o cadáver. — O rosto dele estava corado e brilhava de suor.

— É! — A menina menor parecia Shirley Temple usando um macacão cor-de-rosa. — Queremos ver o cadáver!

Amaldiçoando em silêncio os seriados de TV, escolhi minhas palavras com cuidado.

— Seria mais útil ao caso se vocês organizassem seus pensamentos, conversassem sobre suas observações, para então prestarem um testemunho. Podem fazer isso?

Os dois se entreolharam, olhos ainda mais arregalados.

— Sim — disse Shirley Temple, batendo palmas com as mãos gorduchas. — Vamos prestar uns testemunhos maneiros.

A CAMINHONETE DA PERÍCIA chegou às 16 horas. Joe Hawkins, o investigador do IML do condado de Mecklenburg, plantonista naquele fim de semana, apareceu alguns minutos depois. Àquela altura, a maioria dos convidados dos McCranie havia dobrado os seus cobertores e cadeiras e ido embora.

Assim como Katy, Palmer e Boyd.

A descoberta de Boyd estava além da cerca viva que separava a propriedade dos McCranie da fazenda adjacente. De acordo com o pai de Sarah, ninguém ocupava a propriedade vizinha, que pertencia a alguém chamado Foote. Uma rápida verificação não resultou em nada, de modo que levamos nosso equipamento pelo acesso de veículo e do jardim.

Expliquei a situação para Hawkins enquanto dois peritos descarregavam câmaras, pás, telas e outros equipamentos que precisavam para o processamento do local.

— Pode ser a carcaça de um animal — sugeri, sentindo-me apreensiva por chamar o pessoal em um sábado.

— Ou pode ser a mulher de alguém com um machado cravado na cabeça. — Hawkins tirou um saco de cadáver da caminhonete. — Nosso trabalho não é adivinhar.

Joe Hawkins vinha transportando cadáveres desde que DiMaggio e Monroe se casaram em 1954, e estava a ponto de chegar à idade de aposentadoria compulsória. Tinha algumas histórias para contar. Naquela época, as necrópsias eram realizadas no porão da cadeia, em uma sala equipada com pouco mais que uma mesa e uma pia. Quando a Carolina do Norte modernizou o seu sistema de investigação nos anos 1980, e o IML mudou-se para sua locação atual, Hawkins levou apenas uma recordação: um retrato autografado de DiMaggio. A fotografia ainda estava sobre a escrivaninha de seu cubículo.

— Mas se encontrarmos algo sério, *você* vai ligar para o Dr. Larabee. Combinado?

— Combinado — concordei.

Hawkins bateu as portas duplas da caminhonete. Não consegui deixar de observar como o trabalho moldara a fisionomia do sujeito. Magro como um cadáver, com olheiras escuras sob olhos inchados, vastas sobrancelhas e cabelos tingidos de preto penteados para trás, Hawkins parecia um investigador de homicídios de cinema.

— Acha que vamos precisar de luz? — perguntou uma técnica, uma mulher de cerca de 20 anos com pele manchada e óculos de vovó.

— Vejamos como vão as coisas.

— Tudo pronto?

Olhei para Hawkins. Ele assentiu.

— Vamos lá — disse a mulher de óculos de vovó.

Conduzi a equipe pela floresta e, nas duas horas seguintes, fotografamos, revistamos, ensacamos e etiquetamos tudo de acordo com o protocolo.

Não soprava uma brisa. Meus cabelos amarrados à nuca e minhas roupas começaram a ficar molhadas sob o macacão Tyvek de paraquedista que Hawkins me trouxera. Apesar de ter aplicado generosas doses de repelente, os mosquitos se fartavam em cada milímetro de minha pele exposta.

Por volta das 17 horas, tínhamos uma boa ideia do que estava em nossas mãos.

Um grande saco de lixo preto jogado em uma cova rasa, então coberto por uma camada de terra e folhas. O vento e a erosão acabaram expondo um canto do saco. Boyd era responsável pelo resto.

Debaixo do primeiro saco, descobrimos outro. Embora tivéssemos mantido ambos fechados, com exceção dos buracos e rasgões que já possuíam, o odor que exalavam era indefectível. Era o aroma doce e fétido de carne em decomposição.

Os despojos pareciam estar contidos em seus pacotes, o que acelerou nosso tempo de processamento. Por volta das 18 horas, havíamos removido, selado e carregado os sacos na caminhonete. Após se certificar de que eu, Óculos de vovó e seu parceiro ficaríamos bem, Hawkins rumou para o necrotério.

Uma hora de buscas não revelou nada no solo ao redor.

Às 19h30, guardamos tudo na caminhonete e voltamos para a cidade.

Às 21 horas, eu estava no chuveiro, exausta, desanimada, desejando ter escolhido outra profissão.

Justo quando eu achava que estava livre, dois sacos de lixo de 20 litros entraram em minha vida.

Droga!

E um cão de 35 quilos.

Droga!

Enxaguei o cabelo pela terceira vez e pensei no dia seguinte e em meu visitante. Conseguiria terminar com os sacos antes de encontrá-lo na esteira de bagagem?

Imaginei um rosto e meu estômago se revolveu.

Ora essa.

Aquele encontro seria *mesmo* uma boa ideia? Eu não via o sujeito desde que trabalhamos juntos na Guatemala. Férias pareciam ser um bom plano na ocasião. Estávamos sob tremenda pressão. O lugar. As circunstâncias. A tristeza de lidar com tantas mortes.

Enxaguei o cabelo.

As férias que nunca foram. O caso estava encerrado. Estávamos a caminho do aeroporto. Porém, antes de chegarmos ao La Aurora International, o bipe dele tocou. E lá se foi ele, triste embora obediente ao chamado do dever.

Lembrei-me do rosto de Katy no piquenique daquele dia, e depois, no lugar da descoberta de Boyd. Estaria minha filha levando a sério aquele extremamente cativante Palmer Cousins? Estaria pensando em largar a escola para ficar com ele? Ou por outros motivos?

O que havia a respeito de Palmer Cousins que me incomodava? Seria o "rapaz", como Katy o chamava, apenas muito boa pinta? Estaria ficando tão obtusa a ponto de começar a julgar o caráter das pessoas por sua aparência?

Cousins pouco importava. Katy era adulta agora. Ela faria o que quisesse. Eu não tinha controle sobre sua vida.

Ensaboei-me com gel de amêndoas e menta e passei a me preocupar com os sacos plásticos de Boyd.

Com alguma sorte, o conteúdo seria de ossos de animais. Mas e se não fosse? E se a teoria do machado de Joe Hawkins não fosse uma piada?

Rapidamente, a água ficou morna, depois fria. Saí do chuveiro, amarrei uma toalha ao redor do corpo, outra do cabelo, e fui para a cama.

As coisas vão ficar bem, disse para mim mesma.

Errado.

As coisas ficariam ruins, antes de ficarem bem piores.

CAPÍTULO 5

MANHÃ DE DOMINGO. 7h37. Temperatura: 23 graus. Umidade: 81 por cento.

Estávamos a caminho de um recorde. Dezessete dias seguidos abaixo de 30 graus.

Ao entrar no pequeno vestíbulo do IMLM — Instituto Médico-Legal do condado de Mecklenburg, usei meu cartão de segurança e passei diante do posto de comando da Sra. Flowers. Até mesmo sua ausência era imponente. Todos os objetos e bilhetes adesivos eram separados por espaços regulares. As pilhas de papel tinham os cantos retos. Nenhuma caneta. Nenhum clipe de papel. Nenhuma bagunça. Uma foto pessoal: um cocker spaniel.

De segunda a sexta, a Sra. Flowers selecionava os visitantes através do painel de vidro, abençoando alguns com o acesso pela porta interna e mandando outros embora. Ela também digitava relatórios, organizava documentos e sabia onde estava cada folha de papel armazenada nos gabinetes de arquivos pretos alinhados em um lado da sala.

Passando pelos cubículos usados pelos investigadores, verifiquei o quadro na parede dos fundos onde os casos eram diariamente registrados com marcador preto.

A descoberta de Boyd já estava lá: IMLM 437-02

O lugar estava exatamente como eu esperava, deserto e assustadoramente silencioso.

O que eu não esperava era o café recém-passado na bancada da pequena cozinha.

Há um deus misericordioso, pensei ao me servir.

Ou um Joe Hawkins misericordioso.

O detetive apareceu quando eu estava abrindo meu escritório.

— Você é um santo — cumprimentei-o, erguendo a caneca.

— Achei que chegaria cedo.

Durante a operação de resgate, contei para Hawkins sobre meus planos de fugir para a praia na segunda-feira.

— Vai querer o material de ontem?

— Por favor. E a Polaroide e a Nikon.

— Radiografias?

— Sim.

— Sala principal ou a fedorenta?

— Prefiro trabalhar nos fundos.

Havia duas salas de necrópsia, cada uma com uma única mesa. A menor tinha ventilação especial para combater o fedor.

Decomposição e partículas em suspensão. Meu tipo de caso.

Tirando um formulário da pequena prateleira atrás da escrivaninha, preenchi um número de caso e escrevi uma breve descrição dos restos mortais e as circunstâncias que cercaram sua chegada ao necrotério. Então fui até o vestiário, coloquei um avental cirúrgico e fui para a sala fedorenta.

Os sacos me esperavam. Assim como as câmaras e os itens necessários para o trabalho: avental e máscara de papel, óculos protetores de plástico, luvas de látex.

Uma graça.

Fiz fotos com a 35mm, cópias de segurança com a Polaroide, então pedi a Hawkins para radiografar ambos os sacos. Não queria surpresas.

Vinte minutos depois, ele trouxe os sacos de volta e pendurou meia dúzia de chapas na caixa de luz. Estudamos a confusão cinza-sobre-cinza.

Ossos misturados com um sedimento granuloso. Nada densamente opaco.

— Nenhum metal — disse Hawkins.
— Isso é bom — falei.
— Sem dentes — disse Hawkins.
— Isso é ruim — falei.
— Não tem crânio.
— Não — concordei.

Após vestir o meu equipamento de proteção, sem os óculos, desatei o nó e esvaziei o primeiro saco sobre a mesa.

— Maldição. Parecem ser mesmo humanos — disse Hawkins.

No total, havia oito pés e mãos semidescarnados, todos cortados. Coloquei-os em uma vasilha de plástico e pedi radiografias. Hawkins levou-os, balançando a cabeça e repetindo seu comentário:

— Maldição.

Lentamente, espalhei os ossos remanescentes o melhor que pude. Alguns estavam livres de tecidos macios. Outros unidos por tendões e músculos ressecados. Outros mais apresentavam resíduos de carne decomposta.

Em algum momento no fim do Mioceno, há cerca de 7 milhões de anos, uma linhagem de primatas começou a experimentar a postura ereta. A mudança locomotora requisitou alguns ajustes anatômicos, mas em algumas eras a maioria das arestas haviam sido aparadas. Por volta do Plioceno, há cerca de 2 milhões de anos, os hominídeos já corriam por aí esperando que alguém inventasse as sapatarias.

Obviamente, a mudança para o bipedalismo teve seu lado ruim. Dores lombares. Dificuldades no parto. A perda de um dedão do pé capaz de segurar as coisas. Mas, no todo, a mudança para a posição ereta funcionou bem. À época que o *Homo erectus* atravessava a paisagem procurando mamutes, há aproximadamente um milhão de anos, nossos ancestrais tinham colunas vertebrais em forma de S, quadris curtos e largos, e cabeças apoiadas diretamente sobre os pescoços.

Os ossos que eu estava vendo não se encaixavam nesse padrão. Os quadris eram estreitos e retos, as vértebras curtas e grossas, com processos espinhais longos e retos. Os ossos dos membros eram curtos, grossos e com uma forma não vista em humanos.

Soltei um suspiro aliviado.

As vítimas no saco eram quadrúpedes.

Frequentemente, ossos que me são entregues como "suspeitos" acabam se revelando de animais. Alguns são restos do jantar de domingo. Boi. Porco. Carneiro. Peru. Outros, relíquias da caçada do ano anterior. Veado. Alce. Pato. Alguns são restos de animais de criação ou estimação. Felix. Rover. Bessie. Old Paint.

A descoberta de Boyd não se encaixava naquelas categorias. Mas eu tinha um palpite.

Comecei a separar. Úmero direito. Úmero esquerdo. Tíbia direita. Tíbia esquerda. Costelas. Vértebras. Eu estava quase no fim quando Hawkins chegou com as radiografias.

Uma olhada confirmou minhas suspeitas.

Embora as "mãos" e "pés" parecessem humanos, as diferenças de esqueleto eram evidentes. Ossos naviculares e em meia lua nas mãos. Extremidades dos metatarsos e falanges dos dedos dos pés profundamente esculpidas. Aumento do comprimento dos dedos de dentro para fora.

Destaquei esse último atributo.

— Em um pé humano, o segundo metatarso é o mais longo. Em uma mão humana, é o segundo ou o terceiro metacarpo. Nos ursos, o quarto é o mais longo em ambos os casos.

— Faz parecer que a criatura é invertida.

Apontei massas de tecido macio nas solas dos pés.

— Um pé humano seria mais arqueado.

— Então, o que é isso doutora?

— Urso.

— Urso?

— Ursos, eu diria. Tenho ao menos três fêmures esquerdos. Isso indica um mínimo de três indivíduos.

— Onde estão as garras?

— Sem garras, sem falanges distais, sem pelo. Isso significa que os ursos foram esfolados.

Hawkins pensou um instante.

— E as cabeças?

— Sei tanto quanto você.

Desliguei a caixa de luz e voltei à mesa de necrópsia.

— Caçar ursos é legal neste estado? — perguntou Hawkins.

Olhei-o por sobre a máscara.

— Sei tanto quanto você.

DEMOROU ALGUMAS HORAS para separar, relacionar e fotografar o conteúdo do primeiro saco.

Conclusão: o primeiro saco continha os restos parciais de três *Ursus americanus*. Urso negro. Verificação da espécie usando o *Gilbert's Mammalian Osteology* e o *Olsen's Mammal Remains from Archaeological Sites*. Dois adultos e um jovem. Sem presença de cabeças ou garras, falanges distais, dentes ou pele. Nenhuma indicação da causa da morte. As marcas de corte sugerem esfolamento com uma lâmina de bordas duplas não serrilhadas, provavelmente uma faca de caçador.

Entre os dois sacos, fiz uma pausa para ligar para a US Airways.

Claro que o voo estava no horário. As companhias aéreas funcionam com precisão de segundos quando os passageiros ou as pessoas que irão buscá-los estão atrasados.

Olhei para meu relógio. 11h20. Se o segundo saco não apresentasse surpresas, ainda poderia chegar a tempo ao aeroporto.

Abri uma lata de Coca Diet e peguei uma barra de granola e nozes carameladas da Quaker, em uma caixa no armário da cozinha. Enquanto comia, olhei para o peregrino quaker no rótulo. Ele me olhava com um sorriso tão gentil... O que poderia dar errado?

Voltando à sala de necrópsia, tornei a olhar para as radiografias do segundo saco. Sem ver nada suspeito, desatei o nó e espalhei o conteúdo sobre a bancada.

Um conglomerado de ossos, sedimentos e carne em decomposição deslizou pelo aço inoxidável. O fedor tomou conta do ar.

Ajeitei a máscara e comecei a analisar a bagunça.

Mais urso.

Ergui um osso menor que evidentemente não era de urso. Senti-o leve em minha mão. Percebi que a cobertura externa do osso era fina, e a cavidade do tutano desproporcionalmente larga.

Pássaro.

Comecei a triagem.

Ursus.

Aves.

O tempo passou. Meus ombros começaram a doer. Em dado momento ouvi um telefone tocar. Três toques, então silêncio. Hawkins ou o serviço de mensagens tinha atendido.

Ao separar as espécies, comecei o inventário dos ossos de urso. Mais uma vez, não havia cabeças, garras, pele ou pelo.

Uma hora depois, o número de ursos havia subido para seis.

Refleti sobre aquilo.

Seria legal caçar ursos negros na Carolina do Norte? Seis me pareciam muitos. Haveria um limite? Será que aqueles despojos representavam uma única matança ou seria o acúmulo de diversas incursões? A desigualdade na decomposição dos restos apoiava tal hipótese.

Por que seis carcaças sem cabeças foram reunidas em sacos de lixo e enterradas na floresta? Será que os ursos foram mortos por causa da pele? Teriam as cabeças sido guardadas como troféus?

Haveria uma temporada de caça ao urso? Teria a caçada ocorrido em um período legalmente aprovado? Quando? Era difícil precisar uma data na qual os animais haviam sido mortos. Até Boyd aparecer, o plástico agira como uma efetiva barreira contra insetos e outros carniceiros que aceleram a decomposição.

Voltava-me para os ossos de pássaros quando ouvi vozes no corredor. Parei para ouvir.

Joe Hawkins. Uma voz masculina. Hawkins outra vez.

Mantendo as mãos enluvadas para cima, abri a porta com o traseiro e espiei.

Hawkins e Tim Larabee conversavam do lado de fora da sala de histologia. O IML estava agitado.

Eu voltava para a sala quando Larabee me viu.

— Tempe. Fico feliz em vê-la. Estava ligando para o seu celular.
— Ele usava calça jeans e uma camisa de golfe com colarinho preto. Seu cabelo estava molhado, como se tivesse acabado de tomar banho.

— Não levo a minha bolsa para a sala de necrópsia.

Ele olhou para a mesa.

— Esse é o material de Cowans Ford?

— Sim.

— Animal?

— Sim.

— Bom. Preciso de sua ajuda com outra coisa.

Ah, não.

— Recebi uma ligação do DP de Davidson há cerca de uma hora. Um pequeno avião caiu por volta das 13 horas.

— Onde?

— À leste de Davidson, em um lugar onde o condado de Mecklenburg faz fronteira com Cabarrus e Iredell.

— Tim, estou muito...

— O avião bateu em uma encosta rochosa, então explodiu.

— Quantos a bordo?

— Não sabemos.

— Joe não pode ajudá-lo?

— Se as vítimas estiverem queimadas e despedaçadas, vou precisar de uma especialista para ver os pedaços.

Aquilo não podia estar acontecendo.

Olhei para o relógio. 14h40. Noventa minutos para a aterrissagem.

Larabee olhava para mim com olhos piedosos.

— Preciso me limpar e dar alguns telefonemas.

Larabee apertou o meu braço.

— Sabia que podia contar com você.

Diga isso para o detetive jovem e bonitão que estaria pegando um táxi dali a uma hora e meia. Sozinho.

Esperava conseguir chegar em casa antes de ele cair no sono.

∴

CAPÍTULO 6

ÀS 16H, A TEMPERATURA ERA DE 36 GRAUS e a umidade, mais de 90 por cento. Ponto para os registradores de recordes.

O lugar da queda ficava quase uma hora ao norte da cidade, no extremo noroeste do condado. Diferentemente do setor do lago Norman, a oeste, com seus jet skis e barcos à vela, aquela parte de Mecklenburg era dominada por plantações de milho e soja.

Joe Hawkins já estava lá com Larabee e eu estacionei junto ao seu Land Rover. O detetive fumava uma cigarilha, reclinado contra a caminhonete de transporte.

— Onde foi a queda? — perguntei, levando a mochila ao ombro.

Hawkins apontou para o lado com sua cigarilha.

— Quão longe? — Eu já estava suando.

— Menos de 2 quilômetros.

Quando acabamos de atravessar os três milharais, Larabee e Hawkins carregando os equipamentos e eu, a minha mochila, estávamos ofegantes, cheios de coceiras e completamente encharcados.

Embora em número menor que o habitual, estava presente o mesmo elenco de sempre. Policiais. Bombeiros. Um jornalista. Curiosos, presenciando os procedimentos como turistas em um ônibus de excursão.

Alguém tinha isolado o local do acidente com uma fita de cena do crime. Olhando a plantação, fiquei surpresa em como aquilo parecia pequeno.

Havia dois carros de bombeiro do lado de fora da fita amarela, com restos de pés de milho amassados grudados nos pneus. Estavam quietos agora, mas eu podia ver que um bocado de água fora jogada nos destroços.

Aquilo não era bom para localizar e recuperar ossos carbonizados.

Um homem usando uniforme do departamento de polícia de Davidson parecia estar no comando. Uma placa de bronze em sua camisa dizia *Wade Gullet*.

Larabee e eu nos apresentamos.

O oficial Gullet tinha mandíbula quadrada, olhos negros, nariz bem formado e cabelo grisalho. Era do tipo mandão, embora tivesse apenas 1,57m.

Nos cumprimentamos com apertos de mão.

— Fico feliz que esteja aqui, doutor. — Gullet meneou a cabeça em minha direção. — Doutora.

O legista e eu ouvimos Gullet resumir o que sabia. Seu relato ia um pouco além daquele que Larabee fornecera do lado de fora da sala de necrópsia.

— O proprietário registrou a ocorrência às 13h19. Disse que olhou pela janela da sala e viu um avião agindo de modo estranho.

— Como assim? — perguntei.

— Voando baixo, balançando as asas.

Olhando sobre a cabeça de Gullet, calculei a altura da formação rochosa no outro extremo da plantação. Não passava de 60 metros. Podia ver manchas vermelhas e azuis cerca de 5 metros abaixo do pico. Uma trilha de vegetação carbonizada ia do ponto do impacto até os destroços mais abaixo.

— O cara ouviu uma explosão, correu para fora de casa, viu fumaça subindo ao longe. Quando chegou lá, o avião estava caído e em chamas. O fazendeiro... — Gullet consultou um pequeno bloco espiral. — ...Michalowski, não viu sinal de vida, então voltou correndo para casa e discou para a emergência.

— Alguma ideia de quantos estavam a bordo? — perguntou Larabee.

— Parece um avião de quatro lugares, de modo que acho que havia menos de meia dúzia.

Aparentemente, Gullet tentava competir com Slidell no quesito tira de cinema.

Fechando o bloco com um gesto, Gullet guardou o bloco espiral no bolso da camisa.

— O despachante notificou a FAA, a Federal Aviation Administration, ou o NTSB, o National Transportation Safety Board, ou seja lá quais federais precisavam ser contatados. Minha equipe e os bombeiros podem cuidar do local da queda. Apenas me diga o que precisa, doutora.

Percebi duas ambulâncias estacionadas perto de onde paramos.

— Já avisou a algum centro de trauma?

— Alertei o CMC, o Centro Médico de Charlotte. Eu e alguns paramédicos demos uma olhada quando o fogo foi controlado. — Gullet balançou a cabeça. — Não tem ninguém vivo naquela bagunça.

Quando Larabee começou a explicar como deveríamos proceder, dei uma olhada para o relógio. 16h20. Hora estimada de chegada do visitante ao meu condomínio.

Esperava que ele tivesse recebido a mensagem dizendo que eu chegaria atrasada. Esperava que ele tivesse conseguido um táxi. Esperava que ele tivesse visto a chave que pedi para Katy grudar na porta da cozinha com fita adesiva.

Esperava que Katy tivesse grudado a chave na porta da cozinha.

Relaxe, Brennan. Se houver algum problema ele vai ligar.

Verifiquei meu celular. Sem sinal.

Droga.

— Prontos para dar uma olhada? — perguntou Gullet para Larabee.

— Não está muito quente?

— O fogo foi extinto.

— Leve-nos até lá.

Odiando meu trabalho naquele momento, segui Gullet e Larabee pelo milharal, passei por baixo da fita de isolamento policial e fui até o limiar dos destroços.

De perto, o avião estava em melhores condições do que parecia a distância. Embora amassada e queimada, a fuselagem encontrava-se relativamente intacta. Ao redor, viam-se pedaços carbonizados e retorcidos das asas, plástico derretido, e uma constelação de destroços irreconhecíveis. Pequenos cubos de vidro brilhavam como fósforo ao sol vespertino.

— Olá!

Ao ouvirmos a voz, todos nos voltamos.

Uma mulher usando calças cáqui, bota, camisa azul-marinho e boné se aproximava de nós. Grandes letras amarelas acima da aba do boné anunciavam a chegada do National Transportation Safety Board.

— Desculpem o atraso. Peguei o primeiro voo disponível.

Com uma câmera digital pendurada ao pescoço, a mulher estendeu a mão.

— Sheila Jansen, investigadora de segurança aérea.

Nos cumprimentamos. O aperto de mão de Jansen tinha a força de uma jiboia.

Jansen tirou o boné e passou o antebraço no rosto. Sem o chapéu ela parecia um comercial de leite, toda loura, saudável e cheia de vitalidade.

— Está mais quente aqui do que em Miami.

Todos concordamos que estava mesmo muito quente.

— Tudo na mesma, policial? — perguntou Jansen, olhando através do visor da pequena câmera digital.

— Exceto o fato de termos controlado as chamas — disse Gullet.

— Sobreviventes?

— Até onde sabemos, não.

— Quantos a bordo? — Jansen tirava fotografias, movendo-se um pouco para esquerda, um pouco para a direita para capturar a cena de ângulos diferentes.

— Ao menos uma pessoa.
— Seus policiais revistaram a área?
— Sim.
— Podem me dar um minuto? — Jansen ergueu a câmera digital. Larabee fez um gesto de vá em frente.

Nós a observamos circundar os destroços, fotografando e filmando. Então, ela fotografou a face rochosa e os campos em torno. Cerca de 15 minutos depois, ela voltou a se juntar a nós.

— O avião era um Cessna-210. O piloto está no lugar, há um passageiro no banco de trás.

— Por que atrás? — perguntei.

— O assento dianteiro direito não está lá.

— Por quê?

— Boa pergunta.

— Alguma ideia de quem é o avião? — perguntou Larabee.

— Agora que tenho o número de registro da cauda, posso verificar.

— De onde vinha?

— Pode ser difícil descobrir. Uma vez que obtivermos o nome do piloto, poderei entrevistar família e amigos. No meio-tempo, vou verificar se os radares têm registros do voo. É bem verdade que era um voo RVV, o radar não terá um identificador e vai ser muito difícil rastrear a rota do avião.

— RVV? — perguntei.

— Desculpe. Os pilotos são divididos em duas categorias: regras de voo por instrumentos ou regras de voo visual. Os que voam por instrumentos podem voar com qualquer tempo e usar instrumentos de navegação. Pilotos RVV não usam instrumentos. Não podem voar acima da linha das nuvens ou acima de 500 pés do teto em dias nublados. Os pilotos RVV navegam usando pontos de referência no solo.

— Bom trabalho, mestre dos ares — debochou Gullet.

Eu o ignorei.

— Os pilotos não precisam apresentar um plano de voo?

— Sim, se uma aeronave decola de um aeroporto AG sob CTA. É uma novidade adotada desde o 11 de Setembro.

A investigadora Jansen tinha mais siglas do que uma sopa de letras.

— Aeroporto AG? — perguntei. Eu sabia que CTA era controle de tráfego aéreo.

— Aeroporto de aviação geral de categoria-A. E o avião deve voar dentro de restrições específicas, especialmente se o aeroporto AG ficar perto de uma grande cidade.

— São exigidas listas de passageiros?

— Não.

Todos olhamos para os destroços. Larabee falou primeiro.

— Então essa belezinha podia estar voando por conta própria?

— A turma da cocaína e da maconha não presta muita atenção às regulamentações ou planos de voo, venham de aeroportos AG ou não. Tendem a decolar de locais remotos e voar abaixo do controle de radar. Aposto que o que temos aqui é um transporte de drogas que deu errado. Não haverá nenhum plano de voo.

— Vai chamar o FBI e o DEA? — perguntou Gullet.

— Depende do que eu descobrir aqui. — Jansen ergueu a câmera digital. — Deixe-me obter alguns closes. Então, podem começar a remover os cadáveres.

NAS TRÊS HORAS SEGUINTES, foi exatamente o que fizemos.

Enquanto Larabee e eu cuidávamos das vítimas, Jansen tirava fotografias, gravava vídeos, esboçava diagramas e registrava impressões em um gravador de bolso.

Hawkins ficou junto à cabine, entregando-nos equipamento e tirando fotografias.

Gullet vinha e voltava, oferecendo água mineral e fazendo perguntas.

Outros apareceram e se foram durante o resto daquela tarde e começo de noite suarenta e repleta de insetos. Mas nem me dei conta, tão absorta que estava com a tarefa que tinha em mãos.

O piloto estava carbonizado e irreconhecível, pele escura, sem cabelo, pálpebras enrugadas em meias luas. Uma massa amorfa unia seu abdômen ao manche, efetivamente mantendo o corpo no lugar.

— O que é aquilo? — perguntou Gullet em uma de suas visitas periódicas.

— Provavelmente o fígado do cara — respondeu Larabee, tentando soltar o tecido carbonizado.

Foi a última pergunta do policial Gullet.

Um resíduo negro peculiar salpicava a cabine. Embora eu já tivesse trabalhado em pequenos desastres de avião, nunca vira nada parecido.

— Alguma ideia do que seja essa substância escamosa? — perguntei a Larabee.

— Não — respondeu, ocupado em liberar o corpo do piloto.

Uma vez solto, o cadáver foi selado em um saco e colocado em uma maca. Um policial uniformizado ajudou Hawkins a levá-lo para o veículo de transporte do IML de Charlotte.

Antes de começar a trabalhar no passageiro, Larabee fez uma pausa para gravar observações em seu gravador.

Voltando ao chão, tirei minha máscara, afastei a manga do meu macacão e olhei para o relógio. Pela milionésima vez.

19h05.

Olhei para o celular.

Ainda sem serviço. Deus abençoe esta terra.

— Menos um — disse Larabee, guardando o gravador em um bolso dentro do macacão.

— Você não precisará da minha ajuda com o piloto.

— Não — concordou Larabee.

O mesmo não se aplicava ao passageiro.

Quando um veículo que se move em alta velocidade, como um carro ou avião, para subitamente, aqueles que estão no interior e sem cintos de segurança tornam-se o que os bioquímicos chamam de "objetos projetados". Cada objeto dentro do objeto maior continua a se deslocar na mesma velocidade em que estava viajando até parar subitamente.

Em um Cessna, isso não é bom.

Ao contrário do piloto, o passageiro não estava usando cinto. Dava para ver cabelo e estilhaços de ossos na moldura do para-brisa onde sua cabeça se chocara subitamente.

O crânio se esfacelara no impacto. O fogo fizera o resto.

Senti placas tectônicas se movendo em meu estômago ao olhar para o tronco carbonizado e sem cabeça e para a terrível bagunça ao redor.

Cigarras cantavam ao longe, seu grito mecânico como um lamento angustiado no ar irrespirável.

Após um momento de profunda autopiedade, recoloquei a máscara, entrei na cabine, fui até o banco de trás, e comecei a separar fragmentos de osso de sua matriz de destroços e massa encefálica, a maior parte da qual ricocheteara para trás após atingir a moldura do para-brisa.

O milharal e seus ocupantes tornaram-se distantes. O canto das cigarras esmoreceu. De vez em quando, ouvia vozes, um rádio, uma sirene ao longe.

Enquanto Larabee trabalhava no corpo do passageiro, eu recolhia o que sobrara de sua cabeça esfacelada.

Dentes. Borda orbital. Um pedaço de mandíbula. Cada fragmento coberto por uma matéria preta e escamosa.

O piloto estava apenas salpicado, mas o passageiro parecia totalmente coberto. Não fazia ideia do que poderia ser aquela substância.

Quando eu enchia um recipiente, Hawkins o substituía por outro vazio.

Em dado momento, ouvi operários instalando um gerador portátil e luzes.

O avião fedia a carne carbonizada e combustível. A fuligem preenchia o ar, transformando o espaço apertado em uma miniatura do Dust Bowl.* Minhas costas e joelhos estavam doloridos. Mudava de posição a toda hora, procurando em vão uma posição mais confortável.

---

* Período de secas e tempestades de areia que ocorreu nos Estados Unidos na década de 1930 e que durou quase 10 anos. (*N. do T.*)

Eu baixava a temperatura corporal invocando imagens refrescantes em minha mente.

Uma piscina. Cheiro de cloro. A aspereza do cais na sola dos meus pés. O choque do frio de um primeiro mergulho.

A praia. Ondas nos meus tornozelos. Vento no meu rosto. Areia fria e salgada nas bochechas. Uma lufada de ar-condicionado em uma pele coberta de Coppertone.

Picolés.

Cubos de gelo em uma limonada.

Terminamos quando os últimos vestígios do dia escondiam-se atrás do horizonte.

Hawkins fez a última viagem até a caminhonete. Larabee e eu tiramos os macacões e guardamos o equipamento. Ao chegarmos ao asfalto, voltei-me para dar a última olhada.

O anoitecer sumira com a cor da paisagem. A noite de verão tomava conta do céu, pintando os milharais, o penhasco e as árvores com tonalidades de cinza e preto.

No centro do palco, o avião acidentado e o pessoal de resgate, iluminados pelas luzes portáteis como uma macabra apresentação de Shakespeare em um milharal.

Um Pesadelo de uma Noite de Verão.

ESTAVA TÃO EXAUSTA que dormi na maior parte do trajeto de volta para casa.

— Quer dar uma passada no escritório para pegar o seu carro? — perguntou Larabee.

— Me leve para casa.

A isso se resumiu a nossa conversa.

Uma hora depois, Larabee me deixou diante do meu pátio.

— Vejo você amanhã?

— Sim.

Claro. Eu não tenho vida própria.

Saí e bati a porta.

A cozinha estava escura.

Luzes no escritório?
Caminhei na ponta dos pés até o lado do anexo e olhei.
Escuro.
Andar de cima?
Idem.
— Bem — murmurei, me sentindo uma idiota. — Espero que ele não esteja aí dentro.
Entrei pela cozinha.
— Olá?
Nenhum som.
— Bird?
Nada do gato.
Coloquei a mochila no chão, tirei as botas, então abri a porta e deixei-as do lado de fora.
— Birdie?
Nada.
Fui até o escritório e acionei o interruptor.
Minha boca se abriu, consternada.
Eu estava suja, exausta e a anos-luz de qualquer beleza.
— O que diabos *você* está fazendo aqui?

CAPÍTULO 7

RYAN ABRIU UM OLHO muito azul.

— É tudo o que tem a dizer?

— Estou falando com ele.

Apontei um dedo imundo para Boyd.

O cão estava deitado em um canto do sofá, patas penduradas na borda. Ryan encontrava-se deitado no outro extremo, pernas esticadas, tornozelos cruzados sobre o cachorro.

Nenhum dos dois estava de sapatos.

Ao ouvir minha voz, Boyd sentou-se.

Movi um dedo.

Boyd foi para o chão. Os pés tamanho 44 de Ryan tombaram na almofada.

— Infração mobiliar? — Os dois olhos azuis estavam abertos agora.

— Encontrou a chave?

— Sem problemas.

— Como o pulguento apareceu aqui e por que ele permitiu que você entrasse?

Boyd e Ryan se entreolharam.

— Eu o estava chamando de Hooch. Vi isso em algum filme. Achei que combinava com ele.

Boyd ergueu as orelhas.

— Quem deixou *Hooch* entrar, e por que *Hooch* o deixou entrar?

— Hooch se lembrou de mim daquele desastre da TransSouth em Bryson City.

Eu tinha esquecido. Quando seu parceiro foi morto transportando um prisioneiro da Geórgia para Montreal, Ryan foi convidado a ajudar a NTSB na investigação do acidente. Ele e Boyd se conheceram naquela época, nas montanhas da Carolina.

— Como *Hooch* chegou aqui?

— Sua filha o trouxe. — Boyd enfiou o focinho sob a mão de Ryan. — Bom garoto.

Bela emboscada, pensei, contendo um sorriso. Katy dera-se conta de que um convidado não poderia recusar um cachorro.

— Bom cão.

Ryan coçou as orelhas de Boyd, pousou os pés no chão e me deu uma olhada. O cantos de sua boca se ergueram.

— Bela aparência.

Minhas roupas estavam imundas, minhas unhas repletas de lama e fuligem. Meu cabelo estava suado e embaraçado, meu rosto marcado por milhares de picadas de inseto. Eu fedia a milho, combustível de avião e carne carbonizada.

Como minha irmã Harry me descreveria? Esfregue bem e pendure para secar.

Mas eu não estava disposta a ouvir críticas de moda.

— Estava recolhendo cérebro frito, Ryan. Você também não pareceria uma propaganda da Dior no meu lugar.

Boyd me observou mas não expressou nada.

— Já comeu?

— O evento não incluía refeição.

Ao ouvir meu tom de voz, Boyd voltou a enfiar o focinho debaixo da mão de Ryan.

— Hooch e eu estávamos pensando em uma pizza.

Boyd balançou a cauda ao ouvir seu novo apelido. Ou a palavra pizza.

— O nome dele é Boyd.

— Por que não sobe e toma um banho? Boyd e eu vamos ver o que descolamos.

Descolamos?

Nascido na Nova Escócia, Ryan morou toda a sua vida adulta na província de Quebec. Embora tenha viajado muito, sua visão da cultura americana é tipicamente canadense. Caipiras. Gângsteres. Caubóis. De vez em quando tentava me impressionar com seu linguajar de *Gunsmoke*.* Eu esperava que ele não fizesse isso agora.

— Volto em alguns minutos — avisei.

— Sem pressa.

Bom. Nenhum "chefe" ou "dona" para causar efeito.

A coisa veio quando eu estava subindo a escada:

— Madame Kitty.

OUTRA SESSÃO DE BUCHA e vapor para limpar o corpo e a alma do cheiro da morte. Sabonete de lavanda em gel, xampu de zimbro, condicionador de alecrim e menta. Ultimamente eu andava usando muitas ervas aromáticas.

Enquanto me ensaboava, pensava no homem lá embaixo.

Andrew Ryan, *lieutenant-détective, Section de Crimes contre la Personne, Sûreté du Québec.*

Ryan e eu trabalhamos juntos durante quase dez anos, detetive de homicídios e antropóloga forense. Como especialistas de nossas respectivas agências baseadas em Montreal, o departamento médico-legal de Quebec e a polícia provincial de Quebec, investigamos assassinos seriais, gangues de motoqueiros foras da lei, cultos do Juízo Final e criminosos comuns. Eu cuidava das vítimas. Ele do trabalho nas ruas. Sempre estritamente profissional.

Ao longo dos anos, ouvi histórias sobre o passado de Ryan. Motocicletas, bebedeiras, excessos que terminavam no chão de celas para bêbados desordeiros. O ataque quase fatal de um motoqueiro com uma garrafa de cerveja quebrada. A lenta recuperação. A deserção para o lado dos mocinhos. Ryan progride dentro da polícia provinciana.

---

* Série de TV de faroeste americano, cujos personagens principais se chamavam Matt Dillon, Doc e Kitty Russel. (*N. do T.*)

Também ouvia histórias sobre o presente de Ryan. Garanhão da delegacia. Especialista em garotas bonitas.

Irrelevante. Eu seguia uma regra inabalável contra romances no local de trabalho.

Mas Ryan não era bom em seguir regras. Ele forçou, eu resisti. Havia menos de dois anos, finalmente aceitando o fato de que Pete e eu éramos melhores amigos do que cônjuges, concordei em me encontrar com ele.

Encontrar?

Meu Deus. Falei como a minha mãe.

Derramei mais lavanda na bucha e voltei a me esfregar.

Qual termo usar para solteiros com mais de 40 anos?

Sair? Cortejar? Transar?

Não importa. Antes que algo acontecesse, Ryan desapareceu para realizar uma missão secreta. Após ele reaparecer, experimentamos jantar, ir ao cinema e jogar boliche, mas nunca chegamos à parte do transar.

Imaginei Ryan. Alto, magro, olhos mais azuis que o céu da Carolina.

Algo se revolveu em meu estômago.

Transar!

Talvez eu não estivesse tão cansada quanto pensava.

Na última primavera, ao fim de um período emocionalmente difícil na Guatemala, finalmente decidi mergulhar de cabeça. Concordei em sair de férias com Ryan.

O que podia dar errado na praia?

Nunca vim a saber. O bipe de Ryan tocou quando estávamos a caminho do aeroporto da cidade da Guatemala e, em vez de Cozumel, fomos para Montreal. Ryan voltou a Drummondville para fazer serviço de vigilância. Eu voltei para os ossos no laboratório.

Coito interrompido.

Enxaguei-me.

Agora, o detetive Don Juan estava sentado no sofá do meu escritório.

Bela bunda.

Revirada no estômago.

Dura. Com todas as curvas nos lugares certos.

Grande revirada no estômago.

Desliguei a torneira, saí do chuveiro e procurei uma toalha. O vapor estava tão denso que embaçou o espelho.

Ótimo, pensei, imaginando o estrago feito pelos mosquitos e borrachudos.

Vesti um robe atoalhado velho e puído, presente de Harry quando terminei meu doutorado na Northwestern. Manga rasgada. Manchas de café. Aquele era o feijão com arroz da minha coleção de roupas.

Birdie estava enroscado na minha cama.

— Oi, Bird.

Se gatos podem manifestar desagrado, era o que Birdie estava fazendo.

Sentei-me ao seu lado e corri a mão por suas costas.

— Não convidei o pulguento.

Birdie não disse nada.

— O que acha do outro sujeito?

Birdie encolheu ambas as patas sob o peito e me dirigiu seu olhar de esfinge.

— Acha que devo separar meus biquínis?

Deitei-me perto do gato.

— Ou meu estoque da Victoria's Secret?

Na verdade, Victoria's Secret falsificadas, da Guatemala. Eu as encontrei em uma loja de lingerie, e comprei várias para a viagem à praia que jamais aconteceu. Ainda estavam guardadas em seus sacos cor-de-rosa, etiquetas ainda no lugar.

Fechei os olhos para pensar no assunto.

O SOL VOLTAVA A ATRAVESSAR a magnólia, seus raios esquentando meu rosto.

Senti cheiro de bacon e ouvi uma movimentação.

Um momento de confusão, e então me lembrei.

Meus olhos se abriram.

Estava em posição fetal sobre a colcha, cobertor de tricô da vovó sobre o corpo.

Olhei para o relógio.

8h22.

Resmunguei.

Rolando para fora da cama, vesti uma calça jeans e uma camiseta e passei uma escova no cabelo. Como tinha dormido com ele molhado, estava achatado de um lado, alto na esquerda, como um meio topete.

Molhei. Não adiantou. Fiquei parecendo o Little Richard com o cabelo amassado pelo chapéu.

Terrível.

Estava no meio da escada quando me lembrei do hálito.

Voltei para escovar os dentes.

Boyd me saudou ao pé da escada, olhos brilhando como um viciado sob efeito de crack. Cocei suas orelhas. Ele voltou correndo para a cozinha.

Ryan estava no fogão. Usava uma calça jeans. Apenas jeans. Abaixo da cintura.

Ora, ora.

— Bom dia — falei, por falta de algo mais esperto.

Ryan voltou-se segurando um garfo.

— Bom dia, princesa.

— Ouça, me descul...

— Café?

— Por favor.

Ele encheu uma caneca e me entregou. Boyd vagou pela cozinha, embriagado pelo cheiro de gordura frita. Birdie ficou no andar de cima, irradiando ressentimento.

— Eu devo ter...

— Hooch e eu somos amarradões em bacon com ovos.

Amarradões?

— Sente-se — disse Ryan, apontando o garfo para a mesa.

Sentei-me. Boyd sentou-se.

Dando-se conta do engano, o cão se levantou, olhos fixos no bacon que Ryan transferia para uma toalha de papel.

— Encontrou travesseiro e cobertor?

— Sim, dona.

Tomei um gole de café. Estava bom.

— Bom café.

— Valeu, dona.

Não restava dúvida. Ia ser um dia de caubói.

— Onde achou o bacon e os ovos?

— Hooch e eu saímos para correr. Fomos até o Harris-Tooter. Nome estranho para uma mercearia.

— É Harris-Teeter.

— Certo. Tem mais a ver com o produto que comercializam.

Percebi uma caixa de pizza vazia sobre a bancada.

— Realmente lamento ter dormido ontem à noite.

— Você estava exausta. Apagou. Nada demais.

Ryan deu uma tira de bacon para Boyd, voltou-se, e me olhou com seus olhos azul-bebê. Lentamente, ergueu e abaixou as sobrancelhas.

— É claro que não era o que eu tinha em mente.

Ora, ora.

Puxei o cabelo para trás das orelhas com ambas as mãos. O lado direito não foi.

— Infelizmente, tenho de trabalhar hoje.

— Hooch e eu estávamos esperando por isso. Fizemos planos. — Ryan quebrava os ovos em uma frigideira e jogava as cascas na pia. — Mas seria bom ter um carro.

— Deixe-me no trabalho e fique com o carro.

Não perguntei que planos seriam aqueles.

Comemos enquanto eu descrevia a cena do desastre aéreo. Ryan concordou que parecia ser tráfico de drogas. Ele também não fazia ideia do que podia ser o resíduo negro.

— A investigadora do NTSB não sabe?

Balancei a cabeça em negativa.

— Larabee vai fazer a necrópsia no piloto, mas me pediu para cuidar da cabeça do passageiro.

Boyd cutucou meu joelho com a pata. Como não respondi, ele se voltou para Ryan.

Durante a segunda e a terceira xícara de café, Ryan e eu conversamos sobre amigos comuns, família e coisas que faríamos quando eu voltasse a Montreal no fim do verão. A conversa era amena e frívola, a um milhão de quilômetros de ursos em decomposição e de um Cessna acidentado. Peguei-me rindo sem motivo. Queria ficar, fazer sanduíches de presunto, mostarda e picles, assistir a filmes antigos e ir aonde o dia nos levasse.

Mas não podia.

Estendi a mão e acariciei o rosto de Ryan.

— Estou realmente feliz que esteja aqui — admiti, com um sorriso que disfarçava o nervoso.

— Também me sinto feliz por estar aqui — disse Ryan.

— Tenho alguns ossos de animais para terminar, mas isso não vai demorar. Podemos ir para a praia amanhã.

Terminei de tomar o café, lembrando dos fragmentos de crânio que retirara da fuselagem carbonizada. Meu sorriso esmoreceu sensivelmente.

— Quarta-feira no mais tardar.

Ryan deu para Boyd uma última fatia de bacon.

— O oceano é eterno — disse ele.

Eu acabaria descobrindo que a sequência de cadáveres também seria.

CAPÍTULO 8

RYAN NÃO PODERIA ME DEIXAR no trabalho. Eu estava sem carro.

Liguei para Katy. Ela chegou em poucos minutos para nos servir de táxi até o centro, feliz pelo passeio cedo pela manhã.

É. Claro.

O ar estava quente e úmido, o meteorologista da NPR negou qualquer suspeita quanto a uma baixa de temperatura. Ryan parecia com roupas demais com sua calça jeans, meias, mocassins e blusa cortada sem mangas.

No IMLM, entreguei minhas chaves a Ryan. No outro lado, em frente à faculdade, um jovem usando um suéter do Carolina Panthers e bermudas muito largas caminhava em direção ao prédio de serviços do condado batendo uma bola de basquete no ritmo que ouvia em seus fones de ouvido.

Embora eu estivesse de mau humor, não pude deixar de sorrir. Em minha juventude, os jeans tinham de ser apertados o bastante para causarem arteriosclerose. A bermuda daquele rapaz podia acomodar três pessoas.

Observando Katy e depois Ryan indo embora, meu sorriso se partira. Não sabia para onde minha filha estava indo ou quais planos Ryan compartilhava com o cão de meu ex-marido, mas queria estar saindo também.

Qualquer lugar menos ali.

Um necrotério não é um lugar feliz. Os visitantes não aparecem para se divertir.

Eu sei disso.

Todos os dias, a cobiça, a paixão, a negligência, a estupidez, a autoexecração, encontros com o diabo ou o azar fazem com que pessoas saudáveis batam as botas. Todos os dias, aqueles deixados para trás são afrontados pela subitaneidade da morte inesperada.

Os fins de semana eram os mais pródigos, de modo que as segundas-feiras eram os piores dias.

Também sei disso.

Ainda assim, as manhãs de segunda-feira me dão vontade de fugir.

Quando atravessei a porta externa, a Sra. Flowers acenou com a mão gorducha e liberou a minha entrada do saguão até uma área de recepção.

Joe Hawkins estava em seu cubículo falando com uma mulher que parecia trabalhar como caixa em uma parada de caminhoneiros. Suas roupas e seu rosto eram flácidos. Podia ter 40 ou 60 anos.

A mulher ouvia, olhos vagos e distantes, dedos amassando um lenço de papel. Ela não escutava de verdade o que Hawkins dizia. Estava tendo o primeiro relance da vida sem a pessoa cujo corpo acabara de ver.

Olhei para Hawkins e fiz um gesto para ele continuar sua tarefa.

O quadro exibia os três casos registrados desde a véspera. Domingo agitado para Charlotte. O piloto e o passageiro deram entrada como IMLM 438-02 e 439-02.

Larabee já estava com o piloto na mesa de necrópsia principal. Quando espiei, ele examinava pedaços de pele queimada através de uma lupa.

— Alguma pista da identidade dele? — perguntei.

— Nada ainda.

— Digitais? Arcada dentária?

— Os dedos já eram. Mas a maior parte dos dentes está intacta. Parece que ele foi ao dentista alguma vez neste milênio, ou no anterior. Ele certamente visitou um tatuador. Veja o trabalho artístico.

Larabee ofereceu-me a lupa.

A parte inferior das costas do sujeito devem ter sido protegidas das chamas pelo contato com o assento. Ali, serpenteava a extremidade inferior de uma cobra, com garras e asas. Chamas vermelhas dançavam em espiral ao redor das extremidades do Sr. Serpente.

— Reconhece o desenho? — perguntei.

— Não. Mas alguém deve reconhecer.

— O sujeito parece ser branco.

Larabee passou a esponja tatuagem acima. Mais cobra emergiu da fuligem, como uma mensagem em uma raspadinha. A pele entre as escamas era de um branco pálido.

— É — concordou ele. — Mas veja isso.

Colocando a mão sob o ombro do piloto, Larabee o ergueu. Eu me inclinei.

Havia marcas negras no peito do sujeito, como pequenas sanguessugas carbonizadas.

— É a mesma coisa que encontrei no passageiro — falei.

Larabee deixou o ombro do piloto tombar à mesa.

— É.

— Alguma ideia do que seja? — perguntei.

— Nenhuma.

Avisei Larabee que trabalharia na outra sala.

— Joe já pôs as radiografias na caixa de luz — disse ele.

Abri uma pasta de arquivo, vesti o avental, peguei um carrinho e fui até a geladeira. Quando abri a porta de aço inoxidável, uma lufada fétida de carne carbonizada e resfriada atingiu minhas narinas.

As macas estavam estacionadas em duas filas. Sete vazias. Quatro ocupadas.

Verifiquei as etiquetas nos zíperes dos sacos de cadáver.

IMLM 437-02.Ursos e companhia.

IMLM 415-02. Homem negro, desconhecido. Nós os chamamos de Billy por causa do lugar onde foi encontrado, perto do Billy Graham Parkway. Billy era um velho desdentado que morreu sob um cobertor de jornais, sozinho e preterido. Em três semanas, ninguém o reclamara. Larabee dera a Billy um prazo até o fim do mês.

IMLM 440-02. Earl Darnell Boggs. Dia do nascimento.: 14/12/48. Supus que o Sr. Boggs tinha a ver com a senhora no cubículo de Joe Hawkins.

IMLM 439-02. Desconhecido. O passageiro.

Abri o zíper.

O corpo estava como eu me lembrava: sem cabeça, carbonizado, membros superiores retorcidos em pose de pugilista. As mãos eram garras ressecadas. Nada de digitais nesse aí também.

Hawkins tinham pintado os recipientes de plástico acima dos ombros do passageiro, como se tentando simular a cabeça esfacelada. Tirei os recipientes, voltei a fechar o saco e empurrei a maca até a pequena sala de necrópsia.

As radiografias brilhavam em tonalidades de preto e branco, como aqueles padrões de teste dos primórdios da televisão. A segunda chapa mostrava dois objetos metálicos misturados com dentes e pedaços de mandíbula. Um objeto parecia uma flor-de-lis, o outro tinha o formato do estado de Oklahoma.

Bom. O passageiro também tinha ido ao dentista.

Vesti as luvas, estiquei um lençol sobre a mesa e esvaziei o segundo recipiente. Demorei vários minutos para localizar e remover as duas obturações frouxas. Após guardá-las em um frasco, recolhi todos os fragmentos de dentes e mandíbula, coloquei-os em uma bandeja, que deixei de lado.

Então, voltei-me para o crânio.

Não haveria reconstrução para aquele sujeito. O dano causado pelo fogo foi muito severo.

Retirando carne carbonizada e sujeira preta e em flocos, comecei a trabalhar no quebra-cabeça da arquitetura craniana.

Um segmento de osso frontal levou a supercílios proeminentes. Pedaços do occipital mostravam mastoides bulbosos e a maior ligação de músculos de pescoço que eu já vira. A parte de trás da cabeça do sujeito deve ter se inchado como uma bola de golfe.

Definitivamente, o passageiro do banco de trás era homem. Não era uma informação útil. Larabee descobriria isso quando fizesse a necrópsia.

Vejamos a idade.

Dois passos à direita, estudei a bandeja de fragmentos de dentes.

Assim como as plantas, os dentes estendem raízes em seus alvéolos muito depois das coroas despontarem através das gengivas. Aos 25 anos, o jardim está no auge, e os terceiro molares, ou dentes do siso, estão completos em suas extremidades. Isso é o fim do ponto de vista dentário. Daí em diante, é o colapso.

Embora o esmalte dos dentes do passageiro estivesse ausente ou muito quebradiço para ser avaliado, cada raiz visível parecia completa. Precisaria das radiografias para observar as que estavam inseridas nos alvéolos.

Voltei àquela ruína craniana.

Como os dentes, os crânios precisam de algum trabalho de montagem. No nascimento, os 22 ossos estão no lugar, mas não estão soldados. Encontram-se ao longo de linhas tortuosas chamadas suturas. Na idade adulta, as linhas se encaixam até formarem uma esfera rígida.

De modo geral, quanto mais velas no bolo, mais sutis são as suturas.

Ao remover o couro cabelo dos fragmentos cranianos, pude ver porções de sutura do topo, da parte de trás e da base do crânio.

A sutura basilar estava unida. A maioria das outras, aberta. Apenas a sagital, que corre da frente para trás pelo topo da cabeça, mostrava alguma conexão óssea.

Embora o fechamento craniano fosse muito variável, tal padrão sugeria um jovem adulto.

Vejamos sua descendência.

Raça sempre é algo difícil de determinar. Com um crânio em pedaços, é uma merda.

O terço superior do osso do nariz permanecia no lugar, unido ao grande fragmento frontal. Projetava-se abruptamente da linha média, dando ao cavalete nasal uma forma proeminente e angulosa, como uma torre de igreja.

Troquei o pedaço de testa por outro do meio do rosto.

A abertura nasal era estreita, com uma borda inferior arredondada e uma pequena saliência central. O osso entre a base do nariz e a arcada superior era reto quando visto de perfil. Os zigomas projetavam-se em arcos largos e extensos.

O cavalete nasal em forma de torre de igreja, a borda nasal inferior aguda e a parte inferior do rosto não projetado sugeriam descendência europeia.

Os zigomas, ou maçãs da face, sugeriam descendência asiática ou nativo-americana.

Ótimo.

De volta à dentição.

Apenas um dente da frente ainda tinha uma coroa parcial. Eu o virei. A parte de trás era ligeiramente sulcada no ponto em que o esmalte se encontrava com a linha da gengiva.

Eu olhava para aquele incisivo quando Joe Hawkins enfiou a cabeça no vão da porta.

— Você parece confusa.

Eu estendi a mão.

— Não estou certa se há escavação, mas há algo estranho aqui.

Joe olhou para o dente.

— Se você diz, doutora.

O termo escavação refere-se a uma borda em forma de U no lado interior do quarto dente da frente. Incisivos escavados geralmente indicam descendência asiática ou nativo-americana.

Devolvi o dente à bandeja e requisitei radiografias dos fragmentos de mandíbula.

Consultei o relógio. 13h40.

Não me admira que eu estivesse faminta.

Tirando as luvas e a máscara, lavei-me com sabão bactericida e joguei um jaleco de laboratório sobre o avental. Então fui até o meu escritório, comi uma barra de granola e tomei uma lata de Coca Diet.

Enquanto comia, verifiquei minhas mensagens telefônicas.

Uma jornalista do *Charlotte Observer*.

Skinny Slidell. Algo a respeito do caso do bebê Banks.

Sheila Jansen. Ligou cedo. O NTSB trabalha duro.

A quarta mensagem chamou minha atenção.

Geneva Banks.
Tentei o número dos Banks. Sem resposta.
Tentei Jansen.
O correio de voz pediu que eu deixasse uma mensagem.
Deixei.
Voltei à sala de necrópsia principal. O passageiro estava agora no lugar onde estivera o piloto, e Larabee tinha acabado de fazer sua segunda incisão em Y do dia.

Aproximei-me e olhei para o cadáver. Embora o gênero fosse evidente, o mesmo não podia ser dito de idade e raça. Tais aspectos teriam que ser determinados a partir do esqueleto.

Expliquei a discrepância das características raciais. Larabee disse não ter encontrado nada de útil no cadáver.

Perguntei pela sínfise pubiana, a parte da pélvis onde as duas metades se encontram, e pelas extremidades externas da terceira à quinta costela para apurar minha estimativa de idade. Larabee disse que as enviaria.

Larabee me contou que tinha falado com Jansen. A investigadora da NTSB apareceria no fim da tarde. Nem Geneva Banks nem Skinny Slidell haviam ligado para ele.

Quando voltei à sala fedorenta, Hawkins havia disposto as radiografias dentárias na caixa de luz.

As raízes do canino esquerdo, do segundo molar e de ambos os dentes de siso eram visíveis em diversos fragmentos de mandíbula. Embora o canino e o M-2 estivessem completos, o M-3 não estava exatamente sobre a placa.

Em termos dentários, o passageiro parecia ter entre 18 e 25 anos.

Raça ainda era uma incerteza.
De volta ao arco zigomático.
Sim. Maçãs da face mongoloides.
De volta ao maxilar e ao frontal.
Sim. Nariz caucasoide.

Enquanto eu olhava para o osso frontal, uma irregularidade no nasal capturou minha atenção. Levei o fragmento até o microscópio e ajustei o foco.

Aumentada, a irregularidade parecia circular e mais porosa que o osso que a cercava. As bordas do círculo estavam claramente definidas.

Era uma lesão curiosa, diferente do que geralmente se vê em ossos nasais. Eu não fazia ideia do que aquilo significava.

Passei a hora seguinte explorando fragmentos, cortando carne e gravando observações. Embora não tenha encontrado nenhum outro sinal de doença, decidi requisitar radiografias do resto do esqueleto. A lesão nasal parecia ativa, sugerindo uma condição crônica.

Às 15h30, Hawkins entregou as costelas e o púbis. Ele prometeu tirar uma série completa de radiografias quando Larabee terminasse com o cadáver do passageiro.

Eu estava colocando o púbis e as costelas em uma solução de água quente e produtos de limpeza quando Larabee entrou, seguido por Sheila Jansen. Naquele dia, a investigadora do NTSB vestia jeans preto e uma camisa vermelha sem mangas.

Horas seguidas de exposição ao cheiro da cabeça não refrigerada do passageiro haviam amortecido minha percepção do material, que agora se decompunha em minha mesa. Minhas luvas e avental, oleosos e manchados de fuligem, sem dúvida colaboravam para aumentar o fedor na sala.

Os lábios e as narinas de Jansen se contraíram. Sua expressão tornou-se opaca enquanto ela tentava recuperar o controle do rosto.

— Hora de trocar figurinhas? — perguntei, tirando a máscara e as luvas e jogando-as em um recipiente de lixo hospitalar.

Jansen assentiu.

— Eu os encontro na sala de reuniões.

— Boa ideia — disse Larabee.

Quando me juntei a eles, o legista explicava suas descobertas.

— ... múltiplos ferimentos traumáticos.

— Fuligem nas vias aéreas? — perguntou Jansen.

— Não.

— Isso faz sentido — disse Jansen. — Quando o avião bateu no penhasco, os tanques de combustível se romperam. Houve ignição imediata e uma explosão. Creio que as vítimas morreram no impacto.

— As queimaduras externas eram severas, mas não encontrei muita destruição dos tecidos internos — apontou Larabee.

— Após o impacto, a gravidade agiu e o combustível escorreu pela encosta do penhasco — explicou Jansen.

Lembrei-me da trilha de vegetação queimada.

— Então as vítimas foram expostas ao efeito da explosão, mas o fogo não deve ter durado muito.

— Isso se encaixa — disse Larabee.

— Os dois corpos mostram evidência de um resíduo negro — falei, acomodando-me em uma cadeira. — Especialmente o passageiro.

— Encontrei a mesma coisa em toda a cabine. Mandei uma amostra para teste.

— Estamos fazendo exames para detectar álcool, anfetaminas, meta-anfetaminas, barbitúricos, canabinoides, opiáceos — explicou Larabee. — Se esses caras estavam doidões, vamos descobrir.

— Vocês os estão chamando de "eles" — disse Jansen.

— O piloto era um homem branco, provavelmente com seus 30 anos de idade, altura entre 1,72m e 1,77m, muitas intervenções dentárias, ótima tatuagem.

Jansen assentia enquanto fazia anotações.

— O passageiro também era do sexo masculino. Mais alto. Com a cabeça, quero dizer. — Ele se virou para mim. — Tempe?

— Provavelmente tinha 20 e poucos anos — respondi.

— Antecedentes raciais? — perguntou Jansen.

— Sim.

Ela ergueu a cabeça.

— Estou trabalhando nisso.

— Algum identificador único?

— Ao menos duas obturações. — Lembrei-me do nasal. — E ele tinha algo no nariz. Também vou mantê-la informada a respeito.

— Minha vez. — Jansen folheou seu bloco de notas. — O avião estava registrado em nome de certo Richard Donald Dorton. Ricky Don para os amigos.

— Idade? — perguntei.

— Tem 52. Mas Dorton não estava no voo de ontem. Fugiu da onda de calor e foi se refugiar em Grandfather Mountain. Declara que deixou o Cessna em segurança em uma pista de pouso particular perto de Concord.

— Alguém viu o avião decolar? — perguntei.

— Não.

— Plano de voo?

— Não.

— E ninguém o viu durante o voo.

— Não.

— Você sabe por que caiu?

— O piloto se chocou contra uma encosta rochosa.

Deixamos aquilo no ar um instante.

— Quem é Ricky Don Dorton? — perguntei.

— Ricky Don Dorton possui dois clubes de strip-tease, o Club of Jacks e o Heart of Queens, ambos em Kannapolis. É uma cidade industrial ao norte, certo?

Todos assentiram.

— Ricky Don fornece vulgaridade para cavalheiros de todos os estilos de vida.

— O homem é um poeta — disse Larabee.

— O homem é um cafetão — interpôs Jansen. — Mas um cafetão rico. O Cessna-210 é apenas um de seus muitos brinquedinhos.

— Peitos e bundas são assim tão lucrativos? — perguntei.

Jansen deu de ombros.

— Ricky Don poderia também estar no negócio de importação? — perguntei.

— Tal pensamento já passou pela cabeça das autoridades locais. Já estão vigiando Dorton há algum tempo.

— Deixe-me adivinhar — falei. — Ricky Don não se dá com o pessoal do coral batista.

Larabee deu um tapinha no meu ombro.

— Ela é boa, não é mesmo?

Jansen sorriu.

— Um problema. O avião estava limpo.

— Nenhuma droga?
— Nada até agora.
Todos nos levantamos.
Fiz uma última pergunta.
— Por que um homem crescido chamaria a si mesmo de Ricky Don? — Aquilo soava como um dos Harry's Saloons no Texas.
— Talvez ele não queira parecer pretensioso.
— Compreendo — falei.
Mas não compreendia.

ERAM 16H30 QUANDO JANSEN foi embora. Eu queria ir para casa, tomar outro banho demorado, pegar algo do meu estoque da Victoria's Secret e passar a noite com Ryan.
Mas também queria ir para a praia cedo pela manhã.
E eu tinha ossos de urso na geladeira.
Se tarefas desagradáveis podem ser evitadas, sou mestra em adiá-las. Deixo a correspondência acumular, então jogo fora quando o prazo ou a oportunidade já passou. Espero a neve derreter. Coexisto com dentes de leão e ervas daninhas. Meu jardim depende da chuva.
Por outro lado, tarefas não terminadas mas inevitáveis pairam sobre a minha cabeça como lâminas de guilhotina. Quando estudava, eu entregava os trabalhos antes do prazo. Nunca tive de virar a noite por causa disso. Pago as contas no vencimento. Não consigo relaxar até o inescapável ser resolvido.
Liguei para o celular de Ryan. Quatro toques, então a voz dele pedindo em francês e inglês que eu deixasse recado.
— Pode começar a cozinhar. Estarei em casa por volta das 19h.
Ao desligar, questionei a sabedoria de minhas palavras. Eu estava me referindo a carne com batatas. Ryan pode ter entendido outra coisa.
Tentei Geneva Banks. Ainda sem resposta.
Considerei Skinny Slidell.
Evitável.
Ao retornar à sala de necrópsia, voltei a vestir o avental de papel, troquei a solução do púbis e das costelas e guardei os restos do

crânio do passageiro. Então, fui até o refrigerador, voltei a juntar os recipientes com seu proprietário sem cabeça, e retirei os Três Ursinhos.

Apenas uma porção de um dos sacos permanecia não examinada. Quanto tempo aquilo poderia durar?

Abri o saco plástico e derramei o conteúdo sobre a mesa.

Os ossos maiores duraram dez minutos. Todos de urso.

Estava baixando a última tíbia quando percebi algo com o canto do olho. Voltei-me para um monte de ossos menores que eu juntara em uma pilha próximo ao meu cotovelo esquerdo.

Meus olhos se voltaram para um objeto que rolara afastando-se do conjunto.

Senti um frio no estômago.

Remexi a pilha e encontrei outro.

Fechei as mãos em punho e minha cabeça tombou para a frente como um relógio de Dalí.

CAPÍTULO 9

INSPIREI PROFUNDAMENTE, abri os olhos, e reexaminei os dois pequenos ossos. Um era um cuboide com uma protuberância em forma de gancho. O outro lembrava um busto entalhado em miniatura.

Nenhum deles tinha a ver com ursos.

Droga!

Meu coração estava em queda livre.

Pegando os carpais com a luva, procurei Larabee. Ele estava em seu escritório.

Estendi os ossos.

Ele olhou para eles, então se voltou para mim.

— Um hamato e um capitato — falei.

— Da turma de Cachinhos Dourados?

Assenti.

— Pata?

— Mão.

Ele franziu o cenho.

— Humanos?

— Muito.

— Está certa?

Não respondi.

— Droga! — Larabee jogou a caneta sobre a mesa.

— Foi exatamente o que pensei.

Ele se recostou na cadeira.

— Droga duas vezes!

— Também acho.

— Teremos que voltar lá.

— Sim.

— Se essa. — Ele apontou para a palma de minha mão voltada para cima — mão é recente, quem quer que a tenha enterrado devia repensar o seu arranjo.

— A pessoa pode estar procurando uma pá enquanto conversamos.

— Amanhã?

Assenti.

Larabee pegou o telefone.

— Poderia ser uma tumba antiga?

— Tudo é possível.

Eu não conseguia acreditar naquilo.

JOE HAWKINS ME DEIXOU no anexo.

Ryan estava deitado assistindo uma reprise de *I Love Lucy*. Seu dia obviamente tinha incluído compras, pois usava um short quadriculado e uma camiseta que proclamava: "CERVEJA: NÃO APENAS NO CAFÉ DA MANHÃ." Embora seu rosto estivesse bronzeado, suas pernas tinham a mesma cor de carne de perca crua.

Boyd estava cochilando na sua extremidade do sofá.

Na mesa de centro havia uma Heineken vazia e uma tigela contendo meia dúzia de batatas chips. Havia outra vazia no chão.

Quatro olhos me olharam quando apareci à porta. Birdie devia estar aborrecido em algum lugar.

Boyd foi para o chão.

— *Bonjour, Madam La Docteure.*

Deixei a mochila e a bolsa escorregarem de meus ombros.

— Dia ruim? — perguntou Ryan.

Assenti e sorri.

— Espero que o seu tenha sido melhor.

— Hooch e eu fomos ao Kings Mountain.

— O parque nacional?

— Os ianques deram uma surra nos ingleses ali, não é mesmo, cara? — Ele coçou a orelha de Boyd e o cão apoiou o queixo sobre o peito de Ryan.

Enquanto eu estava com carne podre até os cotovelos, aqueles dois passeavam por monumentos históricos. Pelo menos alguém se divertira naquele dia.

Ryan levou algumas batatas à boca. Os olhos de Boyd seguiram-lhe as mãos.

— Hooch deu uma dura nos esquilos.

Fui até o sofá. Ryan se levantou e eu me sentei no lugar que Boyd deixara livre.

Boyd cheirou a tigela de chips de Ryan. Eu o cutuquei. Ele se voltou e fez aquele trejeito com as sobrancelhas.

Lucy e Ethel estavam escondidas em um armário, tentando trocar as roupas de trabalho. Lucy advertia Ethel para não dizer nada para Ricky.

— Por que ela não arranja um emprego? — perguntou Ryan.

— Ricky não a deixaria.

Pensei em Ricky Don Dorton.

— O Cessna pertencia a um dono de bar local que provavelmente também vende drogas.

— Quem é ele?

— Não importa. — Não queria comentários sobre as preferências de nome de meu irmão do Sul. — O avião não tinha drogas e o dono não estava a bordo.

— O avião do correto cidadão foi roubado.

— Sim.

— Odeio quando isso acontece comigo.

Dei um soco no peito de Ryan e olhei-o com minha expressão de "me poupe".

— Quem estava a bordo?

— Não sei. A investigadora do NTSB está tratando com os tiras. Vão verificar as listas de desaparecidos, então divulgar nossas descrições através do NCIC, o National Crime Information Center.

Ryan conteve um sorriso.

— Mas disso você já sabe. — Cocei uma picada de mosquito no cotovelo. — Tenho más notícias.

Boyd moveu o queixo para o meu joelho.

— Lembra-se dos ossos de animais que mencionei?

— Sim.

— Foi o Rin Tin Tin aqui quem os descobriu. Foram enterrados em uma fazenda fora do condado. Eu estava certa de que o material era de origem animal, mas levei-o para meu escritório de todo modo. Passei a maior parte do domingo cuidando disso.

Lucy estava sentada. Ethel tentava tirar o macacão de Lucy com sapato e tudo.

— E? — perguntou Ryan.

— Hoje encontrei um par de ossos de mão humana.

— Misturado com o Zé Colmeia.

Assenti.

— Então amanhã será outro dia especial.

— Infelizmente. Olhe, lamento muito. Sabe que preferia estar com você.

— E com Hooch. — Ryan voltou-se para o cão, então olhou de volta para mim.

— E com Hooch. — Acariciei a cabeça de Boyd. — A propósito, realmente agradeço por você estar cuidando dele.

Ryan ergueu as palmas das mãos e sobrancelhas em um gesto de *c'est la vie*.

— Se Hooch descobriu um homicídio, você não vai querer que o criminoso mude a sua vítima de lugar.

Boyd voltou para Ryan.

— Não — concordei, com um entusiasmo que reservo para os exames retais ou de papanicolau.

— Você tem que fazer o que tem que fazer.

— Certo.

Ryan estava certo, é claro. Contudo, sentia-me presa na cidade como uma mariposa em um papa-moscas.

Inclinei-me para a frente, arqueei as costas e girei a cabeça. Senti estalos no meu pescoço.

Ryan sentou-se e se aproximou.

— Vire.

Virei-me.

Ryan começou a massagear os meus ombros com movimentos fortes e circulares.

Fechei os olhos.

— Hum.

— Muito forte?

— Hum hum. — Eu não me dera conta de quão tensa estava.

Ryan correu o polegar ao longo da borda interna de cada escápula.

Um pequeno gemido acumulou-se em minha garganta. Eu o reprimi.

O polegar de Ryan moveu-se para a base de meu crânio.

Ah, meu Deus.

Para a minha nuca.

Ah, meu Deus.

Desceu outra vez, pelos ombros e ao longo dos músculos de cada lado de minha coluna.

Gemido completo.

Segundos depois, as mãos se afastaram e senti a almofada do sofá mudar de forma.

— Eis o plano.

Abri os olhos.

Ryan estava recostado, dedos entrelaçados atrás da cabeça. A tigela de batatas estava vazia. Boyd tinha farelos nos cantos da boca.

— Vou lhe pagar um jantar.

— Sem discussão. Onde?

— Sua cidade, sua escolha.

UMA HORA DEPOIS RYAN E EU estávamos comendo bruschettas no Toscana. A noite de verão perfeita, a lua cheia um círculo completo no céu.

Toscana é um restaurante italiano escondido no Specialty Shops, no Park, um enclave de cafés, spas e butiques nos quais a elite de Charlotte bebe Silver Oak Cabernet, toma banho de lama e compra bandanas para seus cães.

Embora as lojas sejam *muito* caras para o meu orçamento, gostava do Toscana, especialmente nos meses em que se podia jantar ao ar livre. Aquele e o Volare são meus restaurante italianos favoritos, e estão mais ou menos equidistantes do Sharon Hall. Naquela noite, escolhi o Toscana.

Nós nos sentamos em uma pequena mesa de ferro fundido no pátio do restaurante. Atrás de nós, uma fonte murmurava baixinho. À nossa esquerda, um casal discutia: montanha ou praia? Três mulheres à nossa direita comparavam seus *handicaps* de golfe.

Ryan usava Dockers e uma camisa de algodão com o mesmo azul de centáurea que tinha nos olhos. Seu rosto estava bronzeado pelo passeio no Kings Mountain, cabelo ainda molhado do banho.

Ele parecia bem.

Muito bem.

Eu também não estava de se jogar fora.

Vestido preto de devoradora de homens. Sandálias com tiras. A calcinha mais ousada da Victoria's Secret da Guatemala.

Os últimos dias me trouxeram muitos cadáveres, muitas mortes. Eu tinha tomado uma decisão. Mergulharia de cabeça.

— Todo mundo na Carolina do Norte joga golfe? — perguntou Ryan enquanto um garçom de camisa branca nos entregava menus do tamanho de uma peça processual.

— É lei estadual.

O garçom nos perguntou o que queríamos beber. Ryan pediu uma Sam Adams. Eu pedi Perrier com limão. Mal escondendo a decepção, o garçom se foi.

— Você também?

Olhei para Ryan. Ele desviou o olhar dos meus peitos para meus olhos.

— Você também joga golfe?

— Tive algumas aulas.

Na verdade, eu não empunhava um taco havia anos. Golfe era coisa do Pete. Quando deixei meu marido, deixei o jogo. Meu *handicap* provavelmente era 42.

A mulher ao nosso lado alegava seis tacadas.

— Gostaria de jogar? — perguntei.

Uma vez que Pete e eu nunca nos separamos legalmente, tecnicamente eu ainda era mulher dele e podia usar as instalações do Carmel Country Club.

Por que *não cuidei* da papelada?, perguntei-me pela milionésima vez. Pete e eu estávamos separados havia anos. Por que não cortar o cordão e seguir em frente?

Seria mesmo um cordão?

Não é hora de pensar nisso, Brennan.

— Pode ser divertido — disse Ryan, estendendo o braço sobre a mesa para tocar minha mão.

Definitivamente, não era hora.

— Claro que Hooch não vai querer ficar de fora.

— O nome dele é Boyd. — Minha voz soou como se eu tivesse inalado hélio.

— Hooch precisa aprender a desfrutar da serenidade de sua própria beleza interior. Talvez você pudesse iniciá-lo em ioga.

— Vou sugerir a Pete.

O garçom voltou com nossos drinques, explicou o menu. Ryan pediu perca marinha. Eu fui de vitela Marsala, cuidadosamente deixando a palma da mão sobre a mesa.

Quando o garçom se foi, a mão de Ryan voltou a tocar a minha. Seu rosto demonstrava uma mistura de preocupação e confusão.

— Você não está nervosa por causa de amanhã, certo?

— Não — respondi com um sorriso debochado.

Realmente, não.

— Você parece tensa.

— Só estou frustrada por causa da praia.

Ryan bateu com as pontas dos dedos em meu braço.

— Esperei todos esses anos para vê-la de biquíni.

Os dedos desceram pelo meu braço como uma aranha.

— Nós *vamos* à praia.

Se calafrios podem queimar, os meus queimaram.

Limpei a garganta.

— Existem diversas tumbas não assinaladas nessas fazendas antigas. Aqueles ossos de mão provavelmente estavam enterrados desde que Cornwallis cruzou o Cowans Ford.

Nesse momento, o garçom colocou as saladas entre nós.

Mudamos de marcha durante o jantar, falando de tudo menos de nós mesmos e de nosso trabalho. Nenhuma palavra sobre ossos. Nenhuma referência ao dia seguinte.

Nenhuma referência a mais tarde naquela noite.

JÁ PASSAVA DAS 23 HORAS quando terminamos o café e o tiramisu.

Hooch/Boyd nos saudou à entrada do anexo. Quando peguei a coleira, o cão latiu alto e começou a correr pela cozinha.

— Hooch aprecia as pequenas coisas da vida — disse Ryan.

Outra vez, destaquei que o nome do cão era Boyd.

— E ele é flexível — acrescentou Ryan.

A noite cheirava a petúnias e grama cortada. Uma brisa suave agitava as vincas. Um milhão de grilos executava uma sinfonia de verão ao nosso redor.

Boyd nos guiou de árvore em árvore, rabo e focinho funcionando em dobro, aqui e ali assustando um pássaro ou um esquilo. De vez em quando virava, como se para nos lembrar de ficar de olho nele.

Não fiquei. Minha mente estava em contagem regressiva para mergulhar de cabeça.

De volta à casa, Boyd foi direto para a sua vasilha, bebeu água, expeliu ar como uma baleia e deitou-se no chão.

Pendurei a coleira e tranquei a porta. Ao ligar o alarme, senti o calor do corpo de Ryan a alguns centímetros do meu.

Com a mão, Ryan pegou o meu pulso e voltou-me para ele. Com a outra, desligou a luz. Senti cheiro de Irish Spring e algodão misturado com suor masculino.

Chegando mais perto, Ryan ergueu minha mão e a posou contra o seu rosto.

Olhei para cima. Seu rosto estava imerso em sombras.

Ryan ergueu a minha outra mão. As pontas dos meus dedos sentiram a fisionomia que eu conhecia havia uma década. Maçãs do rosto, um canto de sua boca, o ângulo de sua mandíbula.

Ele acariciou meu cabelo. Seus dedos escorregaram pelos lados de meu pescoço e tocaram os meus ombros.

Lá fora, os sininhos de vento tilintavam alegremente.

As mãos de Ryan percorreram as curvas de minha cintura, meus quadris.

Uma estranha sensação tomou conta do meu cérebro, como alguma lembrança de um sonho distante.

Os lábios de Ryan roçaram os meus.

Prendi a respiração. Não. A respiração parou por conta própria.

Ryan me beijou na boca, com força.

Eu retribuí.

Deixe acontecer, ordenava cada célula do meu cérebro.

Enlacei o pescoço de Ryan. Puxei-o contra mim, coração disparado, assustado.

As mãos de Ryan moveram-se para minhas costas. Senti o zíper baixar. Suas mãos se ergueram e afrouxaram as alças dos meus ombros. Baixei os braços.

O linho negro acumulou-se como uma poça aos meus pés.

Toda a tristeza, a frustração e os desejos não realizados dos últimos dias se evaporaram em um instante. A cozinha se tornou vaga e distante. A Terra. O cosmo.

Meus dedos buscaram os botões da camisa cor de centáurea.

∴

CAPÍTULO 10

PALMER COUSINS, KATY E EU estávamos em Montreal, tomando cappuccinos em um café ao ar livre. Do outro lado da rua, um artista tocava com colheres.

Palmer descrevia uma aula de ioga para a qual os participantes levavam seus cães.

Em vez de um suave castanholar, as colheres nas mãos do artista de rua começaram a emitir um ruído estridente. O barulho aumentou cada vez mais até eu não entender o que o amigo da minha filha estava dizendo.

Abri os olhos.

E olhei para a parte de trás da cabeça de Ryan.

E me senti como uma jovem que acabara cedendo na noite do baile de formatura.

Virando para o lado, tateei em busca do telefone.

— Alô? — murmurei, grogue de sono.

— Tim Larabee.

Senti Ryan se virar atrás de mim.

— Lamento despertá-la. — O legista não parecia nem um pouco arrependido.

Puxando-me pela cintura, Ryan encaixou minha bunda no ângulo formado por seus quadris e suas coxas. Minha respiração saiu com um "humm" abafado.

— Você está bem?

— Gato.

Olhei para o relógio. Minha calcinha tapava os números.

— Hora? — Eu só conseguia falar em monossílabos.

— Seis.

Ryan encaixou nossos corpos como se fossem colheres juntas.

— Você recebeu a minha mensagem? — perguntou Larabee.

Uma protuberância se formava onde a concha da colher de Ryan encontrava-se com o cabo.

— Mensagem?

— Liguei por volta das 20h ontem à noite.

— Eu saí. — E estava muito ocupada transando para verificar minhas mensagens.

— Não consegui encontrar um cachorro para salvar a minha vida. O seu descobriu aqueles ossos de urso, de modo que achei que ele deve ter faro para putrefação. Achei que talvez você pudesse trazê-lo hoje.

A protuberância aumentava, prejudicando em muito a minha capacidade de concentração.

— Boyd não é treinado para encontrar cadáveres.

— Melhor que nada.

Larabee não conhecia Boyd.

— A propósito, Sheila Jansen descobriu quem era o piloto do Cessna.

Eu me sentei, dobrei os joelhos e puxei o cobertor até o queixo.

— Essa foi rápida.

— Harvey Edward Pearce.

— Pelos registros dentários?

— Além da tatuagem da cobra. Harvey Pearce era um homem branco de 38 anos de Colúmbia, Carolina do Norte, perto dos Outer Banks. Apareceu na busca do NCIC.

— Pearce só morreu no domingo. Por que seus dados estavam no sistema?

— Parece que Harvey não era pontual no pagamento da pensão dos filhos. O marido deixou de pagar um mês, a mulher o deu como desaparecido.

— E Harvey deixou de pagar alguns meses.

— Exato. Quando a polícia local se deu conta da farsa do desaparecimento, os dados pessoais de Harvey já tinham se tornado bem conhecidos pelo sistema.

Ryan tentou me puxar de volta para si. Apontei-lhe um dedo em advertência e franzi as sobrancelhas exageradamente, como faria com Boyd.

— Onde exatamente na Colúmbia?

— A cerca de meia hora à oeste de Manteo, na US 64.

— Condado de Dare?

— Condado de Tyrrell. Vejo você na fazenda daqui a uma hora. Traga o cão.

Desligando, encarei o primeiro problema do dia.

Podia sair do quarto nua. Ou podia pegar o cobertor, deixando Ryan se virar sozinho.

Estava optando por uma corrida pelada quando o braço de Ryan agarrou a minha cintura. Olhei para ele.

Seus olhos estavam fixos em meu rosto. Olhos incríveis. Na manhã pálida e nublada, pareciam feitos de cobalto.

— Dona?

— Sim? — disse eu, incerta.

— Eu a respeito de corpo e alma, dona. — Sério como um pastor evangélico.

Tamborilei os dedos sobre seu peito.

— Você também não é de se jogar fora, caubói.

Rimos juntos.

Ryan inclinou a cabeça em direção ao telefone.

— O xerife está reunindo um grupo de civis?

Baixei a voz, estilo CIA.

— Se eu lhe disser, terei de matá-lo.

Ryan assentiu.

— Será que você e os rapazes não precisam de uma mão extra?

— Parece que sim. Mas só convocaram Boyd.

Ele fingiu estar desapontado. Então disse:

— Você podia me recomendar, dona?

Voltei a tocar seu peito com a ponta dos dedos.

— Você tem outros talentos, pistoleiro?

— Eu atiro bem pacas.

Onde ele aprendia essas coisas?

— Mas você é bom em ajudar na recuperação?

Ryan ergueu o cobertor.

Dei uma olhada. Ah, sim. Ele era.

— Verei o que posso fazer.

— Aguardo ansioso, dona. No meio-tempo, que tal uma ajuda no chuveiro?

— Com uma condição.

— O que quiser, dona.

— Deixe de falar assim.

E nós *dois* corremos nus para o banheiro.

DUAS HORAS DEPOIS, eu dirigia em direção à ponte de Cowans Ford. Ryan estava ao meu lado. Boyd fazia a sua rotina de perdigueiro no banco de trás. O ar-condicionado do carro estava no máximo. Eu esperava ser capaz de reconhecer a entrada.

Notando o teto alto e o céu azul pensei em Harvey Pearce e perguntei-me porque ele batera em um penhasco visível em uma tarde ensolarada de domingo.

Lembrei-me dos resíduos da substância negra e macabra que cobria Pearce e seu passageiro, e perguntei-me outra vez o que poderia ser aquilo.

Também indaguei sobre a origem étnica do passageiro. E sobre aquela estranha lesão nasal.

— No que está pensando? — Ryan limpou a baba de Boyd da orelha.

Boyd voltou-se para a janela atrás de mim.

— Eu achava que os homens detestavam que lhes fizessem tal pergunta.

— Não sou como os outros.
— É mesmo? — Ergui uma sobrancelha.
— Conheço o nome de ao menos oito cores.
— E?
— Não mato a carne que como.
— Humm.
— Pensando na noite passada? — Ryan ergueu as sobrancelhas. Acho que estava pegando o cacoete de Boyd.
— Aconteceu algo ontem à noite? — perguntei.
— Ou hoje à noite? — Ryan me olhou com uma expressão de tenho-algo-em-mente-reservado-para-você.

Ótimo, pensei.

— Estava pensando no acidente do Cessna — falei.
— O que a preocupa, florzinha?
— O passageiro estava no banco de trás.
— Por quê? A companhia não fazia *upgrade* de passageiros?
— Não tinha banco da frente à direita. O passageiro foi projetado pelo impacto. Por que ele estava sem cinto de segurança?
— Não queria amarrotar o terno?

Ignorei aquilo.

— E onde estava o banco da frente do lado direito?
— Quebrou no impacto?
— Não o vi entre os destroços. — Identifiquei a entrada e dobrei à esquerda. — Jansen e Gullet não mencionaram haver um.
— Gullet?
— Da polícia de Davidson. O tira local do lugar do acidente.
— Teria o banco sido removido para conserto?
— É uma possibilidade. O avião não era novo.

Descrevi a substância negra. Ryan pensou um pouco.

— Ora, vocês não são chamados de calcanhares de alcatrão?*

Durante o resto da viagem só ouvi a rádio pública.

---

* *Tarheels*, no original, apelido informal dos habitantes da Carolina do Norte. *(N. do T.)*

Quando estacionei na fazenda vizinha à dos McCranie, havia diversos veículos em um dos lados da estrada. Dessa vez, o grupo incluía o Land Rover de Tim Larabee, uma viatura, a caminhonete da equipe de cena do crime do DPM, o Departamento de Polícia do condado de Mecklenburg, e a van de transporte do IMLM.

Duas crianças observavam no acostamento oposto, pernas magrelas sob calças jeans cortadas à altura do joelho, equipamento de pesca preso às suas bicicletas. Nada mal para observadores curiosos. Mas ainda era cedo, mal passava das 8h. Outros chegariam quando nosso pequeno exército fosse notado. Passantes, vizinhos, talvez a imprensa, todos salivando por uma olhadela na desgraça alheia.

Larabee estava no jardim com Joe Hawkins, dois policiais uniformizados do DPM, um negro, outro branco, e a dupla de peritos que tinha ajudado a recolher os ossos de urso.

Alguém distribuíra rosquinhas Krispy Kreme. Com exceção do policial negro, todos tinham um copo de isopor e uma rosquinha em mãos.

Quando Ryan e eu o deixamos no banco de trás, Boyd levantou-se de repente, quase desmaiando ao bater a cabeça no teto do carro. Recompondo-se, enfiou o focinho pela fresta de 15 centímetros na janela e começou a lamber o vidro exterior em um padrão circular. Seus ganidos nos seguiram enquanto caminhávamos até o pequeno círculo de gente junto ao asfalto.

Após as apresentações, durante as quais identifiquei Ryan como um colega policial visitante de Montreal, Larabee explicou o plano. Os policiais Sal e Pimenta pareciam entediados e acalorados, demonstrando curiosidade apenas por Ryan.

— Supostamente a propriedade está abandonada, mas os policiais vão dar uma olhada para ver se conseguem mostrar o mandato de busca para alguém.

O policial Sal mudou o peso do corpo de um pé para o outro e terminou de tomar seu chocolate. O policial Pimenta cruzou os braços sobre o peito. Seus músculos pareciam ter o tamanho e a força de raízes de figueira.

— Quando os policiais autorizarem, vamos passear com o cão. fazê-lo farejar o lugar.

— O nome dele é Boyd — falei.

— Boyd é sociável? — perguntou a técnica de óculos de vovó.

— Ofereça uma rosquinha para ele e terá um amigo pelo resto da vida.

O sol vermelho refletiu em uma das lentes de seus óculos quando ela se voltou para olhar para o cão.

— Se Boyd encontrar algo, começamos a cavar — prosseguiu Larabee. — Caso encontremos restos humanos, nossa antropóloga determinará se são suspeitos. O mandado diz que podemos revirar o lugar. Estamos de acordo?

Todos assentiram.

Dez minutos depois, os tiras estavam de volta.

— Nenhum sinal de vida na casa. Os prédios ao redor estão vazios — nos informou o policial Sal.

— O lugar tem o charme de um depósito de lixo tóxico — comentou o policial Pimenta. — Cuidado.

— Muito bem — disse Larabee virando-se para mim. — Vocês três vão para o lado oeste. — Ele ergueu o queixo para Hawkins. — Nós iremos para leste.

— E chegaremos à Escócia antes de ti — cantarolou Ryan.*

Larabee e Hawkins voltaram-se para Ryan.

— Ele é canadense — expliquei.

— Se Boyd encontrar algo, gritem — disse Larabee, entregando-me um rádio.

Assenti e fui pôr a coleira no cachorro, que estava ansioso para se fazer útil.

A FAZENDA NÃO ERA UMA FAZENDA de verdade. Minha horta produzia mais comestíveis.

A plantação ali era de *kudzu*.

---

* Referência à canção folclórica galesa "Men of Harlech". (*N. do T.*)

Carolina do Norte. Montanhas. Praias. Cornisos, azaleias e rododendros.

E estamos infestados de *kudzu*.

A *Pueraria lobata*, ou *kudzu*, é nativa da China e do Japão, onde é usada como fonte de palha para forragem e para o controle da erosão do solo. Em 1876, algum horticultor genial decidiu trazer a *kudzu* para os EUA, achando que a erva seria uma bela planta ornamental.

A planta deu uma olhada para os estados do Sul e disse: "Beleza pura!"

Em Charlotte, você se senta na varanda e pode ouvir a *kudzu* avançar. Minha amiga Anne alega que certa vez fez uma marcação. Em 24 horas, os brotos em seu corrimão haviam avançado 5 centímetros.

O *kudzu* cobria a cerca de arame enferrujada nos fundos da propriedade. Estendia-se pelos fios elétricos, engolia árvores e arbustos, e cobria a casa e os prédios em torno.

Boyd não se importava. Ele me arrastou de carvalhos cobertos de heras para magnólias, da casa da bomba d'água até o poço, cheirando e balançando a cauda como fazia no anexo.

Exceto pela depressão deixada pelos ossos de ursos, não encontrou nada além de esquilos.

Boyd dos Baskerville.

Por volta das 11h, os mosquitos haviam me sugado tanto sangue que eu já estava começando a pensar em uma transfusão. Boyd estava com um palmo de língua de fora e Ryan e eu dissemos "merda" cerca de mil vezes cada um.

Nuvens gordas e cinzentas se aproximavam e o dia se tornava escuro e preguiçoso. Uma brisa fraca e anêmica afastou a ameaça de chuva.

— Isso é inútil — falei, enxugando o lado do rosto no ombro da camiseta.

Ryan não discordou.

— Fora o lugar onde escavamos os ossos de urso junto à cerca viva dos McCranie, o vira-latas não se manifestou.

— Ele gostou daquelas cheiradas que deu na sua bunda. — Ryan dirigiu-se para Boyd. — Não percebeu que eu estava vendo, não é mesmo, Hooch?

Boyd olhou para Ryan e voltou a lamber uma pedra.

— Ryan, precisamos fazer algo.

— Estamos fazendo.

Ergui uma sobrancelha.

— Estamos suando.

Katy ficaria orgulhosa daquele meu revirar de olhos.

— E estamos nos saindo muito bem, considerando este calor.

— Vamos passear com Boyd ao longo da cerca mais uma vez, lembrá-lo do que estamos procurando, então fazer mais uma busca e encerrar o expediente.

Baixei a mão e Boyd a lambeu.

— Parece um bom plano — elogiou Ryan.

Enrolei a coleira na palma da mão e a puxei. Boyd ergueu a cabeça e franziu os pelos das sobrancelhas, como se questionando a sanidade de outra incursão.

— Acho que ele está ficando entediado — disse Ryan.

— Vamos encontrar um esquilo para ele.

Quando Ryan e eu começamos a andar, Boyd nos acompanhou. Andávamos entre os prédios externos nos fundos da casa quando o cão começou a sua rotina de "cheirar-mijar-e-cobrir".

Caminhando até um barraco coberto de *kudzu*, Boyd cheirou a terra, ergueu uma perna, deu dois passos adiante, então escavou a terra com ambas as patas traseiras. Balançando a cauda, repetiu a manobra, caminhando ao longo das fundações.

Cheirar. Erguer a perna. Urinar. Andar, andar. Escavar, escavar.

Cheirar. Erguer a perna. Urinar. Andar, andar. Escavar, escavar.

— Bom ritmo — disse Ryan.

— Balé puro.

Eu estava a ponto de puxar Boyd do barraco quando seus músculos se enrijeceram. Sua cabeça e orelhas apontaram para a frente e ele encolheu a barriga.

Uma batida.
Focinho no chão.
Outra batida.
Músculos rígidos, Boyd inalou e exalou pelas narinas, erguendo a vegetação seca.
Então o cão ficou absolutamente imóvel.
Durante uma batida de coração. Durante uma vida inteira.
As orelhas de Boyd baixaram, suas costas se eriçaram e ele emitiu um som assustador, mais um lamento do que um rosnado.
Os cabelos de minha nuca se eriçaram. Já tinha ouvido aquilo antes.
Antes que eu pudesse falar, Boyd explodiu. Lábios retraídos, dentes à mostra, os lamentos dando lugar a um latido frenético.
— Calma, Boyd!
O cão projetava-se para a frente e para trás, ameaçando de todos os ângulos possíveis.
Segurei a coleira com mais força e finquei ambos os pés.
— Pode segurá-lo? — perguntei.
Sem dizer uma palavra, Ryan pegou a coleira.
Coração disparado, circundei o barraco, procurando uma porta.
O rádio estalou. Larabee dissera algo.
Encontrei a entrada no lado sul, longe da casa. Afastando teias de aranha com cuidado, girei a maçaneta.
A porta não se moveu.
Olhei ao longo do batente. Dois pregos prendiam a porta no lugar. Pareciam novos se comparados com a madeira seca e descascada ao seu redor.
O frenesi de Boyd continuou. Ryan segurava a coleira com força gritando "Hooch", depois "Boyd", para acalmá-lo.
Usando o meu canivete suíço, tirei um prego, depois outro.
A voz de Larabee soava fraca e distante pelo rádio, como se emanando de algum sistema estelar alienígena.
Apertei o botão e notifiquei minha posição.
Quando tentei outra vez, a porta se abriu com um rangido e um cheiro fétido e telúrico escapou, como plantas mortas e lixo deixado muito tempo no sol. Moscas voejavam agitadas.

Protegendo o nariz e a boca com a mão, olhei para o interior.

As moscas dançavam, iluminadas por feixes de luz que penetravam através dos vãos nas pranchas de madeira. Lentamente, meus olhos se ajustaram à penumbra do interior.

— Perfeito — deixei escapar. — Era só o que me faltava.

∽:∽

CAPÍTULO 11

EU ESTAVA OLHANDO para uma latrina.

Em certa época, *chez toilette* oferecia confortos de primeira linha em termos de tecnologia de administração de resíduos: controle de insetos, papel higiênico, privada moderna com tampa móvel.

Aquilo tudo já era. Tinha restado mata-mosquitos secos e enrugados, um mata-moscas enferrujado, dois pregos cravados em uma tábua, na altura de quem senta, uma pilha de lascas de madeira e uma tampa oval de madeira cor-de-rosa descascada.

Nas tábuas do chão nos fundos do barraco, havia um buraco de aproximadamente meio metro quadrado.

O fedor era familiar, trazendo à mente latrinas de acampamentos de férias, parques nacionais e aldeias de Terceiro Mundo. De algum modo, aquela cheirava mais doce, mais suave.

Minha mente acrescentou um novo xingamento àqueles que Ryan e eu aventamos durante nosso passeio com Boyd.

— Bosta! — falei em voz alta, enfática.

Menos de três meses antes, eu estava imersa até o cotovelo investigando detritos em uma fossa. Eu tinha jurado nunca mais remexer em fezes.

Agora, isso.

— Bosta! Bosta! Bosta!

— Isso não é muito feminino.

Larabee olhou por cima de meu ombro. Eu dei um passo para o lado. Atrás de nós, Boyd continuava o seu frenesi e Ryan continuava a tentar acalmá-lo.

— Embora inteiramente pertinente.

Dei um tapa no mosquito que almoçava em meu braço.

Larabee enfiou a cabeça lá dentro e a retirou rapidamente.

— Pode ser que Boyd tenha ficado excitado com o cheiro.

Olhei feio para Larabee, que estava de costas para mim.

— Pode ser. Mas você vai querer verificar — falei. — Para se certificar de que ninguém está urinando sobre Jimmy Hoffa.*

— Ninguém mija em ninguém por aqui já faz algum tempo. — Larabee deixou a porta bater. — A última mijada deve ter ocorrido durante o governo Eisenhower.

— Há algo de errado nesse buraco.

— É.

— Sugestões? — Afastei alguns borrachudos de meu rosto.

— Escavadeira — disse ele.

— Podemos dar uma olhada na casa primeiro, para tentar estimar quando John, o fazendeiro, instalou canos de esgoto dentro de casa?

— Encontre um osso humano e farei os peritos fotografarem closes debaixo da pia.

UM METACARPO VEIO À TONA na sétima escavada.

Joe Hawkins, Ryan e eu estávamos trabalhando na latrina havia três horas. Balde a balde, o buraco revelava o seu tesouro.

O tesouro consistia em fragmentos de vidro e louça, pedaços de papel, plástico, utensílios enferrujados, ossos de animais e galões de matéria orgânica preta e densa.

O operador da escavadeira escavava, depositava o material e esperava. Hawkins separava os ossos em uma pilha e detritos domésticos, em outra. Ryan transportava baldes de esterco para que eu os analisasse. Eu peneirava e procurava.

---

* Líder sindical norte-americano desaparecido em 1975. (*N. do T.*)

Estávamos ficando otimistas. As partes ósseas do tesouro pareciam não humanas e estritamente culinárias. E, ao contrário da descoberta de Boyd na cerca viva dos McCranie, os ossos da latrina não estavam cobertos de tecido.

Aqueles animais tinham morrido havia muito tempo.

O metacarpo apareceu às 15h07.

Olhei para ele, procurando algo que me permitisse duvidar.

Não havia dúvida. O osso fazia parte de um polegar. Um polegar que podia pegar carona, comer espaguete, tocar trompete, escrever um soneto.

Inspirei e fechei os olhos.

Ao ouvir passos, voltei a abri-los. Larabee circundava a pilha de destroços que apenas algumas horas antes haviam sido uma latrina.

— Como está Boyd? — perguntei.

— Tomando uma gelada na varanda. O cão não é má companhia.

Ao ver meu rosto, seu sorriso evaporou.

— Encontrou algo?

Ergui a mão e posicionei o metacarpo perto da base de meu polegar.

— Droga.

Ryan e Hawkins se juntaram a nós.

— Droga — disse Ryan, um eco de Larabee.

Hawkins não disse nada.

O operador da escavadeira pousou o calcanhar da bota no painel de controle, recostou-se e tomou um gole de água mineral.

— E agora? — perguntou Larabee.

— O operador tem um toque delicado — falei. — E o buraco se encaixa bem à forma da pá. Acho que podemos continuar assim. Seja lá o que há aí dentro, não deverá ser danificado.

— Achei que você odiasse escavadeiras.

— Esse cara é bom.

Todos olhamos para o operador. Ele só conseguiria parecer menos interessado em tudo aquilo se estivesse sedado.

Um trovão ecoou ao longe. O céu agora estava escuro e ameaçador.

— Quanto tempo mais? — perguntou Larabee.

— Comecei a ver subsolo estéril nas últimas escavadas. Estamos perto do fundo.

— Muito bem — disse Larabee. — Vou mandar a perícia verificar a casa.

Ele se levantou.

— Tim? — falei.

— Sim?

— Pode ser uma boa hora para convocar o pessoal da homicídios.

TERMINAMOS QUANDO COMEÇARAM a cair as primeiras gotas.

Ergui o queixo, agradecida pela umidade fria no rosto.

Eu estava exausta e incrédula. Tanto trabalho, e justo quando eu mais queria estar livre.

Vovó não seria solidária. Nascida na Escócia e educada por freiras, a idosa tinha uma perspectiva própria quanto a sexo, principalmente sexo não sancionado pelo padre da paróquia.

Sem casamento, nada de diversão. Em seus 89 anos neste mundo, ela nunca mudou de opinião e, ao que eu saiba, nunca permitiu exceções.

Com as mãos na minha cintura, observei Ryan empacotar os ossos de animais em um saco de lixo.

Observei Hawkins selar os despojos humanos em um recipiente de plástico, pegar um formulário de uma valise com zíper e começar a preenchê-lo.

Local onde o cadáver foi encontrado.

Muito bem. Tínhamos essa informação.

Nome do cadáver. Idade. Raça. Sexo. Data da morte.

Todas essas linhas ficaram em branco.

Condições do corpo.

Esquelético.

Para ser precisa, um crânio e uma mandíbula, três vértebras cervicais e ossos formando quase duas mãos, uma esquerda e outra direita.

Peneiramos e peneiramos, mas foi tudo o que encontramos.

Hawkins escreveu o número do formulário em uma etiqueta, então botou a etiqueta dentro do recipiente de plástico.

Eu olhei em volta. Um ser humano tinha sido morto naquele lugar. A cabeça e as mãos da vítima foram cortadas e jogadas na latrina, o corpo desovado em outro lugar.

Ou teria o assassinato ocorrido em outro lugar, a cabeça e as mãos trazidas para a latrina?

De qualquer forma, havia um padrão comum. Livre-se da cabeça e das mãos. Nenhum registro dental. Nada de digitais.

Mas em uma fazenda na parte rural do condado de Mecklenburg?

Fechei os olhos e deixei a chuva cair em meu rosto.

Quem era a vítima?

Há quanto tempo as partes do corpo estavam na latrina?

Onde estava o resto do cadáver?

Por que dois ossos das mãos foram enterrados com os ursos? A matança dos animais teria relação com a morte do ser humano?

— Pronta?

A voz de Ryan me trouxe de volta.

— O quê?

— Já embarcamos tudo.

Quando demos a volta na frente da propriedade, vi que um Taurus branco se juntara aos carros e caminhonetes no acostamento. Um homem grandalhão emergia do banco do motorista, cigarro pendurado no canto da boca.

Um sujeito alto e magro saía do lado do passageiro, pés largos, dedos longos e finos agarrando a moldura da porta.

Larabee trocou algumas palavras com os dois quando ele e Hawkins se dirigiam a seus veículos.

— Ótimo — murmurei.

— O quê? — perguntou Ryan.

— Você está prestes a conhecer Tweedledum e Tweedledee.

— Isso não é muito gentil.

— Rinaldi é legal. Já Slidell não seria aceito no programa Jerry Springer.

Skinny Slidell deu uma baforada de fumaça, jogou fora a guimba, e, com seu parceiro, começou a caminhar em nossa direção.

Enquanto Slidell caminhava com dificuldade, Rinaldi parecia se mover aos trancos. Com 1,93m de altura e pesando pouco mais de 80 quilos, parecia um sujeito sobre pernas de pau vestindo Hugo Boss.

Skinny Slidell e Eddie Rinaldi eram parceiros havia 19 anos. Ninguém na corporação entendia por quê.

Slidell era bagunceiro. Rinaldi, arrumadinho. Slidell se empanturrava de colesterol. Rinaldi comia tofu. Slidell gostava de música de praia e rock clássico. Rinaldi adorava ópera. As roupas de Slidell vinham das às lojas de saldos. Os ternos de Rinaldi eram feitos sob medida.

Vá entender.

— Oi, doutora — disse Slidell, tirando um lenço dobrado do bolso de trás.

Retribuí o cumprimento.

— A umidade está pior que o calor, hein? — Ele passou o lenço amarelado na testa e voltou a guardá-lo.

— A chuva pode dar uma refrescada.

— Se Deus quiser.

A pele do rosto de Slidell parecia ter sido puxada com força para a frente e, então, largada. Pendia em crescentes sob suas bochechas, seus olhos e no canto da mandíbula.

— Dra. Brennan. — O cabelo de Rinaldi era crespo e fino no topo da cabeça, e despontava do couro cabeludo como um dos personagens da turma do Charlie Brown. Não conseguia me lembrar qual. Seria Linus ou o Sujinho? Embora estivesse sem paletó, a gravata de Rinaldi exibia um nó elaborado.

Apresentei Ryan. Enquanto se cumprimentavam, Boyd aproximou-se e cheirou o púbis de Slidell.

— Boyd! — Agarrando-o pela coleira, puxei o cão para trás.

— Oi, garota. — Slidell curvou-se e acariciou as orelhas de Boyd. As costas de sua camisa tinham um T de suor.

— O nome dele é Boyd — falei.

— Nenhuma novidade no caso Banks — disse Slidell. — A jovem mãe ainda está desaparecida.

Slidell aprumou-se.

— Então você encontrou um presunto na latrina.

O rosto de Slidell permaneceu flácido enquanto eu descrevia os despojos. Em certo ponto, achei ter visto um estremecer nos olhos de Rinaldi, mas foi tão rápido que não pude ter certeza.

— Deixe ver se entendi direito. — Slidell parecia cético. — Você acha que os ossos que encontrou junto à cerca vêm de uma das mãos que encontrou na latrina?

— Não vejo por que pensar de outro modo. Tudo parece consistente e não há duplicações.

— Como esses ossos saíram da latrina e se misturaram com os dos ursos?

— Isso me parece uma pergunta para um detetive.

— Alguma pista de quando a vítima foi jogada aí? — perguntou Slidell.

Balancei a cabeça em negativa.

— Alguma ideia do gênero? — disse Rinaldi.

Fiz uma rápida avaliação. Embora o crânio fosse grande, todos os indicadores de sexo eram desconcertantemente intermediários. Nada robusto, nada gracioso.

— Não.

— Raça?

— Branca. Mas terei de verificar.

— Quão confiante se sente?

— Bastante. A abertura nasal é estreita, o cavalete do nariz projetado, as maçãs do rosto rentes à face. O crânio parece classicamente europeu.

— Idade?

— A maturação dos ossos está completa nos dedos, os dentes demonstram pouco desgaste, as suturas cranianas apresentam fechamento mínimo.

Rinaldi tirou um bloco de notas com capa de couro do bolso da camisa.

— E isso significa?

— Adulto.

Rinaldi escreveu.

— Há mais uma coisinha.

Ambos olharam para mim.

— Há dois buracos de bala na parte de trás da cabeça. Pequeno calibre. Provavelmente uma 22.

— Legal você deixar isso para o fim — disse Slidell. — Não encontrou também uma arma fumegante?

— Não. Nada de armas. Nada de balas. Nada para a balística.

— Por que Larabee está indo embora? — perguntou Slidell, inclinando a cabeça em direção aos carros estacionados.

— Ele vai dar uma palestra hoje à noite.

Rinaldi sublinhou algo em suas anotações e guardou a caneta.

— Vamos entrar? — perguntou.

— Estarei lá em um minuto.

Levantei-me, ouvindo a chuva cair sobre as flores da magnólia mais acima, inconscientemente adiando o inevitável. Embora a cientista dentro de mim quisesse saber o que tínhamos encontrado na latrina, outra parte queria ir embora, não fazer parte da dissecação de outro homicídio.

Os amigos sempre perguntam: "Como consegue lidar constantemente com restos mortais? Isso não subestima a vida? Não transforma a morte brutal em um lugar-comum?"

Dou de ombros para tais perguntas com uma resposta batida a respeito da imprensa. Todo mundo sabe a respeito de mortes violentas, digo. O público lê sobre esfaqueamentos, tiroteios, desastres aéreos. As pessoas ouvem estatísticas, assistem a cenas gravadas, seguem os julgamentos pela TV. A diferença? Vejo a carnificina mais de perto.

É o que eu digo. Mas a verdade é que penso um bocado sobre a morte. Posso ser bastante filosófica a respeito de casos difíceis que aparecem, considerando-os parte do negócio. Mas não consigo evitar sentir piedade pelos jovens e pelos mais fracos que por acaso esbarram em algum psicopata que ouve vozes de outro planeta, ou algum drogado que precisa de 50 dólares para uma dose, ou por aqueles inocentes que, sem culpa nenhuma, acabam no lugar errado na hora errada e são envolvidos em eventos que não compreendem.

Meus amigos interpretam minha relutância em discutir o meu trabalho como estoicismo, ou ética profissional, ou, mesmo, como um desejo de poupar a sensibilidade delas. Não é isso. Estou mais preocupada comigo do que com eles. No fim do dia, tenho a necessidade de deixar aqueles cadáveres em paz em suas mesas de aço inoxidável. Preciso não pensar neles. Preciso ler um livro, ver um filme, discutir política ou arte. Preciso mudar de perspectiva e me lembrar que a vida oferece muito mais do que violência e destruição.

Mas, em certos casos, a muralha emocional é difícil de manter. Em certos casos, minha mente retorna ao puro horror daquilo, não importando as racionalizações que faço.

Ao observar Slidell e Rinaldi caminhando em direção à casa, ouvi uma voz em minha mente.

Tenha cuidado, sussurrou. Esse pode ser um caso difícil.

O vento aumentou, agitando as folhas e as flores secas de magnólia caídas aos meus pés e açoitando o *kudzu* em ondas verdes sinuosas.

Boyd dançava ao redor de minhas pernas, olhando para mim, para a casa, então de volta para mim.

— O que foi?

O cão ganiu.

— Seu medroso.

Boyd atacaria um rottweiler sem pestanejar, mas tempestades o deixavam apavorado.

— Vamos entrar? — perguntou Ryan.

— Vamos entrar! — respondi em um tom de contralto de Walter Mitty.

Caminhei em direção à casa. Ryan me seguiu. Boyd nos ultrapassou.

Ao chegar à varanda, a porta telada se abriu e o rosto de Slidell surgiu no vão. Ele tinha abandonado o cigarro e agora mastigava um palito de dentes. Antes de falar, rodou o palito com o polegar e o indicador.

— Você vai borrar a sua Calvin Klein quando vir o que há aqui dentro.

CAPÍTULO 12

A TEMPERATURA NA CASA passava dos 38 graus. O ar era viciado e mofado, com aquele cheiro de ninguém-mora-aqui-há-muito-tempo.

— Lá em cima — disse Slidell. Ele e Rinaldi desapareceram pela porta dupla bem em frente, então ouvi botas se movendo no segundo andar.

As telas e janelas encrostadas de sujeira, *kudzu* e a tempestade iminente limitavam a luz do interior a níveis subterrâneos.

Era difícil respirar e enxergar. Do nada, uma nuvem de maus pressentimentos tomou conta de mim, e senti um pensamento ameaçador se formando.

Prendi a respiração.

A mão de Ryan tocou meu ombro. Estendi a mão para tocá-la, mas ela não estava mais lá.

Lentamente, meus olhos se ajustaram. Avaliei o lugar onde estava.

Era uma sala de estar.

Tapete de pelúcia vermelha com detalhes azul marinho. Painéis de pinho falso. Sofá e cadeira antigos. Braços e pernas de madeira. Estofamento quadriculado em azul e vermelho. Almofadas repletas de papéis de bala, forro de algodão, fezes de rato.

Em cima do sofá, uma gravura de Paris na primavera do mercado de pulgas, *Le Tour Eiffel* fora de proporção quanto à rua lá embaixo. Prateleira na parede superlotada de bichinhos de vidro. Mais estatuetas sobre uma cornija de madeira sobre as janelas.

Mesa de TV bamba, do tipo com tampo de plástico e pernas de metal. Latas de refrigerante e cerveja. Mais latas no tapete. Sacos de Cheetos e de chips de milho. Uma embalagem de Pringles.

Ampliei meu campo de busca.

Havia uma sala de jantar bem em frente depois de uma porta dupla. Mesa redonda com quatro poltronas de madeira. Almofadas amassadas azuis e vermelhas. Vaso tombado com flores de plástico. Pacotes de comida congelada. Latas e garrafas vazias. Escadaria íngreme à direita.

Além da mesa de jantar, havia uma porta vaivém idêntica à que separava a sala de jantar da cozinha na casa de minha avó. Madeira chanfrada. Superfície de plástico claro ao alcance das mãos.

Das mãos de adultos. Vovó passava horas limpando geleia de uva, pudim e pequenas impressões digitais da parte de baixo da porta.

Mais uma vez, meus nervos se agitaram com uma sensação indefinida.

Pela porta vaivém vinha o som de armários sendo abertos e fechados.

Boyd pousou as patas da frente no sofá e cheirou uma embalagem de Kit Kat. Eu o puxei de volta.

Ryan falou primeiro.

— Acho que a última peça decorativa foi posicionada na mesma época em que a latrina foi cavada.

— Mas alguém tentou. — Apontei para o cômodo. — A arte. Os animais de vidro. A decoração em azul e vermelho.

— Bonito. — Ryan meneou a cabeça fingindo admiração. — Patriótico.

— O ponto é: alguém se importava com este lugar. Então, tudo foi ladeira abaixo. Por quê?

Boyd voltou ao sofá, boca aberta, língua pendurada.

— Vou levar o cão para fora, onde está mais fresco — falei.

Boyd ofereceu pouca resistência.

Quando voltei, Ryan havia desaparecido.

Caminhando cuidadosamente, atravessei a sala de jantar e abri a porta vaivém com o ombro.

A cozinha era típica de casa de fazenda velha. Utensílios e espaços de trabalho se estendiam por quilômetros ao longo da parede da direita, com uma pia de porcelana branca no centro sob a única janela do cômodo. Geladeira Kelvinator na parede oposta. Outra da marca Coldspot nos fundos. Bancadas de fórmica à altura do quadril. Armários de madeira surrada em cima e embaixo.

Mover-se do fogão para a pia ou da pia para a geladeira requeria muita caminhada. O lugar era enorme comparado à minha cozinha no anexo.

Duas portas se abriam na parede da esquerda. Uma dava para a despensa. A outra, para a escada ao porão.

Uma mesa de cromo e fórmica ocupava o centro do cômodo. Ao seu redor, havia seis cadeiras cromadas com assento de plástico vermelho.

A mesa, as cadeiras, cada superfície parecia coberta de pó preto. A técnica com óculos de vovó tirava fotografias de impressões digitais na geladeira.

— Acho que o negócio é lá em cima — disse ela, sem erguer a cabeça da câmera.

Voltei à sala de jantar e fui para o segundo andar.

Uma rápida olhada revelou três quartos e um glorioso banheiro moderno. Assim como o primeiro andar, o banheiro parecia ter sido decorado por volta de 1954.

Ryan, Slidell, Rinaldi e o técnico homem da perícia estavam no quarto noroeste. Todos se concentravam em alguma coisa na cômoda e ergueram a cabeça quando entrei.

Slidell suspendeu a calça e mudou o palito para o outro canto da boca.

— Bonito, né? Estilo "O Fazendeiro Encontra a Ralé dos Trailers".

— O que é? — perguntei.

125

Slidell passou a mão sobre a cômoda como se fosse Vanna White* exibindo o prêmio do programa.

Entrar no quarto foi como caminhar em uma estufa mofada. Violetas, agora marrons por causa da idade, cobriam o papel de parede, o tecido sobre uma cadeira estofada e as cortinas que pendiam flácidas em cada janela.

Havia uma gravura emoldurada encostada em um rodapé, uma fotografia de um arranjo de violetas recortada de uma revista. O vidro estava quebrado, cantos fora de esquadro.

Fui até a escrivaninha e olhei para o centro da atenção de todos.

E senti um choque elétrico no meu peito.

Ergui os olhos, sem compreender.

— É a sua assassina de bebê — disse Slidell. — Dê outra olhada.

Não precisei olhar outra vez. Reconheci o objeto. O que não entendi foi seu significado. Como aquilo fora parar naquele quarto terrível com aquelas flores horrendas?

Meus olhos se voltaram para o retângulo de plástico branco.

Havia um retrato de Tamela Banks no canto inferior esquerdo, cabelo preto e crespo destacado por um quadrado vermelho. No topo da carteira, havia um emblema azul com os dizeres: *Estado da Carolina do Norte*. Ao lado do emblema, letras vermelhas sobre branco declaravam: *Departamento de Veículos Motorizados*.

Ergui a cabeça.

— Onde encontrou isso?

— Debaixo da cama — disse o técnico.

— Com sujeira o bastante para fazer um bioterrorista mijar nas calças — acrescentou Slidell.

— Por que a carteira de motorista de Tamela Banks está nesta casa?

— Ela deve ter vindo aqui com o amante, Tyree.

— Por quê? — repeti para mim mesmo. Aquilo não fazia sentido.

O perito pediu licença e foi trabalhar na sala seguinte.

Slidell apontou o palito de dente para Rinaldi.

---

* Apresentadora da *Roda da fortuna* nos EUA. (*N. do T.*)

— Meu Deus, o que acha, detetive? Acha que isso tem a ver com os 2 quilos de cocaína que encontramos no porão?

Olhei para Rinaldi.

Ele assentiu.

— Talvez Tamela tenha perdido a carteira — tateei. — Talvez tenha sido roubada.

Slidell espichou os lábios e girou o palito de dente. Buscando camaradagem masculina, voltou-se para Ryan.

— O que acha, tenente? Alguma dessas teorias lhe parece verdadeira?

Ryan deu de ombros.

— Se a rainha convidou Camilla para aquele concerto de bodas de ouro, qualquer coisa é possível.

O olho esquerdo de Slidell estremeceu como se uma gota de suor tivesse entrado.

— Você tem o histórico deste lugar? — perguntei.

Outra mexida no palito de dente, então Slidell tirou o bloco de notas do bolso de trás.

— Até recentemente, a propriedade não mudou muito de mãos.

Slidell leu suas anotações. Todos esperamos.

— O lugar pertenceu a Sander Foote de 1956 até 1986. Sander herdou-o do pai, Romulus, que o herdou de seu pai, Romulus, blá-blá-blá. — Slidell desenhou círculos no ar. — Antecedentes de Romulus Sanderses nos arquivos do fisco anteriores a 1956. Nada realmente relevante para os eventos correntes.

— É verdade — concordei com impaciência.

— Quando Foote morreu em 1986, a viúva, Dorothy Jessica Harrelson Oxidine Pounder Foote, herdou a fazenda. — Slidell olhou para cima. — A madame era do tipo casadoura.

De volta às anotações.

— Dorothy foi a terceira Sra. F. Ela e Foote casaram-se tarde, não tiveram filhos. Ele tinha 72 anos. Ela, 49. Mas aqui é que a história fica interessante.

Tive vontade de sacudir Slidell para ele ir mais rápido.

— A viúva não herdou a fazenda de verdade. O testamento de Foote permitia que Dorothy e seu filho de um casamento anterior vivessem aqui até a morte dela. Depois, o filho poderia ficar até os 30 anos de idade.

Slidell balançou a cabeça.

— Este Foote devia ser meio fruta.

— Por que queria que o filho da mulher tivesse um lar até se aprumar na vida? — Mantive a voz calma.

O vento aumentou. Folhas chocavam-se contra a tela da janela.

— E depois disso? — perguntou Ryan.

— Depois disso, o lugar ficaria com a filha do primeiro casamento de Foote.

Algo rolou no jardim provocando um baque surdo e oco.

— Dorothy Foote está morta? — perguntei.

— Há cinco anos. — Slidell fechou o bloco de notas e devolveu-o ao bolso.

— O filho dela já fez 30 anos?

— Não.

— Ele mora aqui?

— Tecnicamente, sim.

— Tecnicamente?

— O preguiçoso aluga o lugar para ganhar alguns dólares.

— Ele pode fazer isso de acordo com os termos do testamento?

— Há alguns anos, a filha de Foote contratou um advogado para tratar disso, mas não conseguiu arranjar um meio de despejá-lo. O rapaz fazia tudo por debaixo dos panos, de modo que não havia registro de dinheiro mudando de mãos. A filha vive em Boston, nunca vem aqui. O lugar não vale muito. O rapaz tem 27 anos. — Slidell deu de ombros. — Acho que ela resolveu esperar.

— Qual é o nome do filho de Dorothy? — perguntei.

Slidell sorriu. Não havia humor naquilo.

— Harrison Pounder.

Onde eu tinha ouvido aquele nome?

— Você se lembra dele, doutora.

Eu me lembrava. De onde?

— Discutimos sobre o Sr. Pounder na semana passada. — Palito de dente. — E não foi por ter aparecido no folheto para novos recrutas.

Pounder. Pounder.

— Harrison "Sonny" Pounder — acrescentou Rinaldi.

A lembrança atravessou meu cérebro.

— Sonny Pounder? — perguntei, incrédula.

— O bebê de Mamãe Foote — disse Slidell.

— Quem é Sonny Pounder? — perguntou Ryan.

— Sonny Pounder é um vagabundo desprezível que venderia a própria mãe para o Talibã por um bom preço — explicou Slidell.

Ryan voltou-se para mim.

— Pounder é o informante que deu a dica sobre o bebê de Tamela Banks.

Ouviu-se um trovão.

— Como você não sabia que aqui era a casa de Pounder? — perguntei.

— Ao lidar com autoridades, o Sr. Pounder preferia dar o endereço de sua residência na cidade. Legalmente, esta fazenda é propriedade da mãe dele — disse Rinaldi.

Outro trovão. Um ganido baixo na varanda.

— Tamela pode ter vindo aqui com Tyree, mas isso não significa que ela traficasse drogas ou que tenha matado o bebê. — Meu argumento parecia fraco, até mesmo para mim.

No pátio, uma porta bateu. Então, bateu outra vez.

— Vai falar com Pounder? — perguntei a Slidell.

Seus olhos de cão de caça se fixaram nos meus.

— Não sou idiota, doutora.

É, sim, pensei.

Nesse momento, a tempestade desabou.

RYAN, BOYD E EU NOS SENTAMOS na varanda até a tempestade amainar. O vento agitava nossas roupas e soprava chuva morna em nossos rostos. Era delicioso.

Boyd estava menos entusiasmado com o poder da natureza. Ele se deitou ao meu lado, cabeça enfiada no espaço triangular debaixo de minhas pernas dobradas. Era uma tática que Birdie sempre lançava mão. Se não posso vê-lo, você não pode me ver. Logo, estou seguro.

Às 18 horas, o aguaceiro virou em uma chuva fina, lenta e contínua. Embora Slidell, Rinaldi e os técnicos de cena do crime continuassem suas buscas na casa, não havia nada mais que Ryan e eu pudéssemos fazer ali.

Como precaução, passeei com Boyd por cada andar da casa algumas vezes. Nada atraiu seu interesse.

Avisei para Slidell que estávamos indo embora. Ele disse que me ligaria na manhã seguinte.

Dia feliz.

Quando deixei Boyd entrar no banco de trás do automóvel, ele rodou, se enrodilhou com o queixo sobre as patas da frente e emitiu um profundo suspiro.

Ryan e eu entendemos.

— Hooch provavelmente não pretende seguir carreira de cão da narcóticos.

— É — concordei.

Na primeira ronda, Boyd cheirou os dois sacos de cocaína, balançou o rabo e continuou a vagar pelo porão. Na segunda, simplesmente os ignorou.

— Mas é ótimo com carniça.

Estendi o braço para trás e Boyd lambeu a minha mão.

A caminho de casa, passei no IMLM para pegar o carregador do laptop, que tinha esquecido no escritório. Enquanto fui lá dentro, Boyd e Ryan jogaram o único jogo que aquele cão conhecia: Ryan ficava parado no estacionamento enquanto Boyd corria em círculos ao seu redor.

Quando estava saindo do prédio, Sheila Jansen chegou, saiu do carro e caminhou em minha direção.

— Aqui a essa hora? — perguntei.

— Tenho novidades. Então vim até aqui para tentar encontrá-la.

— Ela não fez comentários sobre a minha aparência. E eu não lhe dei qualquer satisfação a respeito.

Boyd abandonou Ryan e correu na direção de Jansen para tentar o truque do púbis. A agente do NTSB o evitou coçando-lhe ambas as orelhas. Ryan se aproximou e eu fiz as apresentações. Boyd começou a correr ao redor de nós três.

— Parece que a teoria da droga confere — disse Jansen. — Quando giramos o Cessna, a porta dianteira direita tinha outra porta menor do lado de dentro.

— Não entendi.

— Abriram um buraco na porta dianteira direita e o cobriram com uma pequena lingueta com dobradiça no fundo, que se abria para dentro do avião.

— Como uma porta de cachorro de mão única?

— Exato. A modificação não seria evidente para um observador incauto.

— E para que servia?

— Para permitir lançamentos de carga.

Lembrei-me dos 2 quilos de cocaína que acabávamos de ver.

— De droga ilegal.

— Exato.

— Para uma equipe com uma picape esperando em terra.

— Bingo.

— Por que todo o trabalho de modificar o avião? Por que simplesmente não abrem a porta para jogar o material?

— A velocidade de estol de um C-210 é de cerca de 100 quilômetros por hora. É a velocidade mínima em que pode voar na hora de lançar a carga. É difícil jogar alguma coisa do avião nessa velocidade. Pense em abrir a porta do seu carro enquanto desce uma autoestrada a 100 por hora.

— Certo.

— Eis o cenário: o banco dianteiro direito foi removido para dar lugar à porta modificada. O passageiro está atrás. O produto está em um pequeno compartimento de carga atrás do passageiro. Pode visualizar a cena?

— Sim.

— Pearce...

Ela piscou os olhos para Ryan. Eu assenti com a cabeça. Ela se voltou para ele.

— É o piloto.

Ryan assentiu.

— Pearce usava a face rochosa como referência. Ele viu o penhasco, deu o sinal, o passageiro soltou o cinto de segurança, esticou o braço para trás, e começou a atirar os produtos do avião.

— Cocaína? — perguntou Ryan.

— Provavelmente. Não dá para levar maconha suficiente em um C-210 para o voo valer a pena. Mas já vi fazerem isso.

— Uma queda dessa altura não estouraria os pacotes de cocaína? — perguntei.

— Por isso estavam usando paraquedas.

— Paraquedas?

— Pequenos paraquedas de carga que são vendidos em lojas. Os policiais locais estão cuidando disso. De qualquer modo, a cocaína é embalada dentro de densas camadas de plástico, acolchoadas com plástico bolha, e envoltas com fita adesiva suficiente para cobrir a bunda de minha tia Lilly. Minha tia era grandalhona.

— Parecida com minha tia-avó Cornélia — disse Ryan. — Boa de garfo.

Jansen olhou para Ryan, então se voltou outra vez para mim.

— Prossiga — pedi.

— Cada pacote é atado a um paraquedas com mais fita adesiva e uma correia. O paraquedas é preso ao pacote, e uma linha de polipropileno de 6 metros é enrolada por cima do paraquedas para que fique firme ao redor do pacote. Está acompanhando?

— Sim.

— Pearce dá a ordem. O passageiro prende a ponta solta da linha a algo dentro do avião, abre a porta de cachorro e atira o pacote para fora. Quando o pacote cai, a linha se desenrola, o paraquedas fica livre, se abre e a droga desce tão suavemente quanto um passarinho.

Boyd deu uma pequena mordida na panturrilha de Ryan. Ele ralhou com o cão, que saltou para trás e voltou a correr em círculos.

— Então, o que deu errado? — perguntei.

— Foi o seguinte: eles estão voando baixo sobre o lugar do lançamento, perto de velocidade de estol, as coisas estão bem, então o último pacote voa em direção à cauda do aparelho. O paraquedas ou a corda fica emaranhado no leme ou no profundor, o piloto não consegue governar o aparelho, perde controle. Olá, penhasco.

— Explica por que Pearce estava com o cinto e o passageiro, não.

Lembrei-me dos dois cadáveres, ambos coberto de um resíduo negro e crespo.

— Esses paraquedas são feitos de náilon leve, certo?

— Sim.

— E que tal isso: o último paraquedas abre prematuramente dentro do avião. Envolve o passageiro, que luta para se livrar. Pearce tenta ajudar, perde o controle da aeronave, bate no penhasco. Bola de fogo.

— Isso explica o resíduo negro. Paraquedas frito. — Jansen estava seguindo o meu raciocínio.

— Mas isso é apenas uma conjectura — falei.

— Na verdade, não — disse Jansen.

Esperei.

— Algumas crianças fizeram uma descoberta interessante ontem de manhã.

CAPÍTULO 13

— TRÊS CRIANÇAS QUE PASSEAVAM com seu cachorro em um campo a leste do local do acidente na segunda-feira pela manhã viram o que acharam ser um fantasma voando ao redor do velho celeiro de tabaco do avô.

Uma imagem. Um cadáver de piloto, paraquedas levado pelo vento. Ryan externou a minha ideia.

— O *Senhor das Moscas* — disse ele.

— Analogia perfeita — disse Jansen. — Tendo avaliado a situação, Nehi e Moon Pies, nossos pequenos gênios, resolveram investigar. Quando o objeto revelou ser um pacote de pó branco jogado de paraquedas, decidiram escondê-lo enquanto pensavam no que fazer a seguir.

— O que incluía uma busca mais ampla — adivinhei.

— Encontraram outros três pacotes de cocaína na floresta. Sabendo do Cessna, e sendo fãs das séries *Cops* e *CSI*, acharam que a sorte lhes sorria.

— Telefonaram para a polícia para perguntar sobre a recompensa.

— Ligaram esta manhã, por volta das 10 horas. O departamento de polícia Charlotte-Mecklenburg entrou em contato com os pais, e seguiu-se uma discussão aberta. Assunto: as crianças tinham quatro pacotes de cocaína e quatro paraquedas escondidos no barracão do avô.

— Tem certeza de que é cocaína? — perguntei.

— A droga terá de ser analisada. Mas, sim, aposto minha bunda que é cocaína.

— Por que a equipe de terra deixou a droga para trás?

— O acesso ao local é feito por meio de uma estrada estreita e sinuosa. Provavelmente, viram o Cessna cair e acharam que, caso ficassem por ali, topariam com as equipes de emergência ao ir embora. Optando por liberdade em vez de fortuna, deram no pé.

Fazia sentido.

— De acordo com o nosso roteiro, o último paraquedas abriu prematuramente — falei. — Por quê?

— Pode ter sido puro azar. Ou uma corrente de ar.

— Como?

— Ao longo dos anos, os paraquedistas do Exército tiveram diversas baixas por causa de equipamentos que se abriam acidentalmente enquanto o paraquedista estava à porta da aeronave.

O paraquedas reserva é usado na frente, e uma corrente de ar às vezes entra e abre o pacote, arrastando o paraquedas e o paraquedista para fora prematuramente.

— A abertura da porta de cachorro poderia ter provocado uma corrente de ar que entrasse na cabine? — perguntou Ryan.

— É possível — disse Jansen.

— Mas eles conseguiram lançar quatro paraquedas. Por que o quinto deu errado? — perguntei.

— Talvez o último pacote fosse mais leve. Talvez o passageiro não tivesse conseguido prender o paraquedas rápido o bastante. Talvez o piloto tenha feito uma súbita manobra com o avião.

— Talvez — falei.

— A cocaína estava embrulhada em pacotes de 30 centímetros quadrados. Eram volumes muito grandes para a porta de cachorro. Talvez o último pacote tenha ficado preso e o paraquedas tenha se aberto antes de poderem liberá-lo — sugeriu Ryan.

— Isso não deixaria um pacote dentro do avião? — perguntei.

— Ou debaixo dele. — Jansen hesitou uma fração de segundo. — Eu encontrei algo.

— Outro pacote de drogas? — perguntei.

— Não era um pacote. Cinzas e plástico derretido.

— Debaixo dos destroços?

— Sim.

— Cinzas de quê?

— Não estou certa. Mas não me pareceu cocaína.

— É comum embarcarem cargas mistas?

— Com certeza.

AO CHEGARMOS AO ANEXO, Boyd foi direto para a sua vasilha.

Ryan ganhou a aposta, na qual insisti. Má ideia. Enquanto ele tomava banho, verifiquei minhas mensagens.

Harry.

Katy.

Um colega da universidade, a UNCC.

Alguém desligando.

Tentei a casa de Lija. Uma voz masculina atendeu, disse que minha filha tinha saído, mas chegaria logo. A voz não se identificou.

Deixei recado, desliguei.

— Quem diabos é você? — perguntei para o aparelho. — O intensamente atraente Palmer Cousins? — E por que não disse quem era? Também está morando na casa de Lija? Não queria pensar naquilo.

Boyd ergueu a cabeça, voltou a comer.

Tentei meu colega. Ele tinha uma pergunta sobre uma tese de mestrado que eu não soube responder.

Tendo comido toda a ração, Boyd deitou-se de lado.

Ligo ou não ligo para Harry?

Minha irmã não compreende o significado da expressão conversa rápida. Além disso, Harry pode sentir o cheiro de sexo através da linha telefônica e eu não queria discutir minhas aventuras recentes. Ao ouvir passos na escada, deixei o telefone sobre a mesa.

Ryan apareceu com Birdie apertado contra o peito. O queixo e as patas da frente do gato estavam apoiadas sobre o ombro dele.

Quando estendi as mãos para pegá-lo, Birdie virou a cabeça.

— Ora, vamos, Bird.

Dois olhos voltaram-se para mim sem piscar.

— Você esta fingindo, Birdie. — Acariciei a cabeça do gato. — Nem está tentando escapar.

Birdie ergueu o queixo e eu acariciei a garganta dele.

— Se ele quisesse descer — disse eu para Ryan —, estaria empurrando seu peito com as patas.

— Eu o encontrei na cama.

Ao ouvir a voz de Ryan, Boyd levantou-se, unhas arranhando o chão de madeira.

Birdie saltou do peito de Ryan como um foguete no Cabo Canaveral.

— Tem cerveja na geladeira — falei. — Jornais no outro cômodo. Não vou demorar.

Quando voltei, Ryan estava na mesa da cozinha, o *Observer* aberto na seção de esportes. Ele tinha terminado uma garrafa de Sam Adams e já tomava a segunda. O queixo de Boyd estava sobre o joelho dele.

Quando entrei, ambos ergueram a cabeça.

— De todos os botecos de todas as cidades do mundo, ela teve que entrar logo no meu — disse Ryan, imitando Humphrey Bogart para o cachorro.

— Obrigada, Rick.

— Sua filha ligou.

— Ãhn? — Fiquei surpresa por Ryan ter atendido o meu telefone.

— O negócio estava ali, tocou e eu atendi por reflexo. Desculpe.

— Ela disse por que ligou?

— Não percebi quem era. Falei que você estava no banho. Ela disse que não era importante, identificou-se e desligou.

Então tanto eu quanto Katy tínhamos explicações a dar.

Ryan e eu fomos até o Selwyn Pub, uma pequena taverna a algumas quadras do Sharon Hall. Para os não iniciados, o bangalô de tijolos parecia uma casa particular, pequena para Myers Park, mas não intolerável.

Além de uma placa discreta, a única indicação de que o lugar era um bar era a quantidade de carros estacionados onde devia ficar o jardim. Quando entrei no estacionamento, Ryan pareceu confuso, mas não disse nada.

Há dois turnos de frequentadores no Selwyn Pub. Os do começo da noite são profissionais liberais que vão ali tomar umas cervejas antes de um jogo, uma saída, ou um jantar com June, Wally e Beaver.*

Mais tarde, quando os engenheiros, advogados e contadores saem, chegam os alunos do Queens College. Seda, gabardine e couro italiano cedem lugar ao jeans, algodão e sandálias de cânhamo. Os Benzes, Beemers, e utilitários dão lugar a Hondas, Chevys e carros mais baratos.

Ryan e eu chegamos no meio da mudança de turno. Eu estava de bom humor após o banho, um pouco deprimida por causa do bebê de Tamela e o que encontramos na latrina, mas me sentia animada pela presença de Ryan. Triste-feliz. Porém ao atravessar o pátio do pub, senti a melancolia se instalar.

Estava adorando ter Ryan comigo, estava me divertindo muito com ele. Por que a tristeza? Não fazia ideia. Tentei afastar a depressão.

A maioria dos frequentadores tinha ido embora, e havia apenas algumas mesas e tamboretes ocupados. Sentindo-me cada vez menos sociável, levei Ryan para o único reservado do pub.

Pedi um hambúrguer com queijo e fritas. Ryan escolheu o prato especial do jantar, escrito à mão em um quadro-negro em cima da lareira: churrasco com fritas.

Coca Diet para mim. Pilsner Urquell para Ryan.

Enquanto esperávamos, Ryan e eu recapitulamos nossa conversa com Sheila Jansen.

— Quem é o dono do Cessna? — perguntou Ryan.

— Um homem chamado Ricky Don Dorton.

---

* Personagens do seriado norte-americano *Leave it to Beaver*. (N. do T.)

A cerveja de Ryan e minha Coca Diet chegaram. Ryan abriu um enorme sorriso Pepsi para a garçonete. Ela lhe devolveu um Jumbo Super Deluxe. Minha espiral descendente ganhou velocidade.

— Alguma chance de meu hambúrguer ser ao ponto? — perguntei, interrompendo a troca de sorrisos.

— Claro. — Irmã Pepsi voltou-se para Ryan. — Quer o seu à moda do Leste?

— Tudo bem.

Após sorrir para a garçonete que voltava para a cozinha, Ryan olhou para mim.

— O que a geografia tem a ver como churrasco?

— O churrasco do leste é feito com um molho à base de vinagre e mostarda. O molho do Oeste da Carolina é baseado em tomate.

— Isso me faz lembrar. O que é "chadoce"?

— O quê?

— As garçonetes vivem me oferecendo isso.

"Chadoce"? Pensei na frase.

— Chá doce, Ryan. É *iced tea* com açúcar.

— Aprender um idioma estrangeiro é difícil. Muito bem. De volta ao Sr. Dorton. Quando falamos dele pela primeira vez, você disse que ele estava triste com o roubo de seu avião.

— Devastado.

— E surpreso.

— Atônito.

— Quem é Ricky Don Dorton?

A garçonete trouxe a comida. Ryan pediu "maio". Ambas olhamos para ele.

— Para as batatas — explicou.

A garçonete voltou-se para mim. Dei de ombros.

Quando ela se foi, joguei ketchup nas minhas batatas, transferi o alface, o picles e o tomate do prato para o meu hambúrguer, e acrescentei condimentos.

— Já disse. Dorton possui alguns clubes de strip-tease em Kannapolis, ao norte de Charlotte.

140

Dei uma mordida. A carne moída estava entre carbonizada e vaporizada. Tomei um gole de refrigerante. Era Coca-Cola comum. Não diet.

Meu humor piorava a cada segundo.

— A polícia andou observando Dorton durante alguns anos, mas não conseguiu incriminá-lo.

A garçonete deu para Ryan um pote de maionese e mostrou-lhe mais dentes que uma serra.

— Obrigado — disse ele.

— Disponha — falou ela.

Senti meus olhos revirarem em direção ao lobo frontal.

— Eles acham que o estilo de vida do Sr. Dorton excede os seus ganhos? — perguntou Ryan, mergulhando uma batata na "maio".

— Ao que parece, o sujeito tem um bocado de brinquedos.

— Dorton voltou a ser vigiado?

— Se Ricky Don cuspir na calçada, está ferrado.

Virei o pote de ketchup, bati no fundo e devolvi-o à mesa com um baque surdo.

Comemos em silêncio durante vários minutos. Então a mão de Ryan segurou a minha.

— O que a está perturbando?

— Nada.

— Diga.

Ergui a cabeça. Profunda preocupação naqueles olhos cor de centáurea. Baixei a cabeça.

— Não é nada.

— Conte para mim, docinho.

Eu sabia onde aquilo daria e não gostei.

— O que foi? — sondou Ryan.

Fácil. Eu não gostava de me sentir deprimida com meu trabalho. Não gostava de me sentir ludibriada por causa de férias adiadas. Não gostava de sentir ciúmes por causa de um flerte inocente com uma garçonete anônima. Não gostava da sensação de não ter uma resposta para minha filha. Não gostava de me sentir à parte da vida dela.

Não gostava de sentir que não estava no controle.

Controle. Esse sempre foi o meu problema. Tempe precisa estar no controle. Foi a única coisa que aprendi em minha única experiência com a psicanálise.

Eu não gostava de análise, não gostava de admitir que precisava de ajuda.

E não gostava de falar de meus sentimentos. Nunca. Não com um psicólogo. Não com um padre. Não com Yoda. Não com Ryan. Eu queria sair daquele reservado e esquecer aquela conversa.

Uma lágrima solitária e traidora escapou de um de meus olhos. Embaraçada, enxuguei o rosto com as costas da mão.

— Vamos?

Assenti.

Ryan pagou a conta.

No estacionamento, havia dois utilitários e o meu Mazda. Ryan inclinou-se na porta do motorista, me puxou de encontro a ele e ergueu a minha cabeça com ambas as mãos.

— Fale.

Tentei baixar o queixo.

— Vamos apenas...

— Tem a ver com a noite passada?

— Não. A noite passada foi... — Minha voz sumiu.

— Foi o quê?

Meu Deus, eu odiava aquilo.

— Legal. — Fogos de artifício e a abertura da ópera *Guilherme Tell*.

Ryan correu um polegar pelos meus olhos.

— Então, por que as lágrimas?

Tudo bem, cara. Quer sentimentos?

Inspirei profundamente e descarreguei.

— Algum doente filho da puta incinerou um recém-nascido. Outro desgraçado está acabando com os animais selvagens como se fosse mofo debaixo da pia. Dois caras se chocaram contra um penhasco tentando levantar a economia colombiana. E um pobre coitado teve o cérebro explodido e a cabeça e as mãos jogadas em uma latrina.

Solucei baixinho algumas vezes.

— Eu não sei, Ryan. Às vezes acho que a bondade e a caridade estão mais ameaçadas de extinção que o condor ou o rinoceronte negro.

Lágrimas corriam pelo meu rosto.

— A cobiça e a insensibilidade estão ganhando, Ryan. O amor, a bondade e a compaixão estão se tornando apenas alguns itens da lista de espécies ameaçadas.

Ryan me puxou para mais perto. Abraçando-o, chorei contra seu peito.

FAZER AMOR FOI MAIS LENTO, mais delicado naquela noite. Violoncelos e triângulos, não tambores e pratos.

Depois, Ryan acariciou o meu cabelo quando me deitei com o rosto acomodado no vão sob a sua clavícula.

Quase dormindo, senti Birdie subir na cama e deitar atrás de mim. O relógio marcava as horas. O coração de Ryan pulsava em um ritmo tranquilo e contínuo. Embora talvez não estivesse feliz, eu me sentia segura.

Foi a última vez que me senti segura durante um longo, longo tempo.

CAPÍTULO 14

OLHEI PARA O RELÓGIO. 4h23. Birdie se fora. Ryan roncava baixinho ao meu lado.

Eu tinha sonhado com Tamela Banks. Fiquei deitada um pouco mais, tentando montar imagens fragmentadas.

Gideon Banks. Geneva. Katy. Um bebê. Um buraco.

Meus sonhos geralmente são fáceis. Minha mente pega eventos recentes e os monta em um mosaico noturno. Nenhum enigma subliminar. Nenhum quebra-cabeça freudiano.

Então, o que diabos significava aquele sonho?

Culpa por não ter respondido à ligação de Geneva Banks?

Eu tentei.

Duas vezes.

Culpa por não ter falado com minha filha a respeito de Ryan?

Katy o conhecera quando deixou Boyd.

Ela o conhecera, sim.

Medo por Tamela? Tristeza pelo bebê?

Então minha mente começou a funcionar.

Por que a carteira de motorista de Tamela Banks estava em uma fazenda que pertencia a Sonny Pounder, um homem recentemente preso por tráfico? Teria Tamela ido até lá com Darryl Tyree? Será que a cocaína pertencia a Tyree? A Pounder? Por que havia sido deixada no porão?

Onde estava Tamela?

Onde estava Darryl Tyree?

Um pensamento súbito e terrível.

Poderia a vítima na latrina ser Tamela Banks? Teria Darryl Tyree matado Tamela com medo que ela revelasse o que tinha acontecido com o bebê? Com raiva pelo filho não ser dele?

Mas isso era impossível. Os ossos na latrina não tinham carne. O bebê de Tamela fora encontrado há uma semana.

Mas quando o bebê morreu?

Recapitulei o que sabia sobre a ordem dos acontecimentos.

Tamela falara com a irmã sobre a gravidez no inverno anterior. Ela havia ido à casa do pai em algum momento perto da Páscoa. Testemunhas afirmaram que ela morava com Tyree em uma casa na South Tryon Street havia quatro meses.

O bebê poderia ter nascido em julho, ou até mesmo no final de junho. Quando Tamela foi vista pela última vez? Poderia ter morrido há várias semanas? O ambiente altamente orgânico da latrina teria acelerado a decomposição?

Se não fosse Tamela, qual seria a identidade da vítima na latrina? Por que estava ali? Quem a baleou?

Achei que o crânio parecia masculino, mas seria mesmo?

Onde estava Darryl Tyree? Poderia eu ter me enganado sobre o crânio parecer caucasiano? A cabeça e as mãos que retiramos do buraco seriam de Tyree?

Teria eu realmente detectado uma reação nos olhos de Rinaldi? Teria a cabeça e as mãos lhe despertado alguma lembrança? Nesse caso, por que não compartilhá-la conosco?

A pergunta de Slidell era boa. Como dois ossos da mão de um corpo encontrado na latrina foram parar em uma cova rasa com ursos e pássaros?

Quem teria matado todos aqueles animais?

Se os restos mortais na latrina não eram de Tamela, poderia ela ter sofrido o mesmo destino daquela vítima?

As perguntas rodopiavam na minha cabeça.

Do buraco da latrina na fazenda, minha mente viajou para oeste até o local da queda do avião no campo de milho. Imaginei Harvey Pearce e seu passageiro anônimo dentro de mortalhas negras e ásperas.

Quem era o passageiro de Pearce? O que era aquela estranha lesão no osso de seu nariz?

Jansen tinha encontrado matéria carbonizada debaixo do Cessna. Seria mais cocaína ou alguma outra droga ilegal? Algo completamente diferente?

Qual era a relação dos homens no Cessna com Ricky Don Dorton? Teria Pearce e seu passageiro roubado o avião de Dorton? Os três fariam parte de algum esquema de tráfico? A porta de cachorro e o banco ausente pareciam incoerentes com um avião recentemente roubado.

Virei a cabeça no travesseiro.

Estaria eu cometendo um erro com Ryan? Será que aquilo daria certo? Se não desse, poderíamos preservar a amizade que já tínhamos? Para alguém de fora, nossa zombaria constante poderia parecer hostilidade. Nós éramos assim. Discutindo. Implicando. Disputando. Mas no fundo havia respeito e afeição. Se por acaso não pudéssemos ser amantes, poderíamos voltar a ser colegas e amigos?

Será que eu gostaria de voltar a fazer parte de um casal? Realmente abriria mão de minha longa luta pela independência? Teria que fazê-lo?

Será que Ryan queria uma relação de compromisso? Seria ele capaz de ser monogâmico? Seria capaz de ser monogâmico comigo? Eu conseguiria voltar a acreditar nisso?

Foi um alívio quando o dia finalmente clareou. Com a luz, os objetos que me eram familiares tomavam forma no quarto. A concha que colhi na praia em Kitty Hawk há dois verões. A taça de champanhe onde jogava meus brincos. O retrato emoldurado de Katy. O *kabawil* que comprei na Guatemala.

E o não familiar.

O rosto de Ryan estava mais escuro que o habitual, bronzeado pelos dias que passara em Kings Mountain e na fazenda. A luz da manhã acrescentava um tom dourado à sua pele.

— O que foi? — Ryan me pegou olhando para ele.

Olhei para os olhos dele. Não importando quão frequentemente eu experimentasse aquilo, a intensidade do azul sempre me surpreendia.

Balancei a cabeça.

Ryan ergueu uma sobrancelha.

— Você parece tensa.

Eu queria dizer o que tinha em mente, formar palavras proibidas, fazer perguntas proibidas. Recuei.

— É um negócio assustador.

— Sim — concordei.

O que é assustador, Andrew Ryan? Você? Eu? Um bebê em um fogão à lenha? Uma bala HydroShok na cabeça?

— Realmente lamento por causa da praia. — Terreno mais seguro.

Ryan abriu um sorriso.

— Tenho duas semanas. Nós vamos conseguir.

Assenti.

Ryan afastou as cobertas.

— Acho que hoje é dia de Queen City.*

RYAN E EU FOMOS AO STARBUCKS. Depois ele me deixou no escritório do IMLM. Assim que cheguei, liguei para Geneva Banks. Outra vez, não obtive resposta.

Uma pontada de apreensão. Nem Geneva nem o pai trabalhavam fora. Onde estariam? Por que ninguém atendia?

Eu estava ligando para Rinaldi quando ele e o parceiro entraram em meu escritório.

— Como vão as coisas? — perguntei, desligando o telefone.

— Bem.

— Bem.

---

* Apelido da cidade de Charlotte, assim denominada em homenagem à princesa alemã Charlotte de Mecklenburg. (*N. do T.*)

Trocamos sorrisos pré-fabricados.

— Você falou com Geneva ou Gideon Banks recentemente?

Slidell e Rinaldi trocaram olhares.

— Geneva me ligou na segunda-feira — falei. — Liguei de volta, mas não tive resposta. Acabei de tentar outra vez. Ainda sem resposta.

Rinaldi olhou para os sapatos. Slidell me encarou.

Dedos frios envolveram meu coração.

— Esta é a parte em que vocês me dizem que eles estão mortos, certo?

Slidell respondeu com uma palavra:

— Sumiram.

— Como assim, sumiram?

— Deram no pé. Sumiram. Desapareceram. Estamos aqui para ver se você sabe de alguma coisa, você e Geneva sendo amigas e tudo mais...

Olhei de Slidell para o parceiro.

— As persianas estão fechadas e o lugar parece mais trancado que um reator nuclear. Um vizinho viu o carro dos Banks sair cedo na segunda-feira. Nenhum sinal deles desde então.

— Estavam sozinhos?

— O vizinho não tinha certeza, mas acha ter visto alguém no banco de trás.

— O que vocês estão fazendo a respeito?

Rinaldi ajustou a gravata, cuidadosamente centrando a aba da frente com a de trás.

— Estamos procurando por eles.

— Falaram com os outros filhos dos Banks?

— Sim.

Voltei-me para Slidell.

— Se esse Tyree é o pilantra que você diz, Geneva e o pai podem estar em perigo.

— Sim.

Engoli em seco.

— Tamela e sua família podem já estar mortos.

— Está ensinando a missa ao vigário, doutora. Ao que eu saiba, quanto mais rápido nós os prendermos, melhor.

— Você está brincando, certo?

— Já ouviu falar em encorajamento ao crime?

— Pelo amor de Deus! Gideon Banks tem mais de 70 anos. Geneva provavelmente tem o QI de um pé de salsa.

— E quanto à obstrução de justiça ou acobertamento de crime?

— De *qual* crime? — Eu não estava acreditando naquilo.

— Vamos começar com infantalcídio — disse Slidell.

— A palavra é "infanticídio" — rebati.

Slidell levou os dois punhos à cintura e inclinou-se para trás, esticando os botões da camisa ao limite de tensão.

— Você não teria ideia do paradeiro dessa gente, não é mesmo, doutora?

— Eu não lhe diria, caso soubesse.

As mãos de Slidell tombaram e ele inclinou a cabeça para a frente. Nos encaramos por cima da escrivaninha, dois babuínos se desafiando para ver quem seria o primeiro a beber água na fonte.

— Vamos conversar sobre isso em outra situação — disse Rinaldi.

Como se tivesse sido combinado, um celular tocou. Slidell tirou-o do bolso.

— Slidell.

Ele ouviu um momento, então saiu no corredor.

Encarei Rinaldi.

— Quando eu estava descrevendo o que encontramos naquela latrina ontem, você se lembrou de alguma coisa.

— O que a faz dizer isso?

— Algo em seus olhos.

Rinaldi puxou os punhos da camisa debaixo do paletó e as ajeitou ao redor dos pulsos.

— Você já terminou o seu exame do crânio e dos ossos da mão?

— É minha prioridade.

As luzes fluorescentes zumbiam sobre as nossas cabeças. Ouvimos a voz de Slidell no corredor.

— Quem é esse Darryl Tyree? — perguntei.

— Um cafetão, traficante, explorador sexual. Embora eu não esteja certo que essa seja a ordem que o Sr. Tyree use no currículo. Depois me diga o que descobriu sobre o crânio.

Rinaldi caminhou em direção à porta no exato momento em que Joe Hawkins apareceu. Ambos pararam. Hawkins passou por Rinaldi e me entregou um grande envelope pardo.

Agradeci. Hawkins se foi.

Rinaldi voltou-se lentamente e revirou os olhos em direção ao parceiro.

— Skinny pode ser um pouco grosso. Mas é um bom policial. Não se preocupe, Dra. Brennan. Vamos encontrar os Banks.

Nesse momento, Slidell enfiou a cabeça no vão da porta.

— Parece que a fazenda não é o lugar do crime da vítima da latrina.

Rinaldi e eu esperamos que ele continuasse.

— A UCC, Unidade de Cena do Crime, iluminou o lugar com LumaLite esta manhã. — Embora Slidell sorrisse, os cantos de seus lábios permaneceram imóveis. — Nenhum sangue. Escuro como um shopping no dia de Natal.

Quando Rinaldi e Slidell se foram, levei o envelope de Hawkins para a sala fedorenta e comecei a adaptar radiografias na caixa de luz.

Cada chapa me inspirava um novo título para Slidell.

Estúpido.

Otário.

Denominações de uma única palavra funcionavam melhor.

A não ser que um canto escorregasse e o filme precisasse ser reajustado.

Tremendo babaca.

Cabeça de merda.

Chapa a chapa, analisei a infraestrutura do passageiro. Costelas, vértebras, pélvis, braço, perna, peito e clavícula.

Tirando as graves dilacerações, o esqueleto parecia perfeitamente normal.

Até eu observar a última das quatro chapas.

Eu olhava para as mãos e os pés do passageiro quando Larabee aproximou-se por trás de mim. Durante dez segundos inteiros nenhum de nós falou.

Larabee rompeu o silêncio.

— Pelo amor de Deus, espero que isso não seja o que penso que é.

CAPÍTULO 15

OLHEI PARA O PADRÃO CINZA E BRANCO da radiografia. Ao meu lado, Larabee fazia o mesmo.

— Viu algum indício quando examinou os ossos do nariz? — perguntou o legista.

— Uma lesão.

— Ativa?

— Sim.

Ouvi as solas dos sapatos de Larabee rangerem sobre os ladrilhos enquanto ele esfregava os braços com as palmas das mãos.

— Está pensando em lepra? — perguntou.

— É o que parece.

— Como diabos alguém tem lepra na Carolina do Norte?

A pergunta pairou no ar enquanto eu vasculhava minha mente. Faculdade. Sistemática de patologias ósseas.

A: Distribuição anatômica.

Apontei minha caneta para os ossos dos pés e das mãos.

— Diferentemente dos ossos nasais, o processo parece restrito aos ossos das mãos e dos pés, especialmente às falanges médias e próximas.

Larabee concordou.

B: Modificação óssea. Tamanho anormal, perda óssea, formação óssea.

— Vejo três tipos de alterações.

Indiquei um furo circular que parecia ter sido aberto deliberadamente.

— Algumas lesões parecem redondas e císticas, como a nasal.

Apontei um padrão em colmeia no dedo mínimo.

— Há alterações semelhantes a rendas em algumas falanges.

Movi minha caneta para uma falange cuja forma de halteres tinha se alterado para a de um lápis afiado.

— Reabsorção em um.

— Isso está me parecendo um tratado clássico de radiologia de leprosos — disse Larabee.

— Você encontrou algum indício no cadáver?

Larabee levantou ambas as mãos e deu de ombros em um gesto de "eu não".

— Alguns nódulos linfáticos aumentados, mas não me pareceram dignos de nota. Os pulmões pareciam um hambúrguer, de modo que não pude ver muita coisa.

— Com lepra lepromatosa, as lesões de pele mais óbvias seriam no rosto.

— É. E esse cara não tem rosto.

De volta às minhas lembranças.

Nenhuma alteração macroscópica observável nos tecidos macios.

Rarefação pontilhada difusa, redução cortical, afilamento de ao menos uma falange.

Aprofundei-me ainda mais em meu cérebro.

Neoplasias. Doenças de deficiência. Metabólicas. Infecciosas. Autoimunes.

Curso lento, benigno.

Mãos e pés.

Jovem adulto.

— Mas pode apostar que vou verificar mais atentamente a histologia quando as amostras estiverem prontas.

Mal ouvi o que Larabee dizia. Pensava nos possíveis diagnósticos. Lepra. Tuberculose. Dactilite. Osteocondromatose.

— Não ligue ainda para o padre Damien* — disse eu, desligando as caixas de luz. — Vou investigar mais.

— Enquanto isso, preciso dar outra olhada no que sobrou da pele e dos nódulos linfáticos desse cara. — Larabee balançou a cabeça. — Claro que ajudaria se ele tivesse um rosto.

Mal me acomodei em minha mesa, o telefone tocou. Era Sheila Jansen.

— Eu estava certa. A substância carbonizada debaixo do Cessna não era cocaína.

— E o que era?

— Ainda tem que ser determinada. Mas não era pó. Algum progresso no passageiro?

— Estamos trabalhando nisso.

Não mencionei a nossa suspeita sobre a saúde do sujeito. Melhor esperar até termos certeza.

— Descobri um pouco mais sobre Ricky Don Dorton — disse Jansen.

Esperei.

— Parece que Ricky Don teve um pequeno desentendimento com os fuzileiros navais dos EUA no início dos anos 1970, esteve preso, foi expulso.

— Drogas?

— Dorton resolveu enviar um pouco de haxixe para casa como lembrança de seu tempo no Sudeste Asiático.

— Que ideia original.

— Na verdade, seu plano era bem engenhoso. Dorton cuidava de assuntos relativos a soldados mortos no Vietnã. Ele escondia a droga em caixões no necrotério de Da Nang, então um cúmplice a retirava em sua chegada a Stateside, antes que o corpo do soldado fosse entregue à família. Dorton provavelmente trabalhava com alguém que conhecera durante seu período de alistamento, alguém que sabia a rotina do necrotério.

— Esperto. — Meu Deus. — Frio, mas esperto.

---

* Padre belga conhecido por ministrar serviços religiosos para leprosos segregados no Havaí no final do século XIX. (*N. do T.*)

— Só que o soldado Einstein foi pego na última semana de seu período de alistamento.

— Momento errado.

— Dorton desapareceu um tempo após ser solto. Quando voltamos a ouvir falar dele, já está de volta a Sneedville promovendo excursões para o Grizzly Woodsman Fishing Camp.

— Grizzly Woodsman? É uma daquelas instalações que ajudam os contadores de Akron a pescar o peixe dos seus sonhos?

— É. Acho que a educação supletiva e a dispensa desonrosa limitou as opções de Ricky Don com as grandes empresas de Wall Street. Mas não a sua ambição. Dois anos como instrutor de pesca e Dorton abriu a própria firma, a Wilderness Quest.

— Você acha que Ricky Don conseguiu trazer alguma droga antes dos fuzileiros descobrirem o seu pequeno negócio de exportação?

— Não. O bom cidadão provavelmente separou um pouco de cada salário recebido, trabalhou nos fins de semana, esse tipo de coisa. De qualquer modo, por volta de meados dos anos 1980, Dorton mudou de trajes de pesca para ternos sociais. Afora o campo de pesca, possuía uma loja de material esportivo em Morristown, Tennessee, e duas casas de entretenimento em Kannapolis.

— Um homem de negócios respeitável — falei.

— E a experiência militar de Ricky Don lhe serviu muito bem. Se Dorton está metido em algo ilegal no momento, ele opera de fora. Fica quieto de modo que os tiras não o aborreçam.

Algo se moveu no lodaçal no fundo de meu cérebro.

— Você disse que Dorton é de Sneedville?

— Sim.

— Tennessee?

— Sim. Mama Dorton e cerca de um trilhão de parentes ainda vive por lá.

O vago pensamento se revolveu lenta e preguiçosamente em meu cérebro.

— Alguma chance de Dorton ser um melungo?*

---

* Mestiço. Termo tradicionalmente aplicado a populações com três origens raciais do Sul dos EUA. (*N. do T.*)

— Como adivinhou?
— Ele é?
— Sim. Estou impressionada. Até ontem eu nunca tinha ouvido falar em melungos. — Jansen deve ter percebido algo em minha voz. — Isso lhe fez pensar em algo?
— Só um palpite. Pode não ser nada.
— Você sabe como me encontrar.
Fiquei sentada um momento após desligar.
Escavar.
Camadas superiores. Depósitos recentes.
Academia Americana de Ciências Forenses. Sessão científica.
Que ano? Que cidade?
Voltei-me para os programas AACF sobre minha prateleira.
Depois de dez minutos, encontrei o que buscava. Fazia 12 anos. Uma apresentação de um aluno sobre frequência de doenças entre populações melungas.
Ao ler o resumo, o pensamento lentamente tomou forma.

— SARCOIDOSE.
Quando Larabee ergueu a cabeça, a lâmpada de sua escrivaninha ressaltou as rugas de seu rosto.
— Isso nos levará de volta aos nódulos linfáticos, pulmões e pele.
— Aproximadamente 14 por cento dos casos de sarcoidose apresentam envolvimento ósseo, principalmente nos ossos curtos das mãos e dos pés.
Pousei um livro de patologia na escrivaninha à sua frente. Larabee leu um pouco, então se recostou, queixo apoiado na mão. Sua expressão indicava que ele não estava convencido.
— A maioria dos casos de sarcoidose é assintomática. A doença segue um curso lento e benigno, geralmente seguido de cura espontânea. As pessoas nem mesmo sabem que têm aquilo.
— Até tirarem uma radiografia por algum outro motivo — disse ele.
— Exato.

— Como por estar morto.

Eu o ignorei.

— A sarcoidose geralmente afeta adultos jovens — falei.

— E nas radiografias é mais evidente nos pulmões.

— Você disse que os pulmões pareciam hambúrgueres.

— A sarcoidose geralmente ocorre entre afro-americanos.

— Há uma alta incidência entre melungos.

Larabee olhou para mim como se eu tivesse dito: guerreiros olmecas.

— Tudo se encaixa. Há uma protuberância anatoliana na parte de trás da cabeça do passageiro e escavações em seus incisivos. Suas maçãs da face são salientes. Além disso, o sujeito parece com Charlton Heston.

— Fale-me sobre melungos.

— São povos de pele ligeiramente escura com traços europeus. Alguns têm olhos asiáticos.

— E vivem onde?

— A maioria nas montanhas do Kentucky, Virgínia, West Virgínia e Carolina do Norte.

— Quem são?

— Sobreviventes de uma colônia perdida de roanokes, náufragos portugueses, tribos perdidas de Israel, navegantes fenícios. Pode escolher a sua teoria.

— Qual a preferida atualmente?

— Descendentes de colonos espanhóis e portugueses que abandonaram o assentamento de Santa Elena na Carolina do Sul no final do século XVI. Aparentemente, esse pessoal se misturou com os powhatans, os catawbas, os cheroquis e diversas outras tribos. Talvez haja até alguma participação de escravos mouros e turcos e prisioneiros portugueses e espanhóis deixados na ilha de Roanoke em 1586.

— Deixados por quem?

— Sir Francis Drake.

— Quem os melungos pensam ser?

— Alegam ter diversas origens: portuguesa, turca, moura, arábica e judaica, misturadas com nativo-americanos.

— Alguma prova que confirme isso?

— Quando foram encontrados no século XVI, viviam em cabanas de madeira, falavam um inglês capenga e se descreviam como "portyghee".

Larabee fez um gesto de quem pede mais.

— Um recente estudo de frequência de genes não mostrou diferenças significativas entre as populações melungas do Tennessee e da Virgínia e populações da Espanha, Portugal, Norte da África, Malta, Chipre, Irã, Iraque e do Extremo Oriente.

Larabee balançou a cabeça.

— Como se lembra de coisas assim?

— Não lembro. Acabei de pesquisar. Há um bocado de sites melungos na internet.

— Por que isso é relevante?

— Há uma grande população de melungos morando perto de Sneedville, no Tennessee.

— E?

— Lembra-se de Ricky Don Dorton?

— O proprietário do Cessna.

— Dorton é de Sneedville, Tennessee.

— Isso é bom.

— Achei que fosse.

— Ligue para Sheila Jansen. Vou para Sneedville.

EU TINHA ACABADO DE TERMINAR a ligação para a agente do NTSB quando Slidell e Rinaldi fizeram a segunda aparição do dia.

— Já ouviu falar em um homem chamado J.J. Wyatt? — perguntou Rinaldi.

Balancei a cabeça.

— Parece que o número de Wyatt estava na discagem rápida de Darryl Tyree.

— Quer dizer que Tyree ligava para Wyatt com frequência?

Rinaldi assentiu.

— De seu telefone celular.

— Recentemente?

— As últimas três chamadas foram feitas pouco antes das 7 da manhã de domingo.

— Para quem?

— Para o celular de Wyatt. — O rosto de Slidell parecia inchado pelo calor.

— Que estava onde? — perguntei.

— Muito provavelmente na mão de Wyatt. — Slidell enxugou as sobrancelhas.

Eu estava me segurando para não dar uma resposta malcriada quando Larabee se juntou a nós com o sorriso mais largo que seu rosto magro era capaz de produzir.

— Pessoal — disse o legista para Slidell e Rinaldi —, vocês estão diante de um gênio.

Larabee curvou-se ligeiramente em minha direção, então balançou um pedaço de papel.

— Jason Jack Wyatt.

O silêncio absoluto tomou conta de meu escritório.

Confuso com nossa falta de reação, Larabee olhou para Slidell, para Rinaldi e para mim.

— O que foi?

Slidell falou primeiro.

— O que tem Jason Jack Wyatt, doutor?

— Melungo de 24 anos de Sneedville, Tennessee. Wyatt foi dado como desaparecido há três dias por sua avó preocupada.

Larabee ergueu a cabeça de suas anotações.

— Vovó dizia que o jovem J.J. sofria de "artrite" nos pés e nas mãos. Os registros dentários estão a caminho, e parece que vão combinar com os dentes do passageiro do Cessna.

Ninguém disse uma palavra.

— Prontos para a melhor parte?

Três cabeças assentiram.

— O nome da avó é Effie Opal Dorton Cumbo.

O sorriso impossível de Larabee se alargou.

— J.J. Wyatt e Ricky Don Dorton são primos distantes.

CAPÍTULO 16

PASSARAM TRINTA SEGUNDOS antes que alguém se pronunciasse.

Rinaldi olhou para o teto. Slidell para os sapatos. Ambos pareciam fazer cálculos complicados em suas mentes.

Sabendo estar por fora, mas sem saber do que, Larabee esperou, já sem sorrir. Seu rosto flácido parecia ter passado a vida inteira assando em um forno.

Comecei o diálogo erguendo o indicador.

— Jason Jack Wyatt pode ser o passageiro do Cessna.

— O Cessna era de propriedade de Ricky Don Dorton — disse Rinaldi.

Acrescentei outro dedo.

— Wyatt era primo de Dorton — acrescentou Slidell.

Anelar.

— Darryl Tyree fazia ligações frequentes para Wyatt, incluindo três na manhã da queda do Cessna — nos lembrou Rinaldi.

Mínimo.

— Tendo descarregado ao menos quatro quilos de cocaína — completou Slidell.

Ergui o polegar.

— Tyree é um traficante cuja namorada desapareceu recentemente — acrescentou Rinaldi.

Comecei com a outra mão.

— Tendo matado o próprio filho — disse Slidell.

— Talvez — falei.

— Dois membros da família de Tamela também desapareceram. — Rinaldi ignorou nossas observações sobre o bebê.

Meu segundo dedo médio se ergueu.

— E a carteira de motorista da mocinha foi encontrada em uma casa com dois quilos de cocaína e um morto na latrina — disse Slidell.

Anelar número dois.

— Uma casa de propriedade de Sonny Pounder, um traficante barato que deu a dica sobre o bebê de Tamela para a polícia.

Segundo mínimo.

— Uma casa com ursos enterrados no jardim — acrescentei, baixando ambas as mãos.

Slidell emitiu um enfático palavrão.

Eu também.

O telefone tocou no escritório de Larabee.

— Vocês vão me explicar tudo isso — disse-me o legista, então saiu porta afora.

Rinaldi enfiou a mão no bolso interno do paletó, tirou um saco Ziploc e jogou-o sobre a mesa.

— A UCC encontrou isto junto com a cocaína. Achei que poderia significar algo para você.

Antes de pegar o saco, olhei para Rinaldi.

— Já fizemos a análise de resíduos. — Abrindo o lacre, estudei o conteúdo. — Penas?

— Penas muito incomuns — disse Rinaldi.

— Não sei nada sobre penas.

Slidell deu de ombros.

— Você identificou o Zé Colmeia e seus amigos, doutora.

— Aquilo eram ossos. Isto são penas.

Rinaldi retirou uma pluma de 20 centímetros de comprimento e a rodou entre os dedos. Mesmo sob a luz fluorescente, o azul parecia intenso e iridescente.

— Não é um pássaro canoro — disse ele.
— Não estou entendendo — falei.
— Por que alguém misturaria penas de aves com drogas ilegais?
— Talvez as penas já estivessem no porão e a cocaína foi jogada acidentalmente em cima delas.
— Talvez. — Rinaldi guardou a pena.

Lembrei-me dos ossos de urso.

— Na verdade, havia algum tipo de pássaro misturado com os ursos.
— Fale mais a respeito.
— É tudo o que sei.
— Identificar a espécie não vai doer.
— Precisaremos de um ornitólogo.
— Conhece algum?
— Posso fazer alguns telefonemas. — Olhei feio para Rinaldi. — Mas primeiro falemos de corpos sem cabeça.

Rinaldi cruzou os braços sobre o linho da camisa Brooks Brothers.

— Não gosto de ficar no escuro, detetive.
— E não gostamos de raciocínios confusos, doutora — disse Slidell.

Voltei-me para ele.

— Vocês estão escondendo alguma coisa?
— Nada obtido por meio de especulações. — Slidell olhou feio para mim.

Devolvi o olhar.

— Quando tiver analisado isso aqui, passarei a informação — disse Slidell.

Rinaldi cutucou um calo no polegar. Entre os fios de cabelo eriçados, seu couro cabeludo parecia pálido e brilhante.

Ouvimos a voz de Larabee em seu escritório.

Slidell manteve o olhar. Perguntei-me se conseguiria continuar a fazer aquilo com minha bota em sua bunda.

Rinaldi rompeu o silêncio.

— Não vejo problema em incluir a Dra. Brennan em nosso raciocínio.

Os olhos de Slidell voltaram-se para os do parceiro, depois retornaram para mim.

— Que diabos — suspirou Slidell. — Por mim, tudo bem.

— Há uns três, quatro anos, não me lembro ao certo, um caso chegou à minha escrivaninha.

— Sobre um corpo sem mãos e sem cabeça.

Rinaldi assentiu.

— Onde?

— Carolina do Sul.

— É um estado grande.

— Fort Mill. Gaffney. Chester. — Rinaldi agitou uma mão longa e ossuda. — Nada é centralizado por lá, é difícil rastrear.

Diferente do estado dos Calcanhares de Alcatrão, a Carolina do Sul tem um sistema médico-legal com legistas operando independentemente em cada condado. Os legistas são eleitos. Uma enfermeira, um diretor de casa funerária, um dono de cemitério. Poucos são formados em medicina, menos ainda em patologia forense. Médicos locais são contratados para as necrópsias.

— A maioria dos legistas da Carolina do Sul não têm instalações para preservar um corpo por muito tempo.

— Isso mesmo — debochou Slidell. — Dê ao pai de Michael Jordan três dias antes de incinerá-lo.

Slidell tinha o tato de uma marreta. Mas estava certo.

— Enviei umas perguntas — disse Rinaldi. — Espero receber o retorno no fim do dia.

— Esse corpo sem cabeça e sem mãos estava bem preservado?

— Ao que me lembre, os restos mortais eram apenas ossos. Mas não eram relevantes com nada que estávamos investigando na época, portanto não prestei muita atenção.

— Preto ou branco?

Rinaldi deu de ombros.

— Homem ou mulher?

— É, claro — respondeu Rinaldi.

QUANDO OS DETETIVES foram embora, liguei para a universidade. Uma colega poderia analisar as penas no dia seguinte.

Depois, fui até a geladeira e puxei a maca com os restos de animais. Reuni tudo que parecia ser pássaro e coloquei o pacote em um saco com as penas de Rinaldi.

Trocando a maca dos animais por aquela que continha os restos mortais da latrina, passei as horas seguintes fazendo a análise mais completa possível.

Minhas impressões iniciais mudaram muito pouco, embora eu pudesse ser mais precisa sobre a estimativa de idade.

Raça: branca.
Idade: 25 a 40 anos.
Sexo: role os dados.

Quando voltei para o meu escritório, Ryan folheava um exemplar da *Creative Loafing*, tênis Nike apoiados na borda de minha mesa. Vestia a mesma camisa e short de luau que havia usado de manhã, e um boné da Winston Cup. Ele parecia um agente do Havaí 5-0 em uma corrida de Nascar.

— Teve um bom dia?

— Latta Plantation e depois Freedom Park.

— Não sabia que gostava tanto de história.

— Hooch não se cansa disso.

— Onde ele está?

— O chamado da ração Alpo superou o chamado selvagem.

— Fico surpresa que ele o tenha deixado sozinho.

— Quando foi visto pela última vez, o melhor amigo do homem investigava o conteúdo de um saco de Oreos.

— Chocolate faz mal aos cães.

— Discutimos o assunto. Hooch achou que podia dar conta disso.

— Se Hooch achou errado, você vai limpar o tapete.

— Progressos com o homem da latrina?

— Mudança pertinente de assunto. — Jogando a pasta do caso da latrina sobre a escrivaninha, afundei na cadeira. — Acabei agora mesmo.

165

— Demorou — disse Ryan.
— Toody e Muldoon apareceram duas vezes.
— Slidell e o parceiro? — Assenti. — Você não pega muito pesado com o cara?
— Slidell provavelmente precisaria de instruções para fazer cubos de gelo.
— Ele realmente é assim tão burro?

Pensei a respeito.

Na verdade, Slidell não era burro. Não do modo que uma samambaia é estúpida. Ou um sapo. Slidell era apenas Slidell.

— Provavelmente não. Mas ele passa do ponto em termos de grossura e inconveniência.
— O que eles queriam?

Falei com Ryan a respeito de Jason Jack Wyatt e da ligação de celular com Darryl Tyree.

— O namorado da mãe do bebê morto? — Assenti. — Curioso.
— E aí vai outra: Rinaldi lembra-se de uma investigação sobre um corpo sem cabeça e sem mãos há alguns anos. Ele e Slidell estão rastreando.
— A descrição combina com a do sujeito na latrina?
— A lembrança de Rinaldi é um pouco vaga.
— O seu cadáver é do sexo masculino?
— Acho que sim.

Ryan ergueu as sobrancelhas, inquisitivo.

— Não existe um único traço craniano que seja definitivo para definir o gênero. Executei cada medida possível do programa Fordisc 2.0.
— Deixe-me adivinhar. O crânio se encaixa na zona intermediária.

Assenti.

— Embora mais perto de ser macho do que fêmea.
— O mesmo para as medidas dos ossos da mão?
— Sim.
— Qual o seu palpite?
— Homem.

— Um jovem adulto de cor branca que provavelmente usava o banheiro masculino. Não é um mau começo.

— Com dentes ruins.

— Ah, é?

— Muitas cáries. Ao menos nos dentes que recuperamos.

— Faltam alguns?

— Sim.

— Droga de trabalho.

— Como eu sabia que você ia dizer isso?

— Algum cuidado odontológico?

Balancei a cabeça.

— A vítima não era adepta de visitas regulares ao dentista

— Algo mais?

— Talvez uma ligeira desmineralização óssea.

— Acho que é um ótimo começo, Dra. Brennan.

— Rinaldi também trouxe penas.

— Não parece ser do estilo dele.

— Apareceram junto com a cocaína do porão.

— Que tipo de penas?

— Ele quer que eu descubra.

— Conhece algum especialista em pássaros?

— Conheço você, caubói.

Ryan imitou uma pistola com a mão e apontou-a para mim.

— Pronto para outra pesquisa de campo amanhã?

— *Hiii-haaa!*

Dessa vez, os dedos imitaram um laço.

Estávamos passando pela escrivaninha da Sra. Flowers quando o telefone tocou. Ela atendeu, então acenou em minha direção.

Esperei enquanto ela terminava de falar e punha a chamada em espera.

— É o detetive Slidell.

Senti um suspiro subindo pelo peito, mas resisti ao impulso de ser melodramática.

A Sra. Flowers sorriu para mim, então para Ryan. Quando ele correspondeu, ela corou.

— Ele está com voz de gato que engoliu o canário.
— Boa coisa não é. — Ryan piscou.
A Sra. Flowers sorriu, e seu rosto ficou ainda mais corado.
— Quer atender?
Como se eu quisesse ser infectada pelo vírus Ebola.
Peguei o aparelho.

∽:∾

CAPÍTULO 17

— LANCASTER.

— Lancaster o quê?

— Carolina do Sul.

Ouvi ruído de celofane estalando, então sons de mastigação.

— Fica a uns 40 minutos ao sul de Charlotte.

— Certo. Direto pela 521.

Pausa.

— O que *tem* Lancaster, Carolina do Sul?

— Esqueleto — disse ele, mastigando algo que parecia ser amendoim caramelado.

— Três... — Barulho de celofane — ... anos atrás.

Slidell estava em modo Snickers. Agarrei o aparelho com mais força.

— Caroneiros.

Um bocado de barulho de celofane e um comentário que não entendi.

— Parque.

— Caroneiros encontraram um esqueleto sem cabeça e sem mãos em um parque perto de Lancaster? — perguntei.

— É.

Um ruído estranho, como se Slidell estivesse cutucando o dente com o polegar.

— A identidade dos restos mortais foi identificada?
— Não.
— O que fizeram com os despojos?
— Embalamos e mandamos para Colúmbia.
— Para Wally Cagle?
— Ele é o antropólogo de lá?
— Sim.
— Aquele baixinho com uma barbicha que parece a bunda de um pato?
— Walter Cagle é um antropólogo forense qualificado. — Fiz um esforço para não erguer a voz. — Você não respondeu a minha pergunta.
— Provavelmente.
— O que isso significa?
— Os cidadãos do condado de Lancaster elegeram um novo legista há dois anos. O novo legista alega que seu predecessor não mantinha registros precisos.
— Quem levantou a dúvida?
— Xerife.
— O que ele disse?
— Disse: "fale com o antigo legista". O xerife também é novo.
— Você fez isso?
— Difícil. O cara morreu.
Eu estava segurando o aparelho com tanta força que o plástico estalava.
— O atual legista tem alguma informação sobre o caso?
— Desconhecido. Esqueleto parcial com danos causados por animais.
— Só isso?
— É o que consta na ocorrência policial original. Nada mais no arquivo.
— Alguém está verificando com o Dr. Cagle?
— Sim.
— Você pediu uma lista de pessoas desaparecidas para identificar o crânio da latrina?

— Difícil fazer isso sem nada com o que prosseguir.

Slidell estava certo.

— Homem branco, 25 a 40 anos. Dentes ruins, quatro obturações. — Mantive a voz controlada.

Os dedos da Sra. Flowers voavam sobre o teclado. De vez em quando ela olhava para Ryan. Ele sorria e ela enrubescia ainda mais.

— Isso ajuda.

— Mas não afaste a hipótese de ser mulher.

— Que diabos está dizendo? Uma pessoa não tem que ser uma coisa ou outra?

— Sim, tem.

Olhei para Ryan. Ele sorriu.

— Vou deixar o celular ligado — falei para Slidell. — Ligue para mim quando souber de alguma coisa.

GERALMENTE, MINHA GELADEIRA CONTÉM restos de comida para viagem, jantares congelados, condimentos, grãos de café, Coca Diet e leite. Naquela noite, estava inacreditavelmente cheia.

Quando abri a porta, uma cebola caiu no chão e rolou até parar junto às costas de Boyd. O cachorro cheirou, lambeu, estão voltou a se acomodar debaixo da mesa.

— Andou fazendo compras? — perguntei.

— Hooch me levou ao Fresh Market.

As orelhas de Boyd se eriçaram, mas ele continuou com o queixo sobre as patas.

Peguei um pacote embrulhado em papel de açougue.

— Sabe preparar peixe-espada?

Ryan estendeu os dois braços.

— Sou cria da Nova Escócia.

— Entendi. Quer uma Sam Adams?

— Diversas gerações de meu povo ganharam a vida no mar.

Eu realmente podia amar aquele cara, pensei.

— Seus pais nasceram em Dublin e estudaram medicina em Londres — falei.

— Comiam um bocado de peixe.

Entreguei-lhe a cerveja.

— Obrigado.

Ele abriu a tampa e tomou um longo gole.

— Por que você não...

— Já sei — interrompi. — Por que eu não tomo um banho enquanto você e Hooch preparam alguma coisa?

Ryan piscou para Boyd.

Boyd balançou a cauda para Ryan.

— Tudo bem.

Não foi bem assim que aconteceu.

Eu tinha acabado de enxaguar o cabelo quando a porta do boxe se abriu. Senti o ar frio, então um corpo quente.

Dedos começaram a massagear meu couro cabeludo.

Pressionei o corpo contra Ryan.

— Começou a preparar o peixe? — perguntei, sem abrir os olhos.

— Não.

— Ótimo.

ESTÁVAMOS ANINHADOS NO SOFÁ quando o telefone tocou.

Era Katy.

— Tudo bem?

— Acabei de jantar.

— Agora?

Olhei para o relógio sobre o console da lareira: 22h30.

— Apareceram, ahn, alguns imprevistos.

— Você precisa de uma folga, mãe. Tirar algum tempo para si.

— Sei.

— Ainda está trabalhando na descoberta de Boyd?

— A descoberta de Boyd pode ser algo maior.

— Por exemplo?

— Encontrei ossos humanos misturados com os restos de animais.

— Está brincando.

Ryan acariciou-me atrás da orelha. Afastei a mão dele.

— Não estou. De qualquer modo, onde andou se escondendo?

— Trabalhando na empresa do papai enquanto a recepcionista está de férias. É muito chato.

O "muito" dela estendeu-se por no mínimo três sílabas.

— O que você tem que fazer?

Ryan soprou na minha nuca.

— Lamber envelopes e atender o telefone. *"Bialystock und Bloom. Bialystock und Bloom."* — Ela imitou a recepcionista sueca do filme Os *Produtores*.

— Nada mal.

— Lija e eu decidimos oferecer um jantar.

— Parece divertido.

Ryan livrou o braço de meus ombros, levantou-se e acenou com a xícara de café. Balancei a cabeça e falei sem emitir som: "Não obrigada."

— Tem alguém aí?

— Quem vocês pretendem convidar?

Pausa curta.

— Quando liguei, um cara atendeu o telefone.

Pausa ligeiramente mais curta.

— Aquele cara está ficando aí com você, não é? Por isso você está falando meio estranho. Está jogando tênis de amígdalas com o cara de Montreal.

— Está falando de Andrew Ryan?

— Você sabe muito bem de quem estou falando. — Súbita lembrança. — Espere aí. Isso me deixou intrigada, mas acabo de me dar conta de quem ele é. Conheci esse cara quando eu a visitei em Montreal e um assassino em série tentou reconfigurar a sua laringe com uma serra.

— Katy...

— De qualquer modo, *le monsieur* estava aí quando deixei Boyd. Uau, mãe. O cara é um gato.

Eu a ouvi gritar pelo apartamento.

— Minha mãe está transando com um *gendarme*!

— Katy!

Comentário abafado.

— Ah, sim. Esse cara faz Harrison Ford parecer um bobão.

Mais comentários abafados.

— Lija disse para você continuar com ele.

Outra vez, ouvi uma voz ao longe.

— Boa ideia — disse Katy. — Lija falou para você trazê-lo para o jantar.

— Quando será a noite de gala?

— Amanhã. Achamos que seria legal nos produzirmos.

Olhei para Ryan. Depois de nosso banho, o "gato" trocara a camisa e o short de luau por bermudas, camiseta sem mangas e chinelos.

— A que horas?

ÀS 9H07, RYAN E EU ENTRAMOS em um escritório no terceiro andar do prédio da McEniry Building na UNCC. Embora não fosse grande, a sala era clara e ensolarada, com um tapete colorido sobre o carpete institucional. Bordados em cores primárias, ninhos estilizados formavam a margem externa. Uma garça pernalta voava no centro.

Estantes do chão ao teto ocupavam a parede da esquerda. A da direita exibia meia dúzia de gravuras e fotografias de aves. Brilhante, opaco, tropical, ártico, predatório, terrestre. A variedade de bicos e plumagens era espantosa.

Entalhados e esculpidos, os pássaros se empoleiravam na escrivaninha, nos arquivos, e olhavam por entre as prateleiras de livros. Travesseiros com pássaros bordados estavam apoiados no consolo da janela. Havia um papagaio-marionete pendurado em um canto do teto.

Parecia que alguém tinha contratado um ornitólogo, depois consultara um catálogo da "Birds R Us" para equipar o escritório com o que acreditava ser uma mobília exemplar.

Na verdade, Rachel fez aquilo tudo sozinha. Uma das mais destacadas ornitólogas do país, Rachel Mendelson era apaixonada pela profissão. Vivia, respirava, dormia, se vestia, e provavelmente, sonhava com pássaros. Sua casa, assim como seu escritório, era repleta de criaturas emplumadas, tanto vivas quanto inanimadas. A cada visita, eu esperava que um picanço ou um flamingo entrasse voando, se acomodasse no sofá e tomasse conta do controle remoto.

Uma janela ocupava a metade superior da parede oposta à porta. As persianas estavam entreabertas, permitindo uma visão parcial de Van Landingham Glen. A floresta de rododendros tremulava como uma miragem em meio ao calor matinal.

Havia uma escrivaninha em frente à janela. Duas cadeiras de metal com assentos acolchoados. Em uma havia um papagaio-do-mar empalhado. Na outra, um pelicano.

A cadeira da escrivaninha parecia algo projetado para astronautas com queixas ortopédicas. Abrigava a Dra. Rachel Mendelson.

Precariamente.

Ela ergueu a cabeça quando entramos, mas não se levantou.

— Bom dia — disse Rachel, então espirrou duas vezes. Sua cabeça balançou, fazendo seu coque oscilar.

— Perdão, estamos atrasados — desculpei-me quando Rachel se recuperou. — O trânsito estava terrível no Harris Boulevard.

— Por isso pego a estrada bem cedo. — Até mesmo a sua voz era semelhante à de um pássaro, dotada de um estranho gorjeio.

Rachel pegou um lenço de papel de um recipiente em forma de coruja e assoou o nariz com espalhafato.

— Desculpe. Alergia.

Ela amassou o lenço, jogou-o em algum recipiente embaixo da escrivaninha e levantou-se com dificuldade.

Não resultou em uma grande mudança, uma vez que tinha apenas 1,52m. Mas o que lhe faltava em altura era compensado em largura.

E cor. Hoje, Rachel usava verde-limão e turquesa. Em quantidade.

Desde que conheço Rachel, ela luta contra a balança. Dieta após dieta. Há cinco anos ela tentou um regime de vegetais e nutrientes enlatados e emagreceu até pesar 82 quilos, seu recorde pós-puberdade.

Contudo, por mais que tentasse, nada durava. Por algum bizarro maneirismo cromossômico, Rachel parecia não sair dos 100 quilos.

Como se para compensar o problema, seu DNA lhe garantiu um cabelo denso e ruivo, e a mais bela pele que já vi.

E um coração grande o bastante para acomodar uma final de apresentação das Rockettes do Radio City Music Hall.

— *Bonjour, Monsieur Ryan.* — Rachel estendeu-lhe a mão gorducha.

Ryan beijou-lhe as costas dos dedos.

— *Bonjour, madame. Parlez-vous français?*

— *Un petit peu.* Meus avós eram *québecois.*

— *Excellent.*

Os olhos de Rachel voltaram-se para mim. Suas sobrancelhas se ergueram e seus lábios se arredondaram em um pequeno O.

— Diga apenas: "Sentado, garoto" — falei.

Ryan soltou a mão dela.

— Sentado, garoto. — Rachel fez um movimento com as palmas das mãos voltadas para baixo. — E garota.

Todos nos sentamos.

Ryan apontou para uma escultura de metal no topo de uma pilha de livros.

— Belo pato.

— É um mergulhão — corrigiu Rachel.

— Peça para ele ficar de bico calado e não nos interromper — disse Ryan.

— Nossa, que piada original! — retrucou Rachel, que podia ser tão cara de pau quanto Ryan. — Agora, e quanto a esse pássaro morto?

Poupando os detalhes, expliquei a situação.

— Não sou muito boa com ossos, mas sou ótima com penas. Vamos ao meu laboratório.

Se o escritório de Rachel abrigava algumas dezenas de gêneros de pássaros, seu laboratório era lar de toda a linhagem de Lineu. Falcões. Picanços. Galinhas d'água. Condores. Beija-flores. Pinguins. Havia até mesmo um quivi empalhado, guardado em um armário envidraçado nos fundos da sala.

Rachel nos levou até sua mesa de trabalho de tampo preto e eu espalhei os ossos ali. Erguendo os óculos meia-lua do peito até o nariz, ela cutucou o amontoado.

— Parecem ser de psitacídeos.

— Também achei isso — disse Ryan.

Rachel não ergueu a cabeça.

— Família dos papagaios. Cacatuas, araras, lóris, agapornes, periquitos.

— Eu tinha um periquito quando era criança — observou Ryan.

— É mesmo? — perguntou Rachel.

— O nome dele era Quito.

Rachel olhou para mim, e as correntes de seus óculos tilintaram em uníssono.

Apontei para a minha têmpora e balancei a cabeça.

Voltando a atenção para a mesa, Rachel pegou o esterno e o analisou.

— Provavelmente uma arara de algum tipo. Pena não termos o crânio.

Flashback: Larabee falando do passageiro sem cabeça.

— Muito pequeno para um jacinto. Muito grande para um red-shouldered it.

Rachel movimentou o esterno nas mãos diversas vezes, então o depositou na mesa.

— Vejamos as penas.

Abri o saco e derramei o conteúdo sobre o tampo. Os olhos de Rachel voltaram-se para ele.

Se uma mulher pode travar, foi o que Rachel fez. Durante vários segundos nenhuma molécula de seu corpo se moveu. Então, reverente, ergueu uma pena.

— Ora essa.

— O quê?

Rachel olhou para mim como se eu tivesse tirado uma moeda de sua orelha.

— Onde conseguiu essas penas?

Repeti minha explicação sobre o porão da casa da fazenda.

— Há quanto tempo estavam lá?

— Não sei.

Rachel levou a pena para uma bancada, arrancou-lhe dois filamentos, colocou-os em uma lâmina de vidro, jogou líquido sobre eles, cutucou-os com a ponta da agulha, secou, e acrescentou uma outra lâmina por cima. Então, apoiou suas amplas nádegas em um tamborete redondo sem encosto e olhou através de um microscópio.

Segundos se passaram. Um minuto. Dois.

— Ora essa.

Rachel levantou-se, foi até um armário com compridas gavetas de madeira e tirou dali uma caixa chata e retangular. Voltando ao telescópio, removeu a lâmina que preparara, pegou outra lâmina da caixa e a analisou.

Intrigados, Ryan e eu trocamos olhares.

Rachel trocou a primeira lâmina de referência por uma segunda da caixa, então voltou à amostra da pena de Rinaldi.

— Gostaria de ter um microscópio de comparação — disse ela, trocando a pena de Rinaldi por uma terceira lâmina de referência. — Mas não tenho.

Quando Rachel finalmente ergueu a cabeça, seu rosto estava corado e seus olhos, arregalados de animação.

CAPÍTULO 18

— *CYANOPSITTA SPIXII* — murmurou, como um zelote pronunciando o nome de seu deus.

— É algum tipo de papagaio? — perguntou Ryan.

— Não de um papagaio qualquer. — Rachel pressionou as palmas das mãos contra o peito. — O papagaio mais raro do mundo. Provavelmente, o pássaro mais raro do mundo.

As mãos cruzadas erguiam-se e baixavam acompanhando o ritmo de seu colo limão-turquesa.

— Ora essa.

— Quer água? — perguntei.

Rachel ergueu e agitou os dedos.

— Na verdade, é uma arara. — Ela tirou os óculos e os deixou pendurados pela corrente.

— Uma arara é um tipo de papagaio?

— Sim. — Ela ergueu a pena ao lado do telescópio e a acariciou com carinho. — Isso vem da cauda de uma ararinha-azul.

— Tem algum exemplar empalhado? — perguntou Ryan.

— Certamente não. — Ela escorregou para fora do tamborete. — Graças à destruição de seu hábitat e o comércio de pássaros em gaiolas, não restam muitas. Tenho sorte de ter lâminas de referência para as penas.

— O que estava analisando? — perguntei.

— Ora essa. Bem, deixe-me ver. — Ela pensou um pouco, tentando fazer um resumo para leigos. — Toda pena têm hastes das quais crescem filamentos. Os filamentos têm minifilamentos, chamados bárbulas, ligados a estruturas chamadas nós. Além disso, há a morfologia geral e a cor da pena. Verifico a forma, tamanho, pigmentação, densidade e distribuição de tais nós.

Rachel foi até uma das prateleiras acima das gavetas e voltou com um grande livro marrom. Depois de verificar o índice, ela abriu o volume sobre a bancada e apontou uma fotografia com um dedo gorducho.

— Essa é uma ararinha-azul.

O pássaro tinha o corpo azul cobalto e a cabeça, clara. As pernas eram escuras, olhos cinzentos, bico preto e menos curvo do que eu esperava.

— Qual o tamanho desses pássaros?

— Chegam a 55 ou 60 centímetros. Não é a maior e nem a menor das araras.

— Onde vivem? — perguntou Ryan.

— No árido interior do Nordeste do Brasil. No norte do estado da Bahia, principalmente.

— A espécie está extinta? É uma ex-espécie?

Percebi a referência de Ryan ao Monty Python. Rachel não notou.

— A última ararinha-azul selvagem sobrevivente desapareceu em outubro de 2000 — disse ela.

— É fato comprovado? — perguntei.

Ela assentiu.

— A história desse pássaro é muito comovente. Querem ouvi-la?

Ryan começou a esboçar uma expressão debochada.

Olhei para ele em advertência.

Ryan pressionou os lábios.

— Muito — respondi.

— Ao identificar a ameaça de extinção da ararinha-azul em 1985, a Birdlife International decidiu fazer um recenseamento da espécie em seu único hábitat conhecido.

— No Brasil.

— Sim. Infelizmente, o total reduzia-se a cinco exemplares.
— Isso não é bom — falei.
— Não. E a situação piorou dali em diante. Por volta do fim da década, o número de aparições caiu para zero. Em 1990, Tony Juniper, um dos maiores especialistas em papagaios do mundo, foi até o Brasil para determinar se a ararinha-azul realmente estava extinta. Após seis semanas percorrendo a Bahia, questionando cada fazendeiro, estudante, padre e caçador ilegal que encontrou, Juniper localizou um único macho vivendo em um cacto na margem de um rio perto da cidade de Curaça.

— Onde fica? — perguntou Ryan, folheando as páginas de araras.
— A cerca de 2 mil quilômetros ao norte do Rio. — Com um sorriso tenso, Rachel tomou-lhe o livro e o fechou.

Fiz um cálculo rápido.

— A ararinha-azul viveu sozinha durante dez anos após ser vista pela primeira vez?

— Aquele pássaro se transformou em uma causa internacional. Durante uma década, equipes de cientistas e toda uma cidade brasileira registraram cada um de seus movimentos.

— Coitado — disse Ryan.

— E não observaram apenas — disse Rachel. — A situação se tornou uma novela da ornitologia. Acreditando que os genes da ararinha-azul eram muito preciosos para serem perdidos, os conservacionistas decidiram que o macho precisava de uma parceira. Mas as araras se casam para a vida inteira e aquele rapaz já tinha uma esposa, uma arara maracanã-verdadeira.

— Miscigenação de pássaros — disse Ryan.

— Mais ou menos — respondeu Rachel para depois me olhar, intrigada. — O casal não morava junto. A ararinha-azul morava em um cacto facheiro, a maracanã no tronco oco de uma árvore. Voavam juntos durante o dia e então, ao pôr do sol, a ararinha-azul deixava a maracanã em sua árvore e voltava para o seu cacto

— Às vezes, um homem precisa de um espaço pessoal — comentou Ryan.

Duas linhas verticais marcaram a testa de Rachel, mas ela prosseguiu.

— Em 1995, os pesquisadores liberaram uma fêmea de ararinha-azul no território do macho, esperando que os dois se unissem e reproduzissem.

— Epa. A *outra*.

Rachel ignorou-o.

— A fêmea cortejou o macho, e este correspondeu.

— Divórcio?

— Os três pássaros voaram juntos durante um mês.

— *Ménage à trois.*

— Ele é sempre assim? — perguntou Rachel.

— É. Então, o que houve?

— A ararinha-azul fêmea desapareceu, e o casal que vivia separado voltou à combinação doméstica anterior.

Rachel olhou para Ryan para ver se ele tinha apreciado o seu humor.

— O macho era o desarrumado ou o arrumadinho do casal? — perguntou Ryan.

Rachel emitiu um som de risada contida pelo nariz. *Hi. Hi. Hi.*

— O que aconteceu com a ararinha-azul fêmea? — perguntei.

— Ela se chocou com um cabo de energia elétrica.

— Ai — gemeu Ryan.

— A seguir, os pesquisadores tentaram todo tipo de manipulações com os ovos da maracanã, finalmente substituindo os maracanãs recém-nascidos por embriões mortos híbridos que a fêmea estava incubando.

— O que aconteceu?

— Os Brady Bunch.* — *Hi. Hi. Hi.*

— Os dois se revelaram bons pais — adivinhei.

Rachel assentiu.

---

* Comédia norte-americana de televisão sobre uma grande família que reunia os filhos de casamentos anteriores de um casal. (*N. do T.*)

— E eis a parte surpreendente. Embora os filhotes fossem geneticamente maracanãs, desenvolveram vozes iguais à do pai.

— Incrível — falei.

— Os pesquisadores estavam planejando introduzir no ninho filhotes de ararinhas-azuis criados em cativeiro quando o macho desapareceu.

— Os pombinhos ainda namoravam? — perguntou Ryan.

— Estamos falando de araras. Pombos são da família dos Columbidae. — Um pouco do humor de pássaro de Rachel.

— Ainda existem algumas ararinhas-azuis vivas em cativeiro? — perguntei.

Rachel fungou para mostrar seu desdém.

— Existem cerca de sessenta em coleções particulares.

— Onde?

— Em uma fazenda de pássaros nas Filipinas, na propriedade de um xeique do Qatar, e em um aviário particular no norte da Suíça. Acho que há uma no zoológico de São Paulo, e algumas outras em um parque nas ilhas Canárias.

— Os proprietários são ornitólogos qualificados?

— Nenhum deles é formado em biologia.

— Isso é legal?

— Infelizmente, sim. Os pássaros são considerados propriedade privada, de modo que os donos podem fazer o que quiserem com eles. Mas as ararinhas-azuis têm sido uma espécie Apêndice Um da CITES desde 1975.

Partículas aleatórias de uma ideia começaram a se formar em minha mente.

— CITES?

— A sigla vem do nome em inglês da Convenção sobre o Comércio Internacional de Espécies da Flora e Fauna Selvagens em Perigo de Extinção. As espécies do Apêndice Um são consideradas ameaçadas, e o comércio de espécies selvagens só é permitido em circunstâncias especiais.

As peças começaram a se juntar.

— Há um mercado para ararinhas-azuis vivas?

— As ararinhas-azuis já eram raras no século XVIII por serem tão valorizadas por colecionadores. — Ela virtualmente cuspiu a última palavra. — Hoje, uma ararinha-azul viva pode render centenas de milhares de dólares.

Uma ideia veio à tona.

Eu não podia esperar para ligar para Slidell.

NÃO FOI PRECISO. Meu celular tocou quando eu saía do campus e entrava no University Boulevard. Era Slidell.

— Falei com o xerife do condado de Lancaster.

— O que ele tem?

— Principalmente buracos.

— Como assim?

Ryan abaixou o volume do CD dos Hawksley Workman and the Wolves que ouvia.

— Ninguém sabe muita coisa.

Não era o que eu queria ouvir.

— Os ossos foram para o nosso colega, Cagle.

— Você falou com ele?

— Já tentou pegar um acadêmico pelo chifre em agosto?

— Tentou a casa dele?

— Casa. Escritório. Laboratório. Estou pensando em invocar o falecido avô dele em uma sessão espírita.

Slidell falou com outra pessoa, depois se voltou para mim.

— A secretária do departamento finalmente me deu o celular secreto dele, tipo conte-para-alguém-e-terei-que-matá-lo. O cara falou comigo com uma voz de quem parecia estar usando meia-calça fúcsia.

— E?

— Walter — Slidell deu ao nome um trinado de três notas — estava escavando em alguma ilha ao largo de Beaufort, na Carolina do Sul. Disse que convocaria um aluno para ler para ele o relatório de Lancaster assim que ele terminasse de desenterrar um índio morto.

— Legal da parte dele.
— É. Estou pensando em lhe mandar chocolates pelo correio.
— Você pesquisou os descritores no NCIC?
— Não temos certeza quanto ao sexo nem quanto à hora da morte. Nenhum registro dentário, tatuagens, marcas, altura, peso. Consegui uma lista do tamanho de um estádio de futebol americano.

Slidell estava certo. Baseado no que sabíamos, uma busca no banco de dados nacional de pessoas desaparecidas seria inútil. Mudei de tática.

— Ryan e eu acabamos de falar com uma ornitóloga. As penas vieram de um pássaro que está extinto desde 2000.
— Como foram parar no porão de Pounder?
— Boa pergunta.
— Tem uma boa resposta?
— Esses pássaros podem custar 100 mil dólares.
— Está de sacanagem. Quem pagaria 100 mil por um pássaro?
— Gente com mais dinheiro que cérebro.
— Isso é legal?
— Não se o pássaro for selvagem.
— Está pensando em mercado negro?
— Isso pode explicar por que as penas estavam escondidas com a cocaína.
— O Piu-piu não teria que estar cantando para render dinheiro?
— Pode ter morrido no transporte.
— Então o idiota guardou as penas pensando que poderiam valer alguma coisa.
— E enterrou a carcaça com outros animais que matou.
— Os ossos de ursos?
— É o que estou pensando.
— Achei que você tivesse dito que eram ursos pretos comuns.
— Eu disse.
— É uma espécie ameaçada?
— Não.

Um momento de silêncio.

— Não cola — disse Slidell.

— Por que tantos ursos?
— Onde está o dinheiro?
Esta também tinha sido a pergunta de Ryan.
— Não sei, mas pretendo descobrir.
E eu sabia exatamente a quem perguntar.

CAPÍTULO 19

PELA PRIMEIRA VEZ em quase uma semana, eu não precisava ir ao IMLM. Já tinha feito o que podia com os restos da latrina, o passageiro do Cessna e os ursos. Slidell poderia vir pegar as penas pessoalmente caso precisasse delas com urgência.

Enquanto comíamos sanduíches de queijo na Pike's Soda Shop, Ryan e eu discutíamos se valeria a pena ir para a praia. Decidimos que era melhor esperar alguns dias em vez de sermos obrigados a voltar a Charlotte.

Também discutimos minhas suspeitas a respeito de comércio ilegal de animais selvagens. Ryan concordou que minha teoria era possível uma vez que as penas foram encontradas com a cocaína e com um grande número de ursos negros enterrados na fazenda. Nem ele e nem eu fazíamos ideia de como os ursos se encaixavam, nem qual era o vínculo entre a fazenda, Tamela Banks, Darryl Tyree, a vítima da latrina, o dono do Cessna, o piloto e o passageiro, embora houvesse uma clara ligação entre a cocaína e Tyree.

Após uma passada no Dean & DeLuca's em Phillips Place, voltamos para o anexo. Enquanto Ryan se preparava para sair para correr, liguei para a Sra. Flowers.

Wally Cagle, o antropólogo forense que fizera a análise do esqueleto sem cabeça e sem mãos no condado de Lancaster, tinha ligado. Ela me deu o número.

Depois, verifiquei minha caixa postal.

Katy.

Harry.

O filho de Harry, Kit, avisando que sua mãe ligaria.

Harry.

Harry.

Pierre LaManche, o *chef de service* da seção médico-legal do laboratório criminal de Montreal. Um informante levara a polícia até uma mulher enterrada há sete anos em uma duna. O caso não era urgente, mas ele queria me avisar que precisariam de uma análise antropológica.

Meu acordo com o Laboratoire de Sciences Judiciaires et de Médecine Légale era que eu me revezaria no laboratório mensalmente, cuidando de todos os casos nos quais minha especialidade fosse necessária, e que voltaria imediatamente caso uma investigação crítica, desastre ou intimação, exigisse minha presença. Perguntei-me se o caso da duna poderia esperar até que eu voltasse para Montreal no fim do verão, como planejado.

Duas ligações cujo interlocutor desligou.

Sabendo que a sequência Harry-Kit-Harry-Harry significava que minha irmã e meu sobrinho de 20 e poucos anos estavam brigando, encerrei aquela conversa.

Ao desligar, o homem e seu melhor amigo entraram na cozinha, Boyd farejando como um tubarão ao sentir cheiro de sangue. Ryan usava shorts de corrida, uma bandana e uma camiseta que dizia PRATIQUE ATOS ALEATÓRIOS DE BONDADE E BELEZA SEM SENTIDO.

— Bela camisa — falei.

— Metade dos lucros foram para salvar a Karner Blue.

— O que é uma Karner Blue?

— Borboleta. — Ryan desatou a coleira. O cão enlouqueceu. — A espécie está em apuros e a vendedora estava muito preocupada.

Sorrindo, despachei os dois e liguei para a minha filha.

Katy requisitou *hors d'oeuvres* para o jantar. Disse a ela que eu havia comprado cogumelos recheados e palitos de queijo.

Ela perguntou se eu levaria a Legião Estrangeira Francesa. Respondi que iria acompanhada.

Liguei para Montreal. LaManche havia deixado o laboratório para uma tarde de reuniões administrativas. Deixei uma mensagem sobre a minha data programada de retorno.

Eu não via Harry desde a viagem em família para a praia no início de julho. Sabendo que seria um telefonema longo, peguei uma Coca Diet na geladeira e disquei para o número da minha irmã.

Uma briga por causa do último namorado de minha irmã, um massagista de Galveston. Trinta minutos depois, entendi o assunto.

Kit não gostava dele. Harry, sim.

Eu estava ligando para Wally Cagle quando uma série de bipes indicou que havia uma chamada em espera. Atendi.

— Já verificou o seu e-mail, Dra. Brennan? — A voz era alta e aguda, como a de uma boneca eletrônica.

Os cabelos de minha nuca se eriçaram.

— Quem é?

— Sei onde você está. Sei tudo sobre você.

Irritação alternada com raiva. E medo. Procurei uma resposta à altura, não encontrei e repeti:

— Quem é?

— O rosto no vidro.

Meus olhos se voltaram para a janela.

— O coelhinho empoeirado embaixo da sua cama. — Cantarola. — O animalzinho no armário.

Inconscientemente, pressionei as costas contra a parede.

— Olá. — A voz infantil imitava a da AOL. — Você tem mensagens.

E desligou.

Fiquei em pé, rígida, segurando o telefone com força.

Este caso? Algum outro caso? Um louco qualquer?

Levei um susto quando o aparelho tocou na minha mão.

O mostruário indicava um número restrito.

Meu dedo procurou o botão de atender. Lentamente, levei o aparelho ao ouvido.

— Alô? — Voz masculina.

Esperei, respiração congelada na garganta.

— Alô? Tem alguém aí?

Sotaque carregado de Boston.

Walter Cagle.

Suspirei lentamente.

— Oi, Wally.

— É você, Tempe?

— Sou eu.

— Tudo bem, princesa? — Wally chamava de princesa a maioria das mulheres de quem gostava. Algumas ficavam ofendidas. Outras não. Eu guardava a minha ira para assuntos mais importantes.

— Estou bem.

— Você parece tensa.

— Acabei de receber uma chamada estranha.

— Nenhuma má notícia, espero.

— Provavelmente era apenas um trote. — Meu Deus, e se não fosse?

— O cara queria ver você vestindo botas de borracha e um sutiã Dale Evans?

— Algo assim.

Uma batida na janela. Meus olhos se voltaram naquela direção.

Um canário-da-terra estava empoleirado no comedouro de pássaros. Enquanto ele se abaixava para comer, roçava o corpo contra o vidro.

Fechei os olhos e controlei a voz.

— Ouça, fico feliz que tenha ligado. O detetive Slidell lhe informou sobre o que está acontecendo?

— Ele disse que você precisa de informações sobre um caso antigo.

— Um esqueleto parcial, encontrado perto de Lancaster há uns três anos.

— Lembro-me desse caso. Sem crânio. Sem ossos das mãos.

O legista deve ter meu relatório.

— Aquele legista morreu. O atual não tem nada além do relatório da polícia, que é inútil.

— Não me surpreendo. — Suspiro profundo. — O sujeito me parecia um grau acima do idiota. Um grau muito estreito.

— Incomoda-se de discutir as suas descobertas?

— Claro que não, princesa. Ao que me lembre, o caso não deu em nada.

— Achamos que podemos ter encontrado a cabeça e as mãos aqui no condado de Mecklenburg.

— Está brincando.

A linha ficou muda por um instante. Pude imaginar Wally cruzando as pernas, um pé chutando o ar, Wally tentando organizar.

— Estou em Beaufort, mas liguei para meu laboratório, pedi que um aluno lesse os pontos principais de meu relatório. Era um esqueleto completo faltando a cabeça, mandíbula, primeiras três vértebras cervicais e todos os ossos da mão.

Pausa.

— Bem preservado, ausência de tecidos macios e odor, alguma descoloração. Grande dano causado por animal. Tempo desde a morte de pelo menos um ano, provavelmente mais.

Wally resumia em poucas palavras o que devia haver no papel. Ou talvez estivesse lendo notas que rabiscou durante a ligação com o aluno.

— Sexo masculino. Cerca de 30 anos de idade, 5 anos a mais ou a menos. Idade baseada nas costelas e sínfises pubianas. Ou no que restou delas. — Pausa.

— Caucasoide. — Pausa. — Altura 1,85m mais ou menos. Não me lembro exatamente. Ligações musculares frágeis.

— Alguma evidência de trauma? — perguntei.

— Apenas após a morte. Dano causado por animal. Marcas de corte na terceira vértebra cervical sugerindo decapitação por instrumento afiado com lâmina não serrilhada. É isso.

— Na época, você teve algum palpite sobre o caso?

— Um cara branco e alto aborreceu alguém. Esse alguém o matou e cortou sua cabeça e suas mãos. Está de acordo com o que tem por aí?

— Muito.

Olhei pela janela. As árvores de meu pátio tremulavam com o calor. Minhas batidas cardíacas voltavam ao normal. Concentrada na narrativa de Cagle, quase esqueci o telefonema anterior.

— Estou tendo dificuldade para determinar o sexo desse crânio. Não se encaixa em nenhum padrão — disse eu.

— Tive o mesmo problema — disse Cagle. — Os delegados do xerife não recuperaram roupas ou objetos pessoais. Cães e quatis usaram o corpo como fonte de alimento durante muito tempo. A pélvis estava muito mastigada, assim como as extremidades dos ossos longos. Tive de calcular a estatura a partir de uma fíbula relativamente completa. Além dessa estimativa, nada encontrei em relação ao sexo.

— Há mulheres altas — falei.

— Como no basquete profissional — concordou Cagle. — De qualquer modo, achei que tinha um homem alto, mas não estava completamente certo disso. Então, quando mandei uma amostra femoral para fazer o perfil de DNA, requisitei um exame de amelogenina.

— E?

— Duas faixas.

— Sexo masculino — disse mais para mim que para Cagle.

— X e Y, de mãos dadas.

— O laboratório do estado concordou em fazer um DNA cego?

— Claro que não. A investigação do xerife apontava uma pessoa desaparecida como possível vítima. O DNA revelou o contrário.

— O que houve com o esqueleto?

— Mandei-o de volta a Lancaster quando enviei o relatório. O legista me mandou de volta um recibo.

— Lembra o nome dele?

— Snow. Murray P. Snow. Provavelmente ficou com os ossos durante uma semana e então os incinerou.

— Você tirou fotografias? — perguntei.

— Estão arquivadas no meu laboratório na universidade.

Pensei um momento.

— Você teria como digitalizar as imagens e mandá-las para mim?

— Sem problema, princesa. No fim da tarde estarei de volta a Colúmbia. Farei isso e enviarei uma cópia do meu relatório por fax.

Agradeci, desliguei e fui direto para meu computador. Embora a ligação de Cagle tivesse me distraído durante algum tempo, eu estava ansiosa para ver que tipo de tarado eletrônico queria ser meu colega de chat.

Que tipo de psicopata sabia o número de telefone de minha casa.

A bandeira da caixa de entrada do meu e-mail estava erguida. Uma voz alegre me informou que eu tinha mensagens.

Arfando, cliquei duas vezes sobre o ícone.

Havia 43 e-mails.

Rolei a lista para baixo.

E meu coração disparou.

Vinte e quatro mensagens haviam sido enviadas por alguém usando o nome de Anjo da Morte. Cada uma com um anexo. Cada linha de assunto tinha a mesma mensagem em negrito e caixa alta: CAIA FORA!

Afastei-me do monitor.

Inspire.

Expire.

Inspire.

Minha mão tremia quando cliquei duas vezes em uma das linhas de assunto do Anjo da Morte.

A janela de mensagem estava em branco. O anexo era um arquivo de imagem numerado: 1.jpg. O tempo de download estava estimado em menos de um minuto.

Apertei "download".

A AOL perguntou se eu conhecia o remetente.

Boa pergunta.

Fui até o diretório de membros. Nenhum perfil para o Anjo da Morte.

De volta ao e-mail.

Um momento de hesitação.

Eu tinha que saber.

Cliquei em "sim" e pedi que o administrador de downloads salvasse o anexo.

Lentamente, uma imagem surgiu na tela. Meu rosto, superposto por um círculo com uma cruz no centro.

Meu subconsciente entendeu instantaneamente enquanto minha mente ainda tentava compreender.

Levei a mão esquerda à boca.

Eu estava vendo a mim mesma através da mira telescópica de um rifle de alta potência.

Por um instante, só consegui ficar olhando para aquilo.

Muito amedrontada, fechei aquela mensagem e abri outra.

2.jpg.

Eu, saindo do Starbucks. Desta vez, a mira estava apontada para as minhas costas.

3.jpg.

Eu, saindo do IMLM, mira na minha testa.

Morbidamente fascinada, eu tinha que ver mais.

8.jpg.

Um fotografia de Ryan e eu saindo do edifício McEniry na UNCC.

12.jpg.

Boyd, saindo pela porta da minha cozinha.

18.jpg.

Eu, entrado na Pike's Soda Shop.

Com a respiração ofegante e começando a suar, abri outra.

22.jpg.

O suor ficou frio em minha pele e estremeci.

Katy sentada no que supus ser o balanço da varanda da casa de Lija. Ela usava short e a camisa sem mangas que comprei na Gap. Um pé descalço estava apoiado preguiçosamente contra o parapeito.

A mira estava apontada para a cabeça dela.

⁂

CAPÍTULO 20

AO OUVIR A PORTA BATER, corri para a cozinha.

Boyd bebia água na vasilha.

Ryan pegava água na geladeira. Observei-o se erguer, abrir a garrafa, inclinar a cabeça para trás e beber. Sua pele brilhava. Músculos fortes nos braços, no pescoço e nas costas.

Ao vê-lo, eu me acalmei.

Precisar de uma presença masculina para me acalmar me aborreceu.

Afastei ambas as sensações.

— Corrida boa? — perguntei, tentando um tom casual.

Ryan voltou-se.

Bastou me olhar uma vez para perceber que havia algo errado.

— O que foi?

— Quando sair do banho, gostaria que visse uma coisa. — Embora estivesse tentando ser firme, minha voz falseou.

— O que houve, querida?

— Prefiro te mostrar.

Ryan abaixou a garrafa d'água, aproximou-se e segurou as minhas mãos.

— Você está bem?

— Estou.

Olhar longo, de sondagem.

— Aguente firme.

Enquanto Ryan estava lá em cima, vi o resto dos e-mails. Os cenários variavam. O tema, não. Todos eram ameaças.

Ryan voltou em dez minutos, cheirando a Irish Spring e Mennen Speed Stick. Beijou o topo de minha cabeça e sentou-se em uma cadeira ao meu lado.

Descrevi o telefonema, mostrei-lhe os e-mails.

O rosto de Ryan enrijeceu ao ver as imagens. De vez em quando, um músculo da mandíbula se contraía e relaxava.

Quando terminamos, ele me abraçou. Ao falar, sua voz soou estranha, um tanto tensa.

— Enquanto eu respirar, ninguém vai ferir você ou sua filha, Tempe. Eu prometo. — Seu tom de voz se abrandou, frases mais breves. — Juro. Por você. E por mim. — Ele acariciou o meu cabelo. — Quero você em minha vida, Tempe Brennan.

Não sabia o que responder. Confusão, deleite e surpresa dançavam tango com a raiva e o medo que eu estava sentindo.

Ryan me abraçou e me soltou, então pediu para ver as imagens de novo.

Sem vontade de vê-las pela terceira vez, cedi meu lugar e fui encher a vasilha de Boyd. Quando voltei, Ryan me fitou com penetrantes olhos azuis.

— Houve um engavetamento de veículos recentemente?

— Na última sexta-feira.

— Um dos feridos morreu?

— Não faço ideia. — Não esperava um interrogatório sobre eventos recentes.

— Tem os jornais desta semana?

— Estão na despensa.

— Pegue-os.

— Você vai me permitir ingressar em seu momento Dália Negra ou terei que adivinhar?

Eu estava ansiosa. Ansiedade me torna grosseira.

— Por favor, pegue os jornais. — A voz de Ryan não demonstrava sinais de humor.

Peguei os *Observer* da semana na caixa de reciclagem e voltei ao escritório.

A vítima do acidente morrera na noite de terça-feira no hospital Mercy. Ela era diretora de um ginásio particular, de modo que sua morte fora parar na manchete de quarta-feira.

Ryan abriu o e-mail com o anexo 2.jpg. Havia uma caixa do *Observer* na porta do Starbucks. Colocando o cursor sobre a imagem, ele aproximou a zoom. Embora difusas, as palavras eram legíveis.

MORRE A QUARTA VÍTIMA DE ACIDENTE.

Eu estava segurando a mesma manchete nas mãos.

Ryan falou primeiro.

— Supondo que as fotos estão em ordem, as duas primeiras foram tiradas na manhã de quarta-feira. Ou seja, ontem. Fomos ao Starbucks ontem.

Senti um calafrio.

— Meu Deus, Ryan. — Joguei o jornal no sofá. — Algum maluco tem me seguido com sua Nikon Cool Pics. Que diferença faz *quando* as fotos foram tiradas?

Eu não conseguia ficar parada. Comecei a caminhar a esmo.

— Saber quando as fotos começaram a ser tiradas pode nos dar uma pista da motivação.

Parei de perambular. Ele estava certo.

— Por que ontem? — perguntou.

Pensei nos últimos dias.

— Escolha. Na sexta-feira, eu disse para Gideon Banks que sua filha tinha matado o bebê. No sábado, escavei ossos de ursos. No domingo, raspei dois caras de um Cessna.

— Dorton foi identificado como o dono do avião na segunda-feira.

— Certo — concordei. — Pearce foi identificado como piloto no dia seguinte. Foi também na terça-feira que vasculhamos a fazenda Foote.

— A carga do Cessna não foi descoberta nesse dia também?

— A cocaína foi encontrada na segunda-feira, a informação foi divulgada na terça.

— O que me faz pensar que, de algum modo, Dorton está por trás disso. Ele dá a ordem na segunda ou na terça-feira. Um de seus comparsas começa a fotografar na quarta.

— Talvez. E quanto a isso: Slidell e Rinaldi estavam investigando Darryl Tyree na semana passada por causa da morte do bebê Banks. Na quarta, descobriram que Tyree e Jason Jack Wyatt mantinham contato telefônico.

— O passageiro do Cessna.

Assenti.

— Tyree pode ter enviado os e-mails.

Pensei no aviso em campo de assunto.

— Caia fora *de quê?* — perguntei.

— Perseguir Tyree? — disse Ryan.

Fiz uma careta.

— Slidell e Rinaldi estão atrás de Tyree. Por que me ameaçar?

— Foi você quem examinou o bebê. Você é quem está fazendo pressão para que encontrem Tamela e família.

— Talvez. — Eu não estava convencida daquilo. Quanto eu realmente estava pressionando?

— Talvez seja a vítima da latrina — sugeriu Ryan. — Talvez alguém ache que você está chegando perto demais.

— Slidell só falou com o condado de Lancaster na quarta-feira. De acordo com seu raciocínio, esse desgraçado já estava me seguindo àquela altura.

— E quanto às penas?

— Só soubemos da ararinha-azul hoje pela manhã.

Boyd se juntou a nós. Ryan coçou-lhe as orelhas.

— Escavamos a latrina na terça — disse ele.

— Quase ninguém sabia o que procurávamos ou o que encontramos. — Contei nos dedos. — Larabee, Hawkins, Slidell, Rinaldi, os técnicos da UCC e o operador da escavadeira.

Boyd se voltou e cutucou a minha mão. Eu o acariciei, alheia.

— Devo ligar para Slidell.

— Sim.

Ryan levantou-se e me abraçou. Pressionei o rosto contra o seu peito. A tensão em seu corpo era palpável.

Quando Ryan falou, seu queixo tocou o topo de minha cabeça.

— Seja lá quem for o mutante pervertido que fez isso, ele não sabe o mundo de dor que está a ponto de recair sobre ele.

CHARLOTTE É FEITA DE VIZINHANÇAS. Elizabeth. Myers Park. Dillworth. Plaza-Midwood. A maioria se apega ao passado, como as mulheres de Boston se apegam às árvores genealógicas para identificá-las como membros da Dauhters of the American Revolution. O zoneamento é imposto. Árvores são protegidas. A arquitetura não tradicional, se não for banida imediatamente por uma regulamentação comunitária, é vista com desaprovação pelos residentes obstinados.

Mas o apego ao antigo não é uma característica do norte da cidade, onde o tema é concreto, vidro e ferro. Os mesmos moradores de Charlotte que bebem seus martínis vespertinos em pátios sombreados por magnólias orgulham-se dos arranha-céus de sua cidade durante o dia de trabalho. Na verdade, são os preservacionistas que estão se mudando para o norte.

De um círculo no nervo central partem quatro distritos, três dos quais modernizaram-se nas últimas décadas.

Embora não seja exatamente Williamsburg, o quarto distrito é a versão municipal de um bairro histórico. A vizinhança é impulsivamente vitoriana, condomínios e casas de bom gosto, ruas estreitas com árvores altas de copa larga. Há até uma falsa taverna colonial.

No primeiro e terceiro distrito não há pretensões de preservação histórica. Durante os anos 1980 e 1990, o velho foi demolido para dar lugar ao novo, e bangalôs decrépitos, oficinas surradas e restaurantes deprimentes cederam lugar para o conceito de ambiente multiuso. Escritórios e lares em cima, lojas sofisticadas embaixo. Condomínios, apartamentos e lofts proliferaram, todos com vistas para lagos artificiais e com nomes como Clarkson Green, Cedar Mills, Skyline Terrace, Tivoli.

A casa de Lija ficava em Elm Ridge, no Terceiro Distrito, entre o Frazier Park e o campo de treino do Carolina Panthers. O complexo consistia em filas duplas de apartamentos de dois andares voltados uns para os outros através de pátios gramados. Cada unidade tinha uma ampla varanda frontal com um balanço, comedouros de pássaros e samambaias opcionais.

Ao cair da noite, Elm Ridge parecia um arco-íris em tons pastel. Em minha mente, imaginava a sessão de planejamento arquitetônico. Amarelo Charleston. Pêssego Savana. Pardo Birmingham.

A casa de Lija era a última unidade na fileira leste do par central. Melão Miami com persianas estilo Key West.

Ryan e eu entramos pela varanda e toquei a campainha. O capacho da porta dizia: OI, EU SOU UM TAPETE CAPACHO!

Enquanto esperávamos, meus olhos foram atraídos para o balanço e senti um aperto no coração. Meu olhar voltava-se rapidamente para a esquerda e para a direita. Estaria o Anjo da Morte por ali, nos observando?

Sentindo minha apreensão, Ryan apertou a minha mão. Eu retribuí e forcei os meus lábios em um arco ascendente. Daria um aviso à Katy quando estivéssemos a sós, mas não transmitiria toda a extensão de meu medo para ela.

Minha filha me abraçou, elogiou minha aparência, o vestido preto de linho malpassado. Então seus olhos se voltaram para Ryan.

Meu namorado tinha escolhido um conjunto de calça marrom-clara, blazer azul, camisas amarelo-pálido, e gravata amarela e azul-marinho.

E tênis vermelhos de cano alto.

Com um franzir quase imperceptível de uma das sobrancelhas, Katy sorriu para Ryan e pegou com ele aperitivos. Então nos levou para dentro e apresentou-nos para os outros convidados, o namorado atual de Lija, Brandon Salamone, uma mulher chamada Willow e um homem chamado Cotton.

E o irresistivelmente belo Palmer Cousins.

A roupa de Cousins sugeria colônias inteiras de bômbix sem teto. Gravata de seda. Camisa de seda. Calças de seda e terno de seda com modestos detalhes de merino.

Katy ofereceu vinho e cerveja, desculpou-se, voltou e ofereceu vinho e cerveja outra vez. Então, em um sussurro, pediu que eu a acompanhasse até a cozinha.

Havia uma massa negra e disforme sobre uma bandeja em cima do fogão. O lugar cheirava como o interior de uma churrasqueira.

Lija estava fazendo alguma coisa na pia. Ela se voltou quando entramos, ergueu ambas as mãos e voltou ao trabalho.

Dizer que ela parecia tensa era o mesmo que dizer que os contadores da Enron haviam feito algumas aproximações.

— Acho que queimamos o assado — disse Katy.

— Nós não o queimamos — rebateu Lija. — Ele pegou fogo. Há uma diferença.

— Pode fazer algo com isso? — perguntou Katy.

O assado não parecia queimado. Queimado era um elogio. Parecia incinerado.

Cutuquei-o com um garfo. Pedaços de carvão se soltaram e rolaram para a bandeja.

— O assado está torrado.

— Ótimo. — Lija tirou a tampa do ralo. A água escorreu pelos canos.

— O que está fazendo? — perguntei.

— Descongelando um frango. — Ela parecia perto das lágrimas.

Fui até a pia e cutuquei a pedra que ela estava segurando.

Lija voltou a tampar o ralo e ligou a torneira.

Do jeito que as coisas iam, seu frango só descongelaria dali a algumas décadas.

Verifiquei a despensa.

Molhos. Espaguetes. Uma embalagem de Kraft Dinner. Sopa Campbell. Azeite de oliva. Vinagre balsâmico. Seis caixas de linguine.

— A loja mais próxima é muito longe?

— Cinco minutos.

Lija voltou-se, frango em mãos.

— Vocês têm alho? — perguntei.

Duas cabeças assentiram.

— Salsa?

Duas cabeças assentiram.

— Temos uma salada na geladeira — disse Lija, trêmula.

Mandei Katy comprar mariscos enlatados e pão de alho congelado.

Enquanto minha filha corria até o mercado, Lija servia tira-gostos e eu fervia e picava. Quando Katy voltou, dourei o alho em azeite de oliva, acrescentei salsa fresca, os mariscos, orégano e deixei o molho refogar enquanto a massa cozinhava.

Trinta minutos depois, Katy e Lija recebiam cumprimentos por seu linguine vongole.

Não foi nada. Sério. Uma receita de família.

Durante a refeição, Palmer Cousins parecia distraído, pouco contribuindo para a conversa. Toda vez que eu olhava para ele, o rapaz desviava os olhos.

Seria minha imaginação ou estava sendo avaliada? Quanto à minha capacidade de conversar? Como sogra em potencial? Como pessoa?

Estaria sendo paranoica?

Quando Katy nos chamou para a sala de estar para tomarmos café, sentei no sofá perto de Cousins.

— Que tal as coisas no U.S. Fish and Wildlife Service? — Durante o piquenique dos McCranie, Cousins e eu tínhamos conversado brevemente sobre seu trabalho. Essa noite, eu pretendia sondar mais fundo.

— Não vão mal — respondeu Cousins. — Prendendo-os e fichando-os na luta pela vida selvagem.

— Ao que me lembre, você disse que trabalha em Colúmbia?

— Boa memória. — Cousins apontou o dedo para mim.

— Muita gente trabalha lá?

— Sou só eu. — Sorriso autodepreciativo.

— O FWS tem muitos escritórios de campo nas Carolinas?

— Washington, Raleigh e Asheville na Carolina do Norte, Colúmbia e Charleston na Carolina do Sul. O ARE em Raleigh supervisiona tudo.

— Agentes Residentes Encarregados?

Cousins assentiu.

— Raleigh é a única instalação que tem mais de um homem. — Sorriso infantil. — Ou uma mulher. O laboratório forense também fica lá.

— Não sabíamos que tínhamos um.

— O Rollins Diagnostic Laboratory. É associado com o Departamento de Agricultura.

— Existe um laboratório nacional do FWS?

— Clark Bavin, em Ashland, no Oregon. É o único laboratório forense do planeta dedicado exclusivamente a animais selvagens. Cuidam de casos do mundo inteiro.

— Quantos agentes tem o FWS?

— Com o quadro de pessoal completo, 240, mas com os cortes o número baixou para duzentos e continua diminuindo.

— Há quanto tempo você é agente?

Ryan empilhava pratos na mesa atrás de nós. Dava para perceber que estava escutando a conversa.

— Seis anos. Passei os dois primeiros no Tennessee depois de meu treinamento.

— Você prefere Colúmbia?

— É mais perto de Charlotte. — Cousins chamou minha filha com o dedo.

— Se incomoda de falar de trabalho um minuto?

As sobrancelhas perfeitas ergueram-se ligeiramente.

— De modo algum.

— Sei que o comércio ilegal de vida selvagem é um grande negócio. Quão grande?

— Li estimativas de 10 a 20 bilhões de dólares por ano. É apenas um terço do comércio ilegal de drogas e armas.

Fiquei pasma.

Ryan acomodou-se em uma cadeira no outro lado da arca que servia como mesa de centro.

— Há um mercado negro ativo de pássaros exóticos? — perguntei.

— Creio que sim. Se algo é raro, as pessoas compram. — Apesar da forçada indiferença, Cousins parecia incomodado. — Mas, ao que eu saiba, o maior problema agora é a exploração excessiva.

— De quê?

— Tartarugas marinhas são um bom exemplo. As tartarugas dos EUA são vendidas às toneladas no exterior. Outro grande problema é o mercado de carne de animais selvagens.

— Carne de animais selvagens?

— Ratazanas-do-capim e antílopes da África. Espetinho de lagarto da Ásia. Esses répteis são cortados ao longo da barriga e se abrem como grandes picolés. Lóris pigmeus defumados, escamas de pangolins assadas.

Cousins deve ter interpretado as minhas caretas como confusão.

— O pangolim também é chamado de tamanduá com escamas. As escamas são vendidas como remédio para sífilis.

— As pessoas importam essas coisas para uso medicinal? — perguntou Ryan.

— Pode ser para qualquer coisa. Veja as tartarugas. As cascas de tartaruga marinha são usadas para bijuteria, a carne e os ovos vão para restaurantes e padarias, carapaças inteiras são utilizadas como suportes de parede.

— E quanto aos ursos? — perguntei.

O queixo de Cousins ergueu-se imperceptivelmente.

— Não sei muito sobre ursos.

— As Carolinas têm grandes populações, não é?

— Sim.

— A caça predatória é um problema? — perguntou Ryan.

A seda deu de ombros.

— Não creio.

— A organização já investigou isso alguma vez? — perguntei.

— Não faço ideia.

O namorado de Lija juntou-se a nós e fez uma pergunta sobre os méritos da marcação homem a homem ou por zonas. A atenção de Cousins voltou-se para aquela conversa.

E morreu o assunto sobre caça predatória de ursos.

A caminho de casa, perguntei o que Ryan achou dos comentários de Cousins.

— É estranho que um agente de vida selvagem nas Carolinas não saiba nada sobre ursos.

— Sim — concordei.

— Você não gosta do cara, não é mesmo? — perguntou Ryan.

— Nunca disse isso.

Nenhuma resposta.

— É assim tão óbvio? — perguntei após algum tempo.

— Estou aprendendo a decifrá-la.

— Não é que eu não goste dele — falei, na defensiva.

— O que é então?

— É que não gosto de não saber se não gosto.

Ryan preferiu não se meter.

— Ele me deixa inquieta — acrescentei.

Ao chegarmos ao anexo, Ryan fez outra observação perturbadora.

— Talvez sua inquietação não seja totalmente sem fundamentos, mamãe.

Lancei um olhar para Ryan que se desperdiçou no escuro.

— Você disse que Boyd fez a sua grande descoberta durante aquele piquenique da tabacaria.

— Katy ficou tão feliz com aquilo.

— Foi onde você conheceu Cousins.

— Sim.

— Ele viu o que Boyd descobriu.

— Sim.

— Isso significa que, ao menos parcialmente, outra pessoa estava a par da situação na fazenda Foote.

Outra vez senti um vazio no estômago.

— Palmer Cousins.

CAPÍTULO 21

EM AGOSTO, o horizonte ao leste começava a clarear por volta das 5h30 em Piedmont, Carolina do Norte. Às 6h, o sol começava a subir.

Despertei assim que clareou e observei a aurora definir os objetos em minha penteadeira, mesa de cabeceira, cadeira e paredes.

Ryan estava deitado ao meu lado, de barriga para baixo. Birdie estava enroscado na dobra de meus joelhos.

Fiquei na cama até 6h30.

Birdie piscou quando saí de debaixo das cobertas. Ele se levantou e se espreguiçou enquanto eu pegava a minha calcinha em cima do abajur. Ouvi patinhas sobre o tapete quando saí do quarto na ponta dos pés.

A geladeira murmurava enquanto eu fazia café. Lá fora, pássaros trocavam fofocas matinais.

Movendo-me o mais silenciosamente possível, servi e bebi um copo de suco de laranja, então peguei a correia de Boyd e fui até o escritório.

O cão estava deitado ao comprido no sofá, pata esquerda posterior apoiada no encosto, a direita estendida sobre a cabeça.

Boyd, o Protetor.

— Boyd — sussurrei.

O cão mudou de esparramado de lado no sofá para quatro patas sobre o chão sem passar por nenhum estágio intermediário.

— Aqui, garoto.

Nenhum contato visual.

— Boyd.

O cão voltou os olhos para mim mas não se moveu.

— Vamos passear?

Boyd ficou imóvel, uma imagem de ceticismo.

Balancei a coleira.

Nada.

— Não estou aborrecida por você ter deitado no sofá.

Boyd abaixou a cabeça e deu uma meia-volta em cada sobrancelha.

— Juro.

As orelhas de Boyd se esticaram para a frente e sua cabeça se inclinou.

— Vamos. — Desenrolei a coleira.

Ao se dar conta de que não era uma armadilha e que realmente havia um passeio em vista, Boyd deu algumas voltas ao redor do sofá, correu em minha direção e pulou com as patas da frente contra o meu peito. Em seguida, voltou ao chão, rodou, voltou a pular e começou a lamber o meu rosto.

— Não abuse — adverti, atando a correia à coleira.

Uma neblina fina flutuava entre as árvores e os arbustos em Sharon Hall. Embora eu me sentisse confiante pela companhia de um cão de 35 quilos, ainda estava tomada por uma grande apreensão enquanto passeávamos, atenta a algum flash ou ao lampejo de alguma lente de câmara.

Quatro esquilos e 20 minutos depois, Boyd e eu voltávamos ao anexo. Ryan estava à mesa da cozinha, caneca cheia de café e um *Observer* não aberto à sua frente. Ele sorriu quando entramos, mas vi algo em seus olhos, como a sombra de uma nuvem passando sobre as ondas do mar.

Boyd foi até a mesa, pousou o queixo no joelho de Ryan e olhou para cima esperando por uma fatia de toucinho. Ryan acariciou-lhe a cabeça.

Eu me servi de café e me sentei.

— Oi.

Ryan inclinou-se e beijou-me na boca.

— Oi. — Ele pegou as minhas mãos e olhou nos meus olhos. Não foi um olhar feliz.

— O que houve? — perguntei, o medo revolvendo o meu estômago.

— Minha irmã ligou.

Esperei.

— Minha sobrinha foi hospitalizada.

— Sinto muito. — Apertei a mão dele. — Um acidente?

— Não. — A mandíbula de Ryan se contraiu. — Danielle fez de propósito.

Eu não sabia o que dizer.

— Minha irmã está bastante abalada. Ela não é muito boa em lidar com crises. — O pomo de adão de Ryan subiu e desceu. — A maternidade não é o seu forte.

Embora curiosa por saber o que tinha acontecido, não forcei. Ryan me contaria a história a seu modo.

— Danielle já teve problemas com abuso de substâncias no passado, mas nunca tinha feito algo assim.

Boyd lambeu as pernas da calça de Ryan. A geladeira murmurou.

— Por que diabos... — Balançando a cabeça, Ryan deixou a pergunta no ar.

— Sua sobrinha deve estar precisando de atenção. — As palavras soaram como um clichê. Palavras de consolo não são o meu forte.

— A coitadinha não sabe o que é atenção.

Boyd cutucou o joelho de Ryan, que não respondeu.

— Quando é o seu voo? — perguntei.

Ryan suspirou e recostou-se na cadeira.

— Não vou a lugar nenhum enquanto algum psicopata tiver você na mira.

— Você tem que ir. — Não podia suportar a ideia de ficar sem ele, mas não disse nada.

— De jeito nenhum.

— Sou uma moça crescida.

— Não me sentiria bem.
— Sua irmã e sua sobrinha precisam de você.
— E você não?
— Já lidei com bandidos antes.
— Está dizendo que não precisa de mim por perto?
— Não, lindo. Não preciso de você por perto. — Acariciei-lhe o rosto. Sua mão se ergueu em um movimento estranho e vacilante. — Eu *quero* você por perto. Mas isso é problema meu. Nesse momento, a sua família precisa de você.

Todo o corpo de Ryan irradiava tensão.

Olhei para o relógio. 7h35.

Meu Deus, por que agora? Ao pegar o telefone para ligar para a US Airways, dei-me conta do quanto queria que ele ficasse.

O VOO DE RYAN SAIRIA ÀS 9H20. Boyd parecia profundamente magoado quando o deixamos no anexo.

Do aeroporto, fui direto para o IMLM. Nenhum fax de Cagle. Ao me acomodar em meu escritório, procurei o número e liguei para o escritório de campo do FWS em Raleigh.

Uma voz feminina me informou que o agente residente encarregado era Hershey Zamzow.

Zamzow atendeu logo depois.

Identifiquei-me.

— Não precisa se apresentar, doutora. Sei quem você é. Está fazendo muito calor aí embaixo?

— Sim, senhor.

A temperatura às 9h era de 28 graus.

— Como posso ajudá-la nessa bela manhã de verão?

Contei-lhe sobre as penas de ararinha-azul e perguntei se havia algum mercado negro local de pássaros exóticos.

— Uma enorme quantidade de animais selvagens vem pelo Sudeste do hemisfério Sul. Cobras, lagartos, pássaros. Basta escolher. Se uma espécie é rara, tem sempre um idiota com cérebro de pudim que a quer. Droga, o Sudeste é o paraíso dos caçadores predatórios.

— Como animais vivos são contrabandeados para dentro do país?

— Dos modos mais engenhosos. São drogados e enfiados em tubos de cartazes. Escondidos dentro de roupas elásticas. — Zamzow não tentou disfarçar o desagrado. — E a taxa de mortalidade é astronômica. Pense bem. Recentemente, você pegou algum voo que tenha saído na hora? Acha que esses cretinos calculam direito a quantidade de oxigênio necessária em um espaço de armazenamento oculto?

"Mas voltando às suas penas, os pássaros são uma alternativa popular usada pelos traficantes de cocaína da América do Sul.

O sujeito consegue alguns papagaios do caçador da aldeia e os manda para os EUA no embarque seguinte de cocaína. Se o pássaro sobrevive, ele obtém um belo lucro. Se o pássaro morre, ele perde o dinheiro da cerveja da semana."

— E quanto a ursos? — perguntei.

— *Ursus americanus*. Não precisam ser contrabandeados. Temos ursos negros aqui nas Carolinas. Muitos ursos jovens são aprisionados todos os anos para serem usados em brigas. Diversão civilizada dos caipiras. Havia um mercado para ursos vivos, mas com a população dos zoológicos aumentando sem parar, esse mercado secou.

— Há muitos ursos na Carolina do Norte?

— Não tantos quanto deveria haver.

— Por quê?

— Destruição de hábitat e caça predatória.

— Há estações em que os ursos podem ser legalmente caçados?

— Sim. Varia de condado para condado, mas a maioria das temporadas se concentra no outono e no começo do inverno. Alguns condados da Carolina do Sul fazem distinção entre caça estacionária e caça com cães.

— Fale-me sobre caça predatória.

— Meu assunto predileto. — Sua voz soou amarga. — O abate ilegal de ursos pretos foi considerado uma infração pelo ato Lacy de 1901 e crime em 1981. Mas isso não deteve os caçadores. Na temporada, os caçadores levam o urso inteiro, usam a carne e a pele. Fora da temporada, pegam as partes que querem e deixam as carcaças apodrecendo.

— Onde acontecem as caçadas?

— Há dez, vinte anos, restringiam-se às montanhas. Hoje, os animais costeiros estão sendo atingidos com a mesma violência. Mas não é um problema exclusivo da Carolina. Há menos de meio milhão de ursos na América do Norte. A cada ano, centenas de carcaças aparecem intactas, embora sem as patas e a vesícula biliar.

— Vesícula biliar? — Não consegui disfarçar minha surpresa.

— Ouro do mercado negro. Na medicina tradicional asiática, as vesículas biliares de ursos equiparam-se aos chifres de rinocerontes, ao ginseng e ao almíscar. Acreditam que a bile dos ursos cura febres, convulsões, inchaços, dores oculares, doenças cardíacas, ressaca e outras mazelas. E a carne também não é desprezada. Algumas culturas asiáticas veem a sopa de pata de urso como uma verdadeira iguaria. Um prato pode custar mais de 1,5 mil dólares em certos restaurantes. Fora do menu, é claro.

— Quais são os principais mercados para as vesículas biliares de ursos?

— A Coreia do Sul é o principal, uma vez que não existe estoque nativo. Hong Kong, China e Japão não ficam muito atrás.

Fiz uma pausa para digerir tudo aquilo.

— E caçar ursos na Carolina do Norte é legal durante a temporada?

— Como em muitos estados, sim. Mas vender partes do corpo do animal, incluindo vesículas biliares, cabeças, peles, garras e dentes, é ilegal. Há alguns anos, o Congresso considerou um projeto de lei com o objetivo de deter o comércio de órgãos de ursos. Não passou.

Antes que eu pudesse comentar, ele prosseguiu.

— Olhe para a Virgínia. O estado tem cerca de 4 mil ursos. As autoridades estimam que seiscentos a novecentos são mortos legalmente todo ano, mas não possuem dados referentes aos caçados ilegalmente. Não faz muito tempo, uma batida policial apreendeu cerca de 300 vesículas biliares e prendeu 25 pessoas.

— Como? — Eu estava tão enojada que mal conseguia formular minhas perguntas.

— Caçadores denunciaram caça predatória dentro e ao redor do Shenandoah National Park. Agentes se infiltraram na gangue fingindo-se de intermediários, acompanharam caçadores em suas caçadas, esse tipo de coisa. Fiz um trabalho parecido no condado de Graham há uns dez anos.

— No Joyce Kilmer Memorial Forest?

— Esse mesmo. As árvores podem ser lindas, mas os ursos dão lucro.

Zamzow fez uma pausa para recordar.

— Um casal de lá estava no negócio há 17 anos. Jackie Jo e Bobby Ray Jackson. Que figuras. Alegavam vender cerca de 300 vesículas por ano para compradores na Costa Leste. Disseram que obtinham as vesículas de clubes de caça, fazendeiros, e por meio de caçadas e armadilhas.

Zamzow estava agitado.

— Alguns desses predadores são tão espalhafatosos quanto prostitutas da Sétima Avenida. Deixe um cartão de visita em um clube de caçadores dizendo que quer vesículas de ursos e eles logo ligam de volta.

Ricky Don Dorton. Wilderness Quest. Cocaína. Ursos. Pássaros exóticos. Partículas aleatórias de pensamento voltaram a se juntar em minha mente.

— Como essas gangues operam?

— Nada complexo. O contato é feito por um caçador através de boca a boca ou um telefonema para o comprador. O comprador se encontra com o caçador em um estacionamento, talvez em um local isolado, e a transação é feita. Os caçadores conseguem 35, talvez 50 dólares por cada vesícula, o intermediário consegue 75 a 100. O valor de rua dispara na Ásia.

— Onde as vesículas deixam o país?

— A maioria através do Maine, uma vez que esse é um dos únicos estados onde é legal vender vesículas de ursos negros para a Ásia. Contudo, é ilegal vender partes de urso mortos na Carolina do Norte ou em *qualquer* outro estado. Ultimamente, Atlanta se tornou um grande ponto de saída.

— Como as vesículas são preservadas?

— Os caçadores as congelam intactas assim que as extraem do animal.

— E então?

— Então a entrega é feita ao contato asiático. Uma vez que o frescor determina o valor, a maioria das vesículas são secas em sua cidade de destino. Mas nem sempre. Alguns contatos asiáticos as secam nos EUA de modo a poderem transportar maiores quantidades. Uma vesícula tem mais ou menos o mesmo tamanho de um punho humano e pesa menos de meio quilo. Ao secarem, ficam com um terço do tamanho original.

— Como isso é feito?

— Nada muito sofisticado. A vesícula é amarrada com linha de pesca e pendurada sobre calor brando. É importante que a desidratação seja lenta. Se uma vesícula secar muito rapidamente, a bile estraga.

— Como são contrabandeadas?

— Mais uma vez, nada muito complicado. A maioria é transportada em bagagem de mão. Se as vesículas são detectadas em um rastreador de segurança, o passageiro pode alegar serem frutas secas para sua mãe. Alguns moem as vesículas e as colocam em uísque.

— Menos arriscado que contrabandear drogas — falei.

— E muito lucrativo. Uma única vesícula preservada rende cerca de 5 mil dólares na Coreia, mas há algumas que chegam a 10 mil. Estou falando de dólares americanos.

Eu estava atônita.

— Já ouviu falar na CITES? — perguntou Zamzow.

— Convenção sobre o Comércio Internacional de Espécies da Flora e Fauna Selvagens em Perigo de Extinção. — Era a segunda referência que ouvia àquela convenção em dois dias.

— As vesículas de ursos foram classificadas no Apêndice Dois.

— Há ursos na Ásia. Por que vir até a América do Norte atrás de vesículas?

— Todas as cinco espécies de ursos asiáticos, o malaio, a preguiça, o negro, o marrom e o panda gigante, estão ameaçadas. Acredita-se que haja apenas 50 mil ursos selvagens na Ásia, espalhados pela Índia, China e pelo Sudeste Asiático.

— Por causa da demanda pela bile.

— Com exceção do panda gigante, os ursos são os únicos mamíferos que produzem quantidades significativas de ácido ursodeoxicólico, ou AUDC.

— É por isso que as pessoas pagam milhares de dólares?

— Exato. — Zamzow emitiu um bufido de desdém. — Ao menos 28 remédios diferentes que alegam conter bile de urso são comercializados legalmente na China. Cingapura baniu a venda de produtos extraídos de ursos, mas as lojas ainda vendem pílulas de bile de urso, pós, cristais, unguentos e vesículas secas inteiras. Porcarias como vinho de bile de urso, xampus e sabões chegam ao mercado todos os dias. Você pode encontrá-los em bairros chineses por todos os EUA.

A náusea tomou conta de meu estômago.

— Os ursos podem ser criados em cativeiro?

— A China começou a criá-los nos anos 1980. É quase pior. Os animais são aprisionados em gaiolas apertadas e aleitados através de buracos perfurados em seus abdomens. Seus dentes e garras são removidos. Às vezes, suas patas são até amputadas. Uma vez que os animais param de produzir bile, são mortos para extraírem suas vesículas.

— O AUDC não pode ser produzido sinteticamente?

— Pode. E existem várias alternativas botânicas.

— Mas as pessoas querem a coisa verdadeira.

— Isso. A opinião popular é que o AUDC artificial não é tão eficaz quanto em sua forma natural, o que é uma cretinice. A quantidade de AUDC natural na vesícula de um urso pode variar de 0 a

33 por cento, o que a torna uma fonte pouco confiável para obter a droga.

— Antigas crenças culturais demoram a ser abandonadas.

— Falou como uma antropóloga. Por falar nisso, por que está interessada em ararinhas-azuis e ursos negros?

Escolhi entre os eventos da semana anterior. O que compartilhar? O que omitir?

Tamela Banks e Darryl Tyree?

Possivelmente não têm conexão. Confidencial.

Ricky Don Dorton e a queda do Cessna?

Também.

As ameaças de ontem via internet?

Provavelmente irrelevantes.

Falei para Zamzow sobre as descobertas na fazenda Foote, excluindo apenas a parte sobre a carteira de motorista de Tamela Banks. Também falei sobre o esqueleto no condado de Lancaster.

Durante trinta segundos, fez-se silêncio na linha.

— Você ainda está aí? — perguntei, achando que a ligação tinha caído.

— Sim.

Eu o ouvi engolir em seco.

— Você está no IML?

— Sim.

— Vai trabalhar por mais algum tempo?

— Sim. — Onde diabos aquilo iria parar?

— Estarei aí em três horas.

CAPÍTULO 22

ZAMZOW CHEGOU POUCO DEPOIS DAS 12H. Era um homem corpulento, com cerca de 40 anos, cabelo grosso e eriçado, cortado muito curto. Sua pele era descorada, olhos da mesma cor amarelo-avermelhado do cabelo e das sardas, dando-lhe uma aparência pálida e monocromática, como alguém que tivesse nascido e passado a vida inteira em uma caverna.

Sentando-se na cadeira diante de minha escrivaninha, Zamzow foi direto ao assunto.

— Pode não ser nada, mas eu ia mesmo passar no Pee Dee Wildlife Refuge no condado de Anson nesta manhã, de modo que achei melhor dar um pulo aqui em Charlotte e falar com você pessoalmente.

Eu não disse nada, sem imaginar o que poderia ser tão importante para que Zamzow achasse necessário falar cara a cara.

— Há cinco anos, dois agentes do FWS desapareceram. Um trabalhava no meu escritório e o outro na Carolina do Norte em um trabalho temporário.

— Fale-me sobre eles. — Senti um calafrio de agitação percorrer a espinha.

Zamzow tirou uma fotografia do bolso da camisa e pousou-a em minha escrivaninha. Nela, via-se um rapaz encostado em uma ponte de pedra. Estava de braços cruzados e sorria. Em sua camisa, eu podia ver o mesmo distintivo e divisas que Zamzow estava usando.

Virei a fotografia. No verso, "Brian Aiker, Raleigh, 27/9/1998" estava escrito à mão.

— O nome do agente era Brian Aiker — disse Zamzow.

— Idade? — perguntei.

— Tinha 32 anos. Aiker estava conosco havia três anos quando desapareceu. Cara legal.

— Altura?

— Alto. Diria 1,85m ou 1,87m.

— Ele era branco — falei, voltando a virar a fotografia.

— Era.

— E o agente visitante?

— Charlotte Grant Cobb. Uma estranha no ninho, mas boa oficial. Cobb estava no serviço há mais de 10 anos.

— Você tem uma fotografia dela?

Zamzow balançou a cabeça, negando

— Cobb não gostava de ser fotografada. Mas posso pedir o arquivo dela se você achar justificável. A organização tem uma fotografia de identificação de cada agente.

— Cobb era branca?

— Sim. Cerca de 35 anos.

— Em que ela estava trabalhando?

— Operação FDR. Tartarugas marinhas.

— FDR?*

Zamzow ergueu um ombro.

— Parece que Franklin tinha dificuldades de locomoção. Não fui eu quem escolhi o nome. De qualquer modo, acha que o cadáver desconhecido que está com vocês pode ser Aiker ou Cobb?

— Cobb não. O DNA dos ossos de Lancaster era de um homem. Mas pode haver uma ligação. Estaria Aiker trabalhando disfarçado com Cobb?

---

* Apelido de Franklin Delano Roosevelt, ex-presidente dos EUA. Embora Roosevelt tivesse contraído poliomielite, ele tentava não aparecer publicamente de cadeira de rodas. (*N. do T.*)

— Não oficialmente, embora eu saiba que ele passou algum tempo com ela.

— Diga-me o que houve.

— Não tenho muito a dizer. Há uns seis ou sete anos, recebemos uma denúncia de caçadores embarcando tartarugas do litoral para Charlotte, transferindo-as para compradores em Nova York e Washington D.C. O serviço enviou Cobb para tentar se infiltrar na gangue. Achavam que uma mulher poderia se infiltrar mais rápido.

— Como?

— O de sempre. Cobb passou a frequentar lugares que os suspeitos frequentavam. Bares, restaurantes, algumas academias de ginástica.

— Ela estava morando em Charlotte?

— Tinha um apartamento. Um desses de contrato mensal.

— Como iam as coisas?

— Não faço ideia. Cobb não era minha subordinada. — Zamzow expirou pelo nariz. — E a moça não era o que se pode chamar de sociável. Quando estava em Raleigh, Cobb era muito introspectiva. Acho que não deve ser fácil trabalhar disfarçada nesse meio.

— Ou sendo mulher.

— Talvez.

— Cobb e Aiker desapareceram na mesma época?

— Aiker não apareceu em uma segunda-feira de dezembro. Eu me lembro. Fazia muito frio. Telefonamos por dois dias e acabamos invadindo o apartamento. Nenhum sinal dele.

Zamzow parecia não falar de Aiker há muito tempo, mas certamente pensara nele diversas vezes desde então.

— Quando fomos investigar, descobrimos que tinha sido visto pela última vez na sexta-feira anterior. Achamos que ele poderia ter afundado no gelo em algum lugar. Verificamos rios, lagoas, esse tipo de coisa. Nada. Nunca encontraram Aiker e nem o seu carro.

— Algum sinal de que ele planejava ir embora? Contas bancárias zeradas? Remédios controlados faltando?

Zamzow balançou a cabeça.

— Aiker encomendou 200 dólares de equipamento de pesca na internet na semana anterior ao desaparecimento. Deixou 14 mil dólares em uma conta de poupança no First Union.

— Não me parecem atitudes de um homem que desejasse ir embora. E quanto a Cobb?

— O desaparecimento de Cobb foi mais difícil de verificar. De acordo com os vizinhos, ela era muito introspectiva, tinha horários peculiares, frequentemente desaparecia por dias a fio. O senhorio foi convencido a abrir o apartamento uma semana depois de Aiker desaparecer. Parecia que Cobb tinha ido embora já há algum tempo.

Raciocinei um pouco.

— Aiker e Cobb tinham um caso?

Zamzow franziu as sobrancelhas.

— Havia um boato a respeito. Aiker fez diversas viagens a Charlotte enquanto Cobb estava aqui. Os registros indicam que se falavam ao telefone, mas poderia ser sobre assuntos de trabalho.

Mantive o nível da voz para esconder minha agitação.

— O esqueleto que examinei era alto, branco e do sexo masculino. Pelo que você me contou, a idade de Aiker bate e a época do desaparecimento também. Parece que pode ser seu agente desaparecido.

— Ao que me lembre, o DP de Raleigh tem registros dentários tanto de Aiker quanto de Cobb. Nunca precisaram deles.

Eu estava tão ansiosa para falar com Slidell que quase expulsei Zamzow de meu escritório. Mas eu tinha outro assunto a abordar.

— Você conhece um agente chamado Palmer Cousins?

Zamzow remexeu-se na cadeira.

— Eu o conheci.

Esperei que ele continuasse. Como não o fez, perguntei:

— Qual a sua impressão a respeito dele?

— Jovem.

— E?

— Jovem.

— Falei com Cousins em uma noite dessas, perguntei sobre caçada predatória de ursos nas Carolinas. Ele parecia saber muito pouco a respeito.

Zamzow olhou-me diretamente nos olhos.

— Aonde que chegar?

— Ele não sabia nada sobre contrabando de pássaros exóticos.

Zamzow olhou para o relógio e disse:

— Eu não conheço Cousins muito bem, mas o sujeito tem a sua parcela de admiradores.

Achei o comentário estranho, mas não insisti.

— Boa sorte, doutora.

Zamzow levantou-se.

Eu também.

Quando ele se voltou para ir embora, peguei a fotografia de Brian Aiker.

— Posso ficar com isso?

Zamzow assentiu.

— Dê notícias.

Em seguida, ele se foi.

OLHANDO PARA A CADEIRA onde Zamzow havia sentado, perguntei-me o que tinha acabado de acontecer. Em toda a nossa conversa, o ARE fora amistoso e direto. Quando mencionei Palmer Cousins, o sujeito se fechou como um tatu cutucado por um graveto.

Estaria Zamzow recusando-se a falar mal de um colega de trabalho? Será que ele sabia algo sobre o amigo de Katy que não queria compartilhar? Ou simplesmente não o conhecia bem?

Tim Larabee interrompeu os meus pensamentos.

— Onde está o seu amiguinho?

— Se está se referindo ao detetive Ryan, ele voltou para Montreal.

— Que pena. Ele faz bem para sua aparência.

Levei uma das mãos ao rosto.

— Peguei você. — Larabee imitou uma pistola com a mão e disparou em minha direção.

— Você é tão hilário que Hawkins terá de trazer uma maca até aqui quando eu morrer de rir.

Contei para ele o que descobri com Wally Cagle sobre o esqueleto de Lancaster e sobre a minha conversa com Hershey Zamzow.

— Vou ligar para Raleigh. Ver se alguém pode trazer os registros dentários de Aiker — disse Larabee.

— Ótimo.

— Esse pode ser um dia de descobertas. Jansen ligou. Slidell ligou. Reunião em meia hora.

— Eles têm novidades?

Larabee olhou para o relógio.

— Salão de baile principal em meia hora. Traje passeio.

Os cantos da boca de Larabee voltaram-se para cima.

— Seu cabelo também fica mais brilhante.

Meus olhos se reviraram tanto para trás que achei que nunca mais voltariam à posição original.

Quando Larabee foi embora, falei com a Sra. Flowers. Nenhum fax de Cagle ainda.

Verifiquei minhas mensagens.

Jansen.

Slidell.

Cagle.

Tentei o celular de Cagle. Não entendeu.

Um repórter policial do *Charlotte Observer* tinha ligado.

Um colega da UNC-Greensboro, outro campus da universidade.

Tentei Cagle outra vez. Ele continuou sem atender.

Olhei para o relógio.

Hora do show.

Pousando os bilhetes no meio de meu mata-borrão, fui até a sala de reuniões.

LARABEE E JANSEN DISCUTIAM OS MÉRITOS de Panthers *versus* Dolphins. A investigadora da NTSB vestia jeans, sandálias, e uma camiseta marrom Old Navy. Seu cabelo louro e curto parecia ter acabado de vir do secador.

Slidell e Rinaldi chegaram quando Jansen e eu estávamos nos cumprimentando.

Rinaldi usava um blazer azul, calça cinza, e uma gravata Jerry Garcia limão e turquesa.

Slidell estava em mangas de camisa. Sua gravata parecia saída de uma mesa de saldos da Kmart depois que as melhores já haviam sido compradas.

Enquanto os outros tomavam café, peguei uma Coca Diet.

— Quem fala primeiro? — perguntei depois que todos se sentaram.

Larabee apontou em minha direção.

Repeti o que dissera para o legista sobre os despojos de Lancaster, descrevi como tinha obtido detalhes de Wally Cagle, e expliquei a possível ligação entre o esqueleto e a cabeça e as mãos da latrina. Expus o que havia descoberto com Hershey Zamzow e Rachel Mendelson sobre caça predatória de ursos e tráfico ilegal de espécies raras e ameaçadas. Finalmente, joguei a bomba sobre os agentes desaparecidos Brian Aiker e Charlotte Grant Cobb.

Enquanto eu falava, Rinaldi fazia anotações em seu bloco chique. Slidell ouvia, pernas esticadas para a frente, polegares enfiados no cinto.

Durante vários segundos, ninguém disse nada. Então Jansen deu um tapa na mesa.

— Sim!

Os olhos de Slidell voltaram-se para ela.

— Sim — ela repetiu.

Abrindo uma pasta de couro, Jansen tirou vários papéis, pousou-os sobre a mesa, correu o dedo sobre um deles, parou e leu em voz alta.

— A substância carbonizada encontrada embaixo do Cessna continha os alcaloides hidrastina, berberina, canadina e berberastina.

— Ingredientes do Ovomaltine? — perguntou Slidell.

— Não. Ranúnculo amarelo — disse Jansen.

Todos esperamos que ela prosseguisse.

Jansen virou a página.

— *Hydrastis canadensis*. Ranúnculo amarelo. As raízes e rizomas têm propriedades medicinais por causa da hidrastina e da berberina. Os índios cheroquis usavam o ranúnculo como antisséptico e para tratar mordidas de cobra. Os iroqueses usavam para tratar tosse espasmódica, pneumonia, desordens digestivas. Os pioneiros usavam para lavar os olhos, para dor de garganta e em feridas na boca. A demanda comercial para o ranúnculo amarelo começou na época da Guerra Civil. — Jansen ergueu a cabeça de suas anotações. — Hoje é uma erva medicinal muito popular na América do Norte.

— Usada para quê? — O desdém de Larabee por ervas medicinais ficou evidente em seu tom de voz.

Jansen voltou às suas anotações.

— Congestão nasal, ferimentos na boca, infecções de olhos e ouvidos, como antisséptico tópico, laxante, anti-inflamatório... Algumas pessoas acham que o ranúnculo amarelo ativa o sistema imunológico e aumenta a efetividade de outras ervas medicinais. Outros acham que pode induzir abortos.

Larabee suspirou.

Jansen olhou para ver se ele a estava acompanhando.

— Recorri à internet, fiz uma pequena pesquisa.

Ela pegou uma terceira folha.

— Tem havido uma colheita tão intensiva para abastecer o mercado interno e externo que o ranúnculo amarelo corre perigo. Dos 27 estados que declaram possuir culturas nativas, 17 consideram a planta ameaçada. Seu valor de atacado aumentou mais de 600 por cento na última década.

— Chamem a polícia das flores — disse Slidell.

— Há ranúnculo amarelo na Carolina? — perguntei.

— Sim, mas apenas em alguns lugares. Goldenseal Hollow, por exemplo, nas montanhas do condado de Jackson.

— É considerada espécie ameaçada na Carolina do Norte?

— Sim. E por causa disso é preciso permissão para cultivar ou propagar a planta no estado. Já ouviram falar da CITES?

— Sim.

Três vezes em três dias.

— Você precisa de uma permissão da CITES para exportar ranúnculo amarelo cultivado ou selvagem, ou partes de suas raízes.

Para conseguir a permissão, precisa provar que as raízes, rizomas e sementes vêm de matrizes legalmente adquiridas e que as plantas foram cultivadas durante quatro anos ou mais sem serem acrescidas de exemplares selvagens.

— Então é difícil obter um fornecimento de raízes vivas para começar uma plantação neste país? — perguntou Rinaldi.

— Muito.

— Há um mercado negro de ranúnculo amarelo? — perguntei.

— Há um mercado negro para todas as ervas encontradas nas montanhas da Carolina do Norte, incluindo o ranúnculo amarelo. Tanto que uma força-tarefa de cinco agências especiais foi estabelecida nas Appalachia.

— Deus do céu, então existe mesmo um esquadrão vegetal. — Slidell inflou as bochechas e balançou a cabeça, como um desses cães na janela de trás de um carro.

— A força-tarefa é composta de agentes do National Park Service, U.S. Forestry Service, North Carolina Department of Agriculture, North Carolina Wildlife Service, e do U.S. Fish and Wildlife Service. É comandada pelo escritório do procurador geral dos EUA.

O grupo emudeceu enquanto cada um tentava ligar o relatório de Jansen às minhas descobertas. Slidell quebrou o silêncio.

— Algum vagabundo estava traficando cocaína na fazenda Foote. Sabemos disso porque encontramos o produto no porão. Está me dizendo que o lugar também era usado para traficar animais mortos?

— Estou sugerindo que é uma possibilidade — falei.

— Como uma variante para a cocaína?

— Sim — respondi friamente. — E o pássaro provavelmente estava vivo.

— E esse agente Aiker devia estar chegando perto — disse Rinaldi.

— Talvez — falei.

— Então o criminoso se assusta, mata Aiker, joga cabeça e mãos na latrina e leva o corpo para o condado de Lancaster? — Slidell não parecia convencido.

— Saberemos quando tivermos os registros dentários — reforcei.
Slidell voltou-se para Jansen.

— O Cessna também transportava uma carga de cocaína. Cocaína dá cana braba. Se você é pego, fica um bocado de tempo preso. Por que se incomodar com ervas?

— Atividade comercial paralela.

— Como os pássaros de Brennan.

Não me dei ao trabalho de comentar.

— Sim — disse Jansen.

— Por que ranúnculo amarelo? Por que não ginseng ou algo que faça crescer seu cabelo ou seu pênis?

Jansen olhou para Slidell como se tivesse visto uma aranha morta na caixa de areia de seu gato.

— Ranúnculo amarelo faz mais sentido.

— Por quê?

— Algumas pessoas acreditam que mascara certas drogas em testes de urina.

— E funciona?

— Uma carreira de cocaína o transforma em um astro do rock?

Jansen e Slidell se entreolharam. Durante alguns segundos, ninguém falou nada. Então Slidell voltou a enfiar os polegares na cintura.

— Estivemos investigando Pounder.

— E?

— O sujeito tem um cérebro de carpa. Ainda estamos preferindo Tyree ou Dorton.

— Talvez vocês tenham que reavaliar.

Nós cinco nos voltamos ao mesmo tempo. Joe Hawkins estava à porta.

— É melhor verem isso.

CAPÍTULO 23

SEGUIMOS HAWKINS PELO CORREDOR ATÉ a baia de entrada, onde uma maca havia sido levada até a balança. A bolsa que transportava exibia um grande volume.

Sem dizer nada, Hawkins abriu o saco de cadáver e afastou as abas. Como uma turma de alunos em excursão, nos inclinamos para olhar.

Vovó chamava aquilo de dom, uma suposta capacidade familiar de prever o futuro. Eu chamava de raciocínio dedutivo.

Talvez fosse o comportamento de Hawkins. Talvez fosse a imagem que formei em minha mente. Embora nunca tivéssemos nos conhecido, eu sabia que estava olhando para Ricky Don Dorton.

A pele do sujeito tinha cor de couro envelhecido, marcada por rugas verticais ao lado dos olhos, e nos cantos das orelhas e da boca. As maçãs do rosto eram proeminentes, o nariz largo, cabelo preto e penteado para trás. Dentes irregulares e amarelados sobressaíam em meio a lábios roxos e flácidos pela morte.

Ricky Don Dorton morrera sem camisa. Dava para ver duas correntes de ouro em seu pescoço, e o emblema dos fuzileiros navais em seu braço direito com as palavras *SEMPER FI* mais abaixo.

Larabee verificou o relatório policial.

— Bem, bem. Sr. Richard Donald Dorton.

— Filho da puta — Slidell falou por todos nós.

Larabee me entregou o papel. Aproximei-me de Jansen para que pudéssemos ler juntas.

Larabee perguntou para Hawkins:

— Acabou de trazê-lo?

Hawkins assentiu.

De acordo com o relatório, Ricky Don foi encontrado morto na cama de um hotel no norte da cidade.

— Dorton entrou com uma mulher por volta de 1h30 — explicou Hawkins. — A recepcionista disse que os dois pareciam drogados. A camareira encontrou o corpo por volta das 8h. Bateu, não obteve resposta, achou que o quarto estava vazio. A coitada deve estar procurando emprego nos classificados a essa altura.

— Quem pegou o caso? — perguntou Slidell.

— Sherrill e Bucks.

— Narco.

— O quarto tinha drogas e seringas suficientes para abastecer uma clínica do Terceiro Mundo — disse Hawkins.

— Suponho que a companheira noturna de Dorton fosse uma Irmã Maria Inocente trabalhando para salvar-lhe a alma — ironizou Slidell.

— A recepcionista acha que a mulher era uma prostituta — disse Hawkins. — Também acredita que Dorton já esteve ali antes. Mesmo esquema. Deu entrada tarde da noite. Encontro com prostituta.

— Arranje uma viagem. Arranje uma mulher. Arranje um quarto — disse Larabee.

— Acho que Ricky Don não vai arranjar mais nada. — Slidell jogou o relatório sobre o saco de cadáver.

Observei o papel escorregar e acomodar-se junto ao valioso cordão de ouro de Ricky Don.

ANTES DE IR EMBORA, Ryan me fez prometer que discutiria os e-mails da véspera com Slidell ou Rinaldi. Embora minha ansiedade tivesse diminuído consideravelmente de um dia para o outro, eu ainda estava muito tensa. Eu me sentia propensa a ver as mensagens como coisa de algum idiota cibernético pervertido, mas tinha prometido a mim mesma não deixar que o medo alterasse a minha vida. Continuaria a agir como sempre. Mas concordei com Ryan em um ponto.

Se a ameaça era real, Katy também corria perigo.

Tentei advertir minha filha na noite de sua festa, mas a reação de Katy foi debochar dos e-mails. Quando insisti, ela ficou aborrecida e disse que meu trabalho estava me deixando paranoica.

Vinte e poucos anos, à prova de bala e imortal. Tal mãe, tal filha.

Na intimidade de meu escritório, descrevi as fotografias tiradas de Boyd, de Katy e de mim mesma. Admiti o terror da véspera e a inquietude que estava sentindo desde então.

Rinaldi falou primeiro.

— Você não faz ideia de quem seja esse Anjo da Morte?

Balancei a cabeça.

— O que Ryan e eu descobrimos com o rastreamento de informação da AOL é que as mensagens foram enviadas para a minha caixa de correio na UNCC através de alguns endereços eletrônicos anônimos, então encaminhada da universidade para meu endereço da AOL.

— Esta última parte é feita por você?

— Sim. Todos os meus e-mails são encaminhados. — Balancei a cabeça. — Você nunca encontrará o remetente original.

— Pode ser feito — disse Rinaldi. — Mas não é fácil.

— As fotografias começaram na manhã de quarta-feira? — perguntou Slidell.

Assenti.

— Provavelmente tiradas com uma câmera digital.

— Portanto não dá para rastrear impressões através de uma empresa de revelação de filmes — concluiu Slidell.

— E a ligação provavelmente foi feita de um telefone público — disse Rinaldi. — Gostaria que pedíssemos vigilância para você?

— Vocês acham que é necessário?

Eu esperava indiferença, talvez impaciência. A sinceridade das respostas deles foi perturbadora.

— Vamos providenciar que viaturas vigiem sua casa.

— Obrigada.

— E quanto ao endereço de sua filha? — perguntou Slidell.

Vi Katy, relaxada e despreocupada, no balanço de uma varanda.

— Patrulhamento intensivo seria bom.

— Feito.

Quando eles saíram, voltei a verificar com a Sra. Flowers. Ainda nenhum fax de Cagle. Ela me assegurou que enviaria o relatório assim que ele terminasse de ser impresso.

De volta ao meu escritório, tentei me concentrar na pilha de correspondência. Trinta minutos depois, o telefone tocou. Quase derrubei o refrigerante no chão ao agarrar o aparelho.

Era a Sra. Flowers.

O fax de Cagle com o relatório sobre o esqueleto de Lancaster não havia chegado, mas os registros da arcada dentária de Brian Aiker sim. O Dr. Larabee requisitara a minha presença na sala principal de necrópsia.

Quando cheguei, o legista estava dispondo radiografias em duas caixas de luz, cada grupo consistindo de 12 pequenas chapas de dentes das arcadas inferior e superior. Joe Hawkins havia tirado uma série do crânio e da mandíbula da latrina. O dentista de Brian Aiker forneceu as demais.

Uma olhada foi suficiente.

— Não creio que seja necessário um dentista forense neste caso — disse Larabee.

— Não — concordei.

A radiografia de Brian Aiker mostrava coroas e pinos em dois molares superiores e dois molares inferiores, uma evidência clara de trabalho de canal.

O crânio da latrina não mostrava nenhum.

O RELATÓRIO DE WALLY CAGLE não chegou na sexta-feira. Nem no sábado. Tampouco no domingo.

Eu visitava o IMLM duas vezes por dia. Duas vezes por dia ligava para o escritório, para a casa e para o celular de Cagle.

Não recebi resposta.

Duas vezes por dia eu verificava meu e-mail para ver se as imagens digitalizadas haviam chegado.

Más e boas notícias.

Nenhuma foto de Cagle.

Nenhuma foto do Anjo da Morte.

Passei o fim de semana pensando nos ossos de Lancaster. Se os restos de crânio e pós-crânio pertenciam à mesma pessoa, não era Brian Aiker. Quem seria, então?

Será que o crânio da latrina realmente combinava com o esqueleto de Cagle? Eu estava tão certa, mas era apenas um instinto. Eu não tinha informações consistentes. Poderiam ser dois desconhecidos?

O que aconteceu com Brian Aiker? E com Charlotte Grant Cobb?

Também pensei no paradeiro de Tamela Banks e sua família. Eles eram pessoas humildes. Como poderiam simplesmente desaparecer? Por que fariam isso?

Na manhã de sábado, fiz uma visita rápida à casa dos Banks. As persianas ainda estavam fechadas. Havia uma pilha de jornais na varanda. Ninguém respondeu à campainha ou às minhas batidas à porta.

Ryan ligava diariamente, me dando notícias da irmã e da sobrinha. As coisas não andavam ensolaradas em Halifax.

Falei com Ryan sobre a morte de Ricky Don Dorton, sobre minha conversa com Hershey Zamzow a respeito da caça predatória de ursos, sobre os agentes que trabalhavam com animais selvagens e estavam desaparecidos, e sobre as descobertas de Jansen quanto ao ranúnculo amarelo. Ele perguntou se eu havia falado com Slidell ou Rinaldi sobre os e-mails do Anjo da Morte. Eu o assegurei que sim e que eles aumentaram a vigilância na minha casa e na de Lija.

Toda vez que desligávamos, o anexo parecia estranhamente vazio. Ryan se fora, seus pertences, seu cheiro, seu riso, sua culinária. Embora tenha ficado pouco tempo em minha casa, sua presença havia preenchido o lugar. Eu sentia falta dele. Muito. Muito mais do que poderia imaginar.

Entretanto, eu vagabundeava, como diria minha mãe. Caminhadas e corridas com Boyd. Conversas com Birdie. Condicionamento capilar. Sobrancelhas. Regar as plantas. Sempre com um olho nas costas. E um ouvido atento a ruídos estranhos.

No sábado, Katy me convenceu a ir a uma *soirée* tarde da noite no Amos's para ouvir uma banda chamada Weekend Excursion. O grupo era bom, talentoso, e poderoso o bastante para ser detectado por equipamentos que estivessem buscando sinais de vida no espaço. A multidão ouvia, encantada. Em determinado momento, perguntei aos gritos no ouvido de Katy.

— Ninguém dança?

— Alguns idiotas talvez dancem.

A velha música do ABBA "Dancing Queen" veio à minha mente. Os tempos mudam.

Depois do Amos's, tomamos a saideira no pub da porta ao lado chamado Gin Mill. Perrier com limão para mim, um martíni Grey Goose para Katy. Sem gelo. Com azeitonas extras. Definitivamente, minha filha havia crescido.

No domingo, mãe e filha confraternizaram na manicure-pedicure, então foram dar tacadas de golfe no Carmel Country Club.

Katy foi uma estrela da equipe de natação do Carmel e, com 4 anos de idade, já nadava em estilo livre agarrada à linha divisória das raias. Ela cresceu nos campos de golfe e quadras de tênis do Carmel, caçou ovos de Páscoa e observou os fogos de 4 de julho em seus jardins.

Pete e eu participávamos dos bufês do Carmel, dançávamos sob os globos luminosos nas noites de Réveillon, bebíamos champanhe, admirávamos esculturas de gelo. Muitas de nossas amizades mais íntimas foram feitas naquele clube.

Embora eu permanecesse legalmente casada e, portanto, pudesse usar todas as instalações do clube, sentia-me uma estranha ali, como se estivesse voltando a visitar um lugar do qual me lembrava vagamente. As pessoas ao redor eram como visões em um sonho, familiares embora distantes.

Naquela noite, Katy e eu pedimos pizza e assistimos *Entrando numa fria*. Não perguntei se a escolha do filme tinha algum significado. Nem perguntei onde Palmer Cousins estava naquele fim de semana.

Na manhã de segunda-feira, acordei cedo e verifiquei o meu e-mail.

Nenhuma foto de Cagle ou mensagens do Anjo da Morte.

Depois de correr com Boyd ao redor do quarteirão, fui ao IMLM, certa de que o relatório de Cagle estaria em minha escrivaninha.

Nenhum fax.

Às 9h30, já tinha ligado quatro vezes para os números de Cagle. O professor continuava sem atender.

Quando o telefone tocou às 10 horas, quase tive um troço.

— Suponho que já saiba.

— Do quê?

Slidell sentiu o desapontamento na minha voz.

— O que houve? Estava esperando uma ligação do Sting?

— Esperava que fosse Wally Cagle.

— Ainda quer aquele relatório?

— Sim. — Torci as espirais do fio do telefone entre os dedos. — É estranho. Cagle disse que mandaria por fax na quinta-feira.

— Walter? — Slidell disse o nome em três sílabas.

— Já faz quatro dias.

— Talvez o cara tenha se ferido vestindo a malha de ginástica.

— Já pensou em participar de um grupo de apoio a homofóbicos?

— Eu vejo assim: homens são homens e mulheres são mulheres e cada um deve dormir na tenda onde nasceu. Você começa a ultrapassar limites e ninguém vai saber onde comprar suas roupas de baixo.

Eu não destaquei a quantidade de limites metafóricos que Slidell havia acabado de cruzar.

— Cagle também digitalizaria as fotos dos ossos e as mandaria por e-mail — falei.

— Meu Deus, hoje tudo é por e-mail. Para mim, esse negócio de e-mail é um tipo de bruxaria vudu.

Ouvi a cadeira de Slidell ranger sob o peso de seu traseiro.

— Se Aiker está descartado, e quanto ao outro agente?

— Tenda diferente.
— O quê?
— O outro agente de FWS era uma mulher.
— Talvez você tenha se confundido com os ossos.

Nada mal, Skinny.

— Isso é possível no caso dos restos da latrina, mas não no do esqueleto de Lancaster.
— Por quê?
— Cagle mandou uma amostra dos ossos para exame de DNA. A amelogenina resultou ser do sexo masculino.
— Lá vamos nós outra vez. Magia negra.

Deixei-o escutar em silêncio por algum tempo.

— Ainda está aí?
— Quer que eu explique a amelogenina, ou prefere continuar no século XIX?
— Seja breve.
— Já ouviu falar em DNA?
— Não sou um completo idiota.

Questionável.

— A amelogenina é um locus da polpa dentária.
— Locus?
— Um lugar da molécula do DNA que codifica um atributo específico.
— O que diabos a polpa dentária tem a ver com sexo?
— Nada. Mas, nas mulheres, o lado esquerdo do gene contém uma pequena excisão de DNA não essencial, o que resulta em um produto menor quando amplificado pela PCR.
— Então esse locus de polpa mostra variações de tamanho entre os sexos.
— Exato. — Fiquei surpresa por Slidell ter entendido aquilo tão rápido. — Você entende de cromossomos sexuais?
— As meninas têm dois X. Meninos um X e um Y. Era o que eu estava falando. A natureza joga os dados, você obedece.

As metáforas pioraram.

— Quando a região da amelogenina é analisada — prossegui —, uma mulher, tendo dois cromossomos X, vai apresentar uma faixa. Um homem, tendo tanto o X quanto o Y, vai apresentar duas faixas, uma do mesmo tamanho de uma mulher, outra ligeiramente maior.

— E os ossos de Cagle são do sexo masculino.

— Sim.

— E o crânio que está com você é masculino.

— Provavelmente.

— Provavelmente?

— Minha intuição diz que sim, mas não há nada definitivo.

— Gênero indefinido.

— Gênero indefinido.

— Mas não é Aiker.

— Não se os registros dentários forem dele mesmo.

— Mas o esqueleto pode ser.

— Não se combinar com o crânio da latrina.

— E você acha que combina.

— Parece combinar. Mas não vi as fotos ou os ossos originais.

— Algum motivo para Cagle ter mudado de ideia e começado a evitar as suas ligações?

— Ele foi muito cooperativo quando conversamos.

Aquela era a vez de Slidell ficar em silêncio.

— Topa dar um pulo em Colúmbia?

— Estarei esperando lá embaixo.

CAPÍTULO 24

QUINZE MINUTOS APÓS DEIXARMOS O IMLM, Slidell e eu entrávamos na Carolina do Sul. Em cada lado da I-77 havia uma fileira de lojas, restaurantes e casas de entretenimento, uma versão carolinense de Nogales ou Tijuana. Paramount's Carowinds. Outlet Market Place. Frugal MacDougal's Discount Liquors. Heritage USA.

Rinaldi optara por uma viagem para Sneedville, no Tennessee, para investigar Ricky Don Dorton e Jason Jack Wyatt. Rinaldi também planejava descobrir antecedentes do piloto, Harvey Pearce, e pretendia ter uma conversa esclarecedora com Sonny Pounder.

Jansen voltara para Miami.

Slidell falou pouco desde que me pegou, preferindo a barulheira do rádio ao som de minha voz. Suspeitei que sua frieza se devesse ao corte que dei no seu discurso homofóbico.

Por mim tudo bem, Skinny.

Logo estávamos cercados de colinas densamente arborizadas, cobertas de *kudzu*. Slidell alternava entre batucar no volante ou apalpar o bolso da camisa. Eu sabia que ele precisava de nicotina, mas eu precisava de oxigênio. Apesar dos muitos suspiros, pigarros e batucadas, recusei-me a deixá-lo acender um cigarro.

Passamos as saídas para Fort Mill e Rock Hill, depois pegamos a autoestrada 9, que corria para leste em direção a Lancaster. Pensei no esqueleto sem crânio de Cagle e perguntei-me o que encontraríamos em seu laboratório.

Também pensei em Andrew Ryan, das vezes em que íamos juntos a uma cena de crime ou de desova. Slidell ou Ryan? Com quem eu preferia estar? Sem comentários.

O complexo da University of South Carolina ou USC, tinha oito campi, com a nave-mãe estacionada no coração da capital do estado. Talvez os fundadores do Estado das Palmeiras fossem xenófobos. Talvez os fundos fossem limitados. Talvez eles simplesmente preferissem ter seus filhos educados em seu próprio quintal.

Ou talvez tivessem antecipado o rito bacanálico das férias de primavera em Myrtle Beach, e tentado interferir através dos séculos para desencorajar um tipo muito diferente de peregrinação religiosa.

Em Colúmbia, Slidell pegou a Bull Street e dobrou à esquerda na periferia do campus. Sem conseguir vaga na área de estacionamento pago para visitantes, ele entrou em uma área de estacionamento para professores e desligou o motor.

— Se algum babaca me multar, vou mandá-lo enfiar o mestrado sabe onde. — Slidell guardou as chaves no bolso.

Sair do Taurus foi brutal. O sol estava branco de tão quente, o asfalto tremulando de calor quando atravessamos a Pendelton Street. Acima de nossas cabeças, as folhas permaneciam imóveis, como guardanapos molhados ou cordas de varal em um dia sem vento.

As instalações de antropologia da USC ficavam em um prédio amarelo sujo chamado Hamilton College. Construído em 1943, para ajudar no esforço de guerra, o edifício parecia naquele momento estar precisando de um pouco de esforço em seu próprio benefício.

Nós localizamos o escritório do departamento e nos apresentamos para a secretária/recepcionista. Erguendo os olhos de uma tela de computador, a mulher nos viu através de espalhafatosos óculos de gatinho. Tinha cerca de 50 anos, testa proeminente e um penteado mais alto que o de uma debutante texana.

Slidell perguntou por Cagle.

A debutante informou-nos que o professor não estava.

Quando ela o vira pela última vez?

Havia uma semana, na sexta-feira.

Cagle viera ao campus desde então?

Possivelmente, embora não tenham se encontrado. A caixa postal de Cagle fora esvaziada na sexta-feira anterior. Ela não o vira desde então.

Slidell perguntou onde ficava o escritório de Cagle.

Terceiro andar. A entrada era impossível sem autorização por escrito.

Slidell perguntou onde ficava o laboratório de Cagle.

Segundo andar. A debutante reiterou a necessidade de permissão por escrito.

Slidell mostrou o distintivo.

A debutante estudou o escudo de Slidell, o batom afundando nos vincos que surgiram nos lábios tensos. Não demonstrou ter percebido as palavras "Charlotte-Mecklenburg". Ela virou um ombro, discou um número, esperou, desligou, ligou de novo, voltou a esperar, desligou. Suspirando teatralmente, ela se levantou, foi até um armário de arquivos, abriu a gaveta de cima, pegou uma chave entre muitas e verificou a etiqueta.

Mantendo-se diversos passos adiante para minimizar a possibilidade de conversa, nossa anfitriã relutante nos levou ao segundo andar, através de um corredor ladrilhado, até uma porta de madeira com uma janela de vidro opaco com as palavras LABORATÓRIO DE IDENTIFICAÇÃO HUMANA impressas em letras grandes e pretas.

— De que exatamente precisam? — A debutante correu o polegar sobre a etiqueta da chave.

— Na última quinta-feira, o Dr. Cagle prometeu me enviar um relatório e fotografias — falei. — Não os recebi. Não consigo falar com ele pelo telefone e o assunto é muito urgente.

— O Dr. Cagle tem passado todo o verão no campo, só vem aqui nos fins de semana. Tem certeza de que ele pretendia cuidar disso imediatamente?

— Absoluta.

Dois vincos ressaltaram na testa proeminente.

— Geralmente ele é muito previsível e confiável.

A debutante curvou todo o corpo quando girou a chave, como se a revelação do movimento de seu pulso constituísse uma falha de segurança. Ao se erguer, empurrou a porta para dentro, e apontou uma unha pintada para mim.

— Não façam bagunça nas coisas do Dr. Cagle. — Soou como *"nas coisa"*. — Algumas são provas policiais oficiais. — Soou *"puliciais"*.

— Seremos muito cuidadosos — eu lhe garanti.

— Falem comigo antes de sair.

Após olhar atentamente para nós dois, a debutante se foi pelo corredor.

— Essa mulher devia ter se alistado na Gestapo — disse Slidell ao entrar.

O laboratório de Cagle era uma versão mais antiquada do meu na UNCC. Mais sólido, revestido de mármore e carvalho, nada de plástico ou metal.

Dei uma olhada rápida.

Mesas de trabalho. Pias. Microscópios. Caixas de luz. Mesa de reprodução fotográfica. Exaustor. Esqueleto pendurado. Geladeira. Computador.

Slidell inclinou a cabeça para uma parede tomada por armários de arquivos do chão ao teto.

— O que acha que aquele maluco guarda aí dentro?

— Ossos.

— Meu Deus.

Enquanto Slidell vasculhava os armários destrancados sobre a bancada de trabalho, eu verificava a única escrivaninha da sala.

O tampo estava vazio, com exceção de um mata-borrão.

Uma gaveta à esquerda abrigava diversos tipos de formulários em branco. Formulários de pesquisa arqueológica. Inventários de jazigos. Exames de ossos. Requisições de material audiovisual.

A gaveta comprida do meio continha o suprimento habitual de canetas, tachas com pontas de plástico coloridas, clipes, elásticos, selos e moedas.

Nada extraordinário.

Exceto que tudo estava organizado em caixinhas, compartimentos e nichos separados, todos etiquetados e impecavelmente limpos. Dentro dos compartimentos, cada item parecia alinhado com precisão geométrica.

— Tarado arrumadinho — disse Slidell, aproximando-se por trás de mim.

Verifiquei as duas gavetas da direita. Papel de carta. Envelopes. Papel para impressora. Rótulos. Post-its.

Os mesmos objetos habituais. A mesma ordem de alguém com fixação anal.

— Sua escrivaninha é assim? — perguntou Slidell.

— Não. — Certa vez, encontrei um peixinho dourado morto na gaveta de minha escrivaninha e resolvi o mistério de seu desaparecimento na primavera anterior.

— A minha certamente não é.

Conhecendo o carro de Slidell, não queria imaginar o estado de sua escrivaninha.

— Algum sinal do relatório?

Balancei a cabeça em negativa.

Slidell foi até as gavetas da bancada e eu comecei a revistar os arquivos à esquerda da escrivaninha. Um abrigava material de aula. O outro estava repleto de relatórios de casos forenses.

Bingo!

Do outro lado da sala, Slidell fechou uma gaveta com estrondo.

— Preciso respirar.

— Tudo bem.

Nada falei a respeito dos arquivos. Melhor ter Slidell lá fora fumando do que aqui, fungando na minha nuca.

Os dossiês estavam organizados cronologicamente. Vinte e três datados até o ano em que Cagle examinara o esqueleto de Lancaster. Achei dois casos daquele mês, mas nenhum de um corpo sem cabeça.

Verifiquei o ano anterior e o posterior, então examinei as identificações de cada pasta.

O relatório não estava ali.

Slidell voltou dez minutos depois, fedendo a Camels, sovaco suado e creme capilar.

— Achei os arquivos de Cagle.

— Ah, é?

Slidell inclinou-se, com bafo de cigarro.

— O relatório Lancaster não está com os outros.

— Acha que ele os guardou em outro lugar? — perguntou Slidell.

— Não me parece provável, mas continue procurando.

Slidell voltou a bater gavetas.

Retornei à escrivaninha e verifiquei um quadro de avisos. Como a Sra. Flowers, Wally Cagle insistia em espaçamentos equidistantes e ângulos de 90 graus.

Um cartão-postal enviado por alguém chamado Gene. Polaroides tiradas de uma escavação arqueológica. Três fotografias de um gato. Uma lista de nomes seguidos de ramais de quatro dígitos.

No centro do quadro, uma lista manuscrita de tarefas seguidas por uma coluna de datas. Até quinta-feira, as tarefas haviam sido cumpridas e riscadas.

— Olhe só isso — exclamei.

Slidell se juntou a mim na escrivaninha.

Apontei para um item entre as tarefas não completadas de Cagle: *Enviar fotos e relatório para Brennan.*

— Ele usa régua para riscar os itens? Meu Deus, o sujeito é um maníaco.

— Isso não importa. Embora a secretária não o tenha visto, Cagle esteve aqui até quinta-feira passada. Será que o fato do item não ter sido riscado significa que ele não separou o arquivo? Ou ele o separou e se esqueceu?

— Parece que o sujeito nunca ia ao banheiro antes de enumerar a tarefa como um item e depois riscá-lo.

— Talvez tenha sido interrompido.

— Talvez.

— Talvez outra pessoa tenha pego o arquivo.

— Quem? — A voz de Slidell estava cheia de ceticismo.

— Não sei.

— Quem mais sabia que tal coisa existia?

— O aluno de Cagle — rebati. O comportamento de Slidell estava me deixando irritada. — Ele leu partes do arquivo para Cagle pelo telefone.

— Talvez Cagle tenha levado o material para enviar de outro computador.

— Talvez.

— Mas nunca enviou o relatório.

Boa, Skinny. Diga o óbvio.

— Ou as fotografias.

— Nada.

Slidell ergueu o cinto, que voltou a cair, acomodando-se na dobra da sua barriga.

— Então, onde diabos estão?

— Pergunta astuta.

— E onde diabos está o bom professor?

— Outra.

Eu estava começando a ter um mau pressentimento a respeito da segurança de Cagle.

Meu olhar voltou-se para o computador e para o scanner.

O conjunto parecia ter sido comprado quando os Monkees estavam no auge.

Slidell observou enquanto me aproximei e apertei o botão "ligar". Enquanto a CPU inicializava, a recepcionista debutante texana apareceu à porta.

— O que pensa que está fazendo?

— Localizei os arquivos do Dr. Cagle, mas o que precisamos está faltando.

— Então acha que vai usar esse computador?

— Ele pode nos dizer se as fotos foram ou não digitalizadas.

Como se tivesse sido combinado, a CPU apitou e o monitor exibiu uma requisição de senha.

— Você a tem? — perguntei para a debutante.

— Jamais revelaria uma senha. — Soava como se eu tivesse pedido sua senha bancária. — Além do mais, eu não sei.

— Alguém mais usa esse computador?

— Gene Rudin.

— O aluno do Dr. Cagle?

A debutante assentiu. Nem um fio de cabelo se moveu.

— Gene está na Flórida até o começo do período de outono. Partiu na sexta-feira.

Um dedo longo com unha pintada apontou para o computador.

— Mas esse scanner não funciona. Solicitei o conserto há cerca de duas semanas.

Slidell e eu trocamos olhares. E agora?

— O Dr. Cagle lhe pediu para enviar algum fax na semana passada? — perguntei.

As unhas pintadas sumiram quando ela cruzou os braços sobre o peito, inclinou um dos quadris para o lado e levou uma perna adiante. As unhas do pé eram pintadas no mesmo tom vermelho brilhante das unhas das mãos.

— Já lhes disse, não vi o Dr. Cagle na semana passada. Além do mais, sabe quantas pessoas estão sob a minha responsabilidade? Sabe quantos alunos, graduados ou não, vendedores de livros, visitantes e seja lá o que mais passam por meu escritório? — Achei que Slidell e eu nos encaixávamos no "seja lá o quê". — Caramba, cuido de metade do aconselhamento de alunos por aqui.

— Deve ser difícil — comentei.

— Enviar faxes *não* faz parte de minhas tarefas.

— Você deve receber muitos visitantes.

— Um bocado.

— O Dr. Cagle recebeu algum telefonema incomum na semana passada?

— Não me cabe dizer.

O que diabos significava aquilo?

— O Dr. Cagle recebeu *alguma* visita na semana passada?

Houve uma longa pausa enquanto ela escolhia as palavras.

— Posso não concordar com o estilo de vida alternativo do Dr. Cagle. — Ela pronunciou a palavra como se fossem duas: "alter" e "nativo". — Mas é um bom homem e não questiono suas amizades.

— Alguém veio visitar Cagle? — perguntou Slidell, mal-humorado.

Uma sobrancelha da debutante se ergueu.

— Não precisa ficar irritado, detetive.

Slidell abriu a boca. Eu o interrompi.

— Você não conhecia o visitante do Dr. Cagle?

A debutante assentiu.

— O que ele queria?

— O sujeito perguntou pelo Dr. Cagle. Eu o informei que o professor estava fora da cidade. — A debutante moveu um ombro sardento. — Então foi embora.

— Poderia descrever o sujeito? — perguntou Slidell.

— Baixo. Cabelo preto. Muito cabelo. Muito brilhante e espesso.

— Idade?

— Não era um garoto, isso eu posso lhe dizer.

— Óculos? Pelos faciais? — O tom de voz de Slidell era incisivo.

— Não seja rude comigo, detetive.

A debutante descruzou os braços e tirou um fiapo inexistente de sua saia, sua maneira de tentar esfriar o interrogatório de Slidell.

— Nenhum bigode ou barba, nada assim.

— Lembra-se de algo mais sobre o sujeito? — perguntei.

— Usava óculos escuros engraçados, de modo que não pude ver os olhos dele.

— O que você *viu* ao olhar para o rosto dele? — perguntou Slidell, encarando-a.

— Vi a mim mesma. — A debutante jogou uma chave no topo da escrivaninha. — Esta chave abre os armários das paredes. Reportem-se a mim ao deixarem o prédio.

Slidell e eu passamos os 40 minutos seguintes revistando cada armário, gaveta e prateleira do lugar. Não encontramos nada relacionada ao caso Lancaster, nem que indicasse onde Cagle estava.

Frustrada, voltei à escrivaninha e corri as pontas dos dedos sob a borda de plástico do mata-borrão.

Nada.

Ergui um canto e olhei embaixo.

Havia um cartão sob o mata-borrão. Eu o peguei.

O logotipo parecia um distintivo policial. Eu estava a ponto de ler a informação impressa quanto a recepcionista debutante reapareceu à porta, ofegante por ter subido a escada às pressas.

— Acabei de falar com o companheiro do Dr. Cagle.

Uma mão agitava o ar em frente ao seu rosto.

— O Dr. Cagle está na CTI, sendo mantido vivo por aparelhos.

Pousando ambas as mãos sobre o peito, a debutante olhou para mim e para Slidell, olhos assustados, rímel borrado.

— Meu Deus. Os médicos acham que ele não passa de hoje.

CAPÍTULO 25

CAGLE MORAVA EM UM PEQUENO BANGALÔ de tijolos em uma vizinhança de pequenos bangalôs de tijolos, perto da Hamilton College. O remate das janelas era lilás, e quatro cadeiras lilás de encosto reto alinhavam-se perfeitamente na varanda. A grama do jardim estava aparada com precisão militar.

Um antigo carvalho sombreava sobre a metade direita da propriedade, suas raízes espalhando-se sob a terra como dedos gigantes, agarrando-se em busca de apoio. Flores coloridas disputavam espaço em canteiros ao longo do passeio e das fundações da varanda na frente da casa. O odor de petúnias, cravos e tinta fresca adocicava o ar quente e úmido.

Subindo os degraus, Slidell pressionou o polegar contra um suporte de metal verde afixado à casa. Alguém havia enrolado a mangueira do jardim em voltas perfeitas.

— Acho que estamos no lugar certo.

A campainha foi atendida imediatamente. O homem era mais jovem do que eu esperava, cabelo preto espetado com gel e afastado da testa por uma tira elástica. Supus que ele tivesse cerca de 35 anos, e pesasse cerca de 70 quilos.

— Vocês são os policiais de Charlotte?

Sem se incomodar em corrigi-lo, Slidell simplesmente ergueu o distintivo.

— Lawrence Looper. — Afastou-se. — Entrem.

Entramos em um pequeno vestíbulo com um aquecedor coberto à esquerda, portas corrediças de madeira bem à frente, e um arco à direita. Looper nos guiou através do arco até uma sala de estar com tapetes jogados sobre um chão de carvalho polido e móveis da Pottery Barn. Um ventilador com pás de madeira rodava preguiçosamente no teto.

— Por favor. — Looper estendeu a mão bem-cuidada. — Sentem-se. Posso lhes oferecer algo gelado?

Eu e Slidell declinamos o convite e nos sentamos em cantos opostos do sofá. A sala cheirava a desodorizante artificial de flores vindo de um dispositivo conectado à tomada.

Looper pegou um tamborete, colocou-o contra a parede, considerou o arranjo, voltou a ajustar o tamborete.

Ao meu lado, ouvi Slidell emitir um suspiro de deboche. Lancei-lhe um olhar de advertência. Ele rodou os olhos e a cabeça.

Feng-shui restaurado, Looper voltou e sentou-se em uma cadeira à nossa frente.

— Nossa. Dolores está realmente furiosa comigo. Suponho que tenha o direito de estar.

— Refere-se à Srta. Charme Sulista da universidade? — perguntou Slidell.

— É. Eu devia tê-la avisado depois do colapso de Wally, mas... — Looper flexionou um tornozelo, fazendo "pop" com suas sandálias — ... mas não falei nada.

— E por quê? — A voz de Slidell demonstrava impaciência.

— Não gosto de Dolores.

— E por que não?

Looper encarou Slidell.

— Ela não gosta de mim.

O tornozelo se moveu diversas vezes.

— E Wally não gostava que soubessem quando ele não estava se sentindo bem. Ele tinha... — Looper hesitou — ... queixas. — *Pop. Pop. Pop.* — Ele gostava de manter em segredo seus assuntos de saúde, de modo que eu não disse nada quando ele adoeceu. Achei que ele preferia que fosse assim. — *Pop. Pop.* — Mas quando vocês dois apareceram e Dolores ligou, bem, eu não podia mentir. — Looper pôs três is a mais na palavra "mentir". — Isso não faria sentido.

— Por favor, diga-nos o que houve — falei.

— Não há muito o que dizer. Voltei para casa na quinta-feira à noite e encontrei Wally caído no chão do banheiro.

Looper ergueu uma das mãos e apontou um dedo para o segundo arco em ângulo reto em relação àquele pelo qual entráramos na sala de estar.

— Ali. Ele respirava com dificuldade e seu rosto estava rubro. Mal podia falar, mas entendi que sentia um aperto no peito. Fiquei apavorado. E vi que ele tinha vomitado.

Looper levou a mão ao peito.

— Eu o coloquei no carro o isso, vou lhe dizer, não foi fácil com suas pernas bambas e ele gemendo e dizendo que ia morrer.

Perguntei-me por que Looper não chamou uma ambulância, mas não disse nada.

— Ao chegarmos à emergência do hospital, ele simplesmente parou de respirar.

Esperamos que Looper continuasse a falar. Não continuou.

— Eles o puseram em um respirador? — perguntei.

— É. Wally começou a respirar por conta própria, mas não despertava. Ainda não despertou.

— Foi um ataque cardíaco? — perguntei gentilmente.

— Creio que sim. Os médicos não querem me dizer muita coisa. — *Pop. Pop.* — Não sou da família, vocês sabem.

No teto, o ventilador murmurava baixinho. O perfume artificial estava começando a enjoar.

— Wally e eu estamos juntos há muito tempo. Realmente espero que ele consiga superar essa crise. — Os olhos de Looper ficaram vermelhos nas bordas.

— Também espero. Ele é um bom homem.

Brilhante, Brennan.

Looper entrelaçou os dedos e começou a forçar os polegares um contra o outro.

— Acho que devia ligar para a irmã de Wally, mas eles não são próximos. E fico achando que a qualquer momento ele vai acordar, pedir o seu cachimbo e tudo ficará bem.

Looper voltou a cruzar as pernas, e balançou a sandália mais algumas vezes.

— Por que estão aqui?

— Falei com o Dr. Cagle ao telefone na quinta-feira — expliquei. — Ele prometeu me enviar relatório e fotografias de um caso. Nunca os recebi, e o detetive Slidell e eu achamos que talvez ele tenha trazido o material para casa, com a intenção de trabalhar aqui.

— Ele às vezes trabalhava no laptop. Mas não vi nada na casa.

— Uma pasta? Um envelope?

Looper balançou a cabeça.

— Uma maleta?

— Wally geralmente usa uma maleta. E seu precioso laptop.

— *Pop. Pop.* — Ele não tem um computador de mesa em casa. — Looper levantou-se. — Vou ver no quarto dele.

Slidell levantou-se.

— Que tal se eu der uma olhada no carro do professor enquanto vocês veem isso.

— Como quiser. — Deu de ombros como quem diz "fique à vontade".

Looper pegou um chaveiro, voltou-se e caminhou em direção aos fundos da casa. Eu o segui. Slidell saiu pela porta da frente.

O quarto de Cagle era limpo como uma UTI e organizado como um transtorno obsessivo compulsivo. Grande surpresa.

A busca demorou cinco minutos. Não vi sinal de arquivos ou fotos na cômoda, nas gavetas da escrivaninha, no armário nem debaixo da cama de Cagle. Não havia mais onde olhar. Frustrada, segui Looper de volta à sala de estar.

— Deixe-me ver se entendi direito — disse Looper, escondendo um pé embaixo do corpo ao voltar a se sentar. — Você falou com Wally na quinta-feira?

— Sim — respondi. — Ele estava em Beaufort.

— Ele voltou para casa só para lhe enviar esse relatório? — perguntou Looper.

— Ele me disse que estava mesmo voltando para cá.

— Sei.

Slidell se juntou a nós, balançando a cabeça.

— Isso o surpreende, Sr. Looper? — perguntei.

— No verão, Wally nunca volta para Colúmbia na quinta. Ele sempre fica no trabalho até sexta-feira. Foi por isso que fiquei tão surpreso ao encontrá-lo aqui.

— Não faz ideia de por que ele voltou mais cedo?

Looper tirou o pé de baixo do corpo, cruzou as pernas e balançou a sandália algumas vezes, o tornozelo mais agitado que antes.

— Eu mesmo estive fora a semana toda.

— Por quê? — perguntou Slidell.

— Sou vendedor.

— O que vende, Sr. Looper?

— Bombas. Do tipo hidráulico, não as de São João.

Looper não parecia estar tentando fazer graça.

— Eu voltaria apenas na sexta-feira, mas resolvi meus compromissos antes do que esperava.

— Fez uma grande venda? — perguntou Slidell.

— Na verdade, não.

— Você imagina por que Wally encurtaria a semana de trabalho em Beaufort? — perguntei.

Embora um ombro tenha se erguido em um gesto de descaso, o rosto de Looper se contraiu visivelmente.

— Estamos aqui por causa de uma investigação de homicídio, Sr. Looper — anunciei.

Profundo suspiro.

— Wally devia estar planejando um encontro amoroso.

Suspiro ainda mais profundo.

— Um caso. — Deu de ombros. — Pelas minhas costas.

Houve um longo silêncio. Até Slidell foi suficientemente astuto para não quebrá-lo.

251

— Wally se encontrou com alguém. Ele não sabe que eu os vi, mas vi. Em uma lanchonete perto do campus há duas sextas-feiras.

— E? — perguntou Slidell.

— Há coisas que você percebe. — Looper olhou para os dedos dos pés.

— Percebe? — A voz de Slidell era como o fio de uma navalha.

O olhar de Looper se voltou para Slidell.

— Não parecia um encontro de negócios.

— Os dois estavam de mãos...

— Pode descrever o sujeito? — falei, interrompendo Slidell.

Looper fungou e suas sobrancelhas se arquearam para cima.

— Bonito.

— Poderia ser mais específico?

— Esbelto, bronzeamento artificial.

— Alto?

— Não.

— Óculos? Pelos faciais? Tatuagens?

Balançar de cabeça contínuo.

— Cabelo?

— Igual ao do Hugh Grant, tingido de preto. — *Snif.* — Parecia pronto para uma sessão de fotos da GQ.

Looper deu uma revirada de olhos que faria Katy parecer uma novata, cruzou as pernas outra vez e voltou a mexer os polegares.

— Você não conhecia essa pessoa?

Balançar de cabeça em negativa.

— Você e o Dr. Cagle vinham passando por dificuldades? — perguntei delicadamente.

Slidell expeliu ar entre os lábios. Ignorei-o.

Looper deu de ombros e balançou a sandália.

— Algumas. Nada de mais.

— Há alguma chance do Dr. Cagle poder falar conosco? Se comunicar?

Looper levantou-se, foi até a cômoda, pegou um aparelho e discou um número telefônico. Após uma pausa, perguntou sobre as condições de Cagle, ouviu, agradeceu, disse que chegaria logo e desligou.

Ainda de costas para Slidell, Looper passou a mão direita no rosto e inspirou profundamente. Então, ajeitou os ombros, enxugou a mão no short e se virou.

— Ainda está em coma.

O rosto de Slidell nada registrou.

— Qual hospital?

Looper estremeceu ligeiramente.

— Palmetto Health Richland. Está na CTI cardíaca. O nome do médico dele é Kenneth MacMillan.

Slidell foi até a porta. Eu me levantei e me aproximei de Looper.

— Você vai ficar bem?

Looper assentiu.

Pegando um cartão de dentro da minha bolsa, escrevi meu nome e o número de meu celular, entreguei a ele e apertei-lhe a mão.

— Se encontrar o arquivo perdido, por favor me avise. E, por favor, ligue quando o Dr. Cagle acordar.

Looper olhou para o cartão, lançou um olhar para Slidell, então se voltou para mim.

— Certamente ligarei para *você*.

Ele se voltou para Slidell.

— Tenha um dia muito especial.

Looper ainda tinha o telefone em mãos. Ele agarrava o aparelho com tanta força que os tendões de seu pulso esquerdo estavam ressaltados como as raízes do carvalho lá fora.

SLIDELL ACENDEU UM CIGARRO assim que chegamos à calçada. Fui até o Taurus, abri a porta e esperei passar seu momento Camel.

— Acha que vale a pena passar no hospital? — perguntei.

Slidell jogou fora a guimba do cigarro e a amassou com a ponta do pé.

— Não vai doer. — Enxugando a testa com o punho, abriu a porta do motorista e ocupou seu lugar ao volante.

Slidell estava certo. Não doeu. Nem ajudou. Walter Cagle estava tão morto para o mundo quanto Looper dissera.

O médico não ofereceu explicação. Os sinais vitais de Cagle haviam se estabilizado e seu coração não apresentava lesões. A contagem de leucócitos, EEG e ECG estavam normais. Mas o sujeito simplesmente não despertava.

Mal deixamos o hospital quando Slidell começou.

— Parece que temos problemas na cidade das bichas.

Não respondi.

— A princesa acha que a condessa andava sendo masturbada pelas suas costas.

Continuei calada.

— E ele não gosta do fato de o amante cigano ser uma graça.

Ao ver a expressão de meu rosto, Slidell se calou. Não durou muito.

— Suponha que Looper e a secretária da Gestapo estejam descrevendo o mesmo sujeito?

— É possível.

— Acha que Cagle tinha um caso com esse cara?

— Looper pode ter imaginado o lado romântico da história. Poderia ser qualquer coisa.

— Como o quê?

Eu me fazia a mesma pergunta.

— Talvez um aluno em potencial.

— Gert da Gestapo disse que o sujeito que procurou Cagle não era um rapaz.

— Adultos fazem cursos universitários.

— Alguém interessado em um curso procuraria o escritório do departamento.

Verdade.

— Um profissional de algum tipo.

— Por que se encontrar com ele na lanchonete? — perguntou Slidell.

— Um vendedor de seguros.

— Idem.

— Walter Cagle é um homem adulto.

Slidell debochou.

— O cara provavelmente não tem o cromossomo Y.

A homofobia de Slidell estava me dando nos nervos.

— Há diversas pessoas com quem Walter Cagle poderia compartilhar uma xícara de café.

— Um rapaz bonito de morrer que ninguém próximo a ele conhecia?

— Muitos homens se encaixam nessa descrição — rebati.

— É?

— É.

— Homens de verdade?

— Para valer!

— Conhece algum?

— O namorado de minha filha — respondi sem pensar.

— Tem certeza de que é homem? — Slidell ajeitou o cabelo, revirou o punho, riu da própria piada.

Fechando os olhos, lembrei-me de uma letra de música. The Eagles. "Take It Easy".

Deixamos Colúmbia, o sol das 16h atravessando as árvores como a luz através de um cata-vento. Sentia-me tão aborrecida com Slidell que não falei nada ao longo de todo o caminho para Charlotte. Quando ele acendeu um cigarro, simplesmente abaixei a minha janela e continuei a processar os acontecimentos do dia em minha mente.

Por que eu havia feito aquela referência a Palmer Cousins? Seria apenas uma boa resposta para as idiotices de Slidell ou meu subconsciente via algo que eu não estava percebendo?

Eu desconfiava de Palmer Cousins? Resposta honesta: sim.

Por quê? Por estar namorando a minha filha? Por seu aparente desconhecimento da própria profissão? Por ser tão bonito e morar em Colúmbia?

Com quem Cagle se encontrou na lanchonete? Quem visitou o departamento de antropologia? Algum desses sujeitos estaria envolvido no desaparecimento do relatório de Cagle? Seria responsável pelo colapso de Cagle? Estariam Looper e Dolores descrevendo o mesmo homem?

    Eu sempre voltava à mesma pergunta.
    Onde estava o relatório?
    Jurei que descobriria.
    Meu juramento se cumpriu antes do que eu esperava.

∴

CAPÍTULO 26

SLIDELL ME DEIXOU NO IMLM ÀS 17H30. Tim Larabee estava de saída.

— E quanto a Ricky Don? — perguntei.

— Sem sinais de trauma. Parece overdose, mas precisaremos esperar pelo resultado do exame toxicológico.

— Encontrou sinais de uso contínuo?

— Sim. É claro que isso não garante que alguém não tenha dado uma ajudinha na última sexta-feira.

Resumi minha viagem a Colúmbia com Slidell.

— Onde você disse que esse Cagle mora?

Falei para ele.

— Looper levou-o ao Hospital Richland?

— É.

— Estranho, já que o Hospital Batista fica bem ali entre a Sumter e a Taylor.

— Richland não é o hospital mais próximo?

— Não.

— Talvez Looper não soubesse disso.

— Talvez. — Larabee meneou a cabeça. — As pessoas estão morrendo como moscas, minha querida.

— Vou ligar para o condado de Lancaster, ver se encontro algo sobre o relatório de Cagle.

— Força, menina. — Larabee abriu a porta de vidro e se foi.

Sentada em minha mesa, verifiquei o número e disquei.

— Departamento do xerife do condado de Lancaster.

Após me apresentar, perguntei pela pessoa encarregada.

— O delegado-chefe Roe não está disponível no momento.

Fiz um resumo de duas frases sobre a potencial ligação entre os ossos da latrina da fazenda Foote e o esqueleto do condado de Lancaster e também dos meus problemas para obter uma cópia do relatório da antropologia, então perguntei se alguém podia me ajudar.

— Deixe-me ver se há algum investigador aqui.

Pausa. Diversos cliques, então uma voz feminina.

— Terry Woolsey.

Repeti o discurso.

— O cara que pegou esse caso foi embora. Você vai ter que falar com o delegado-chefe Roe.

— Você está familiarizada com o caso?

— Lembro-me dele. Esqueleto sem cabeça, encontrado no parque estadual há uns três anos.

— Soube que havia um xerife diferente na época.

— Hal Cobber. Perdeu a eleição, aposentou-se e mudou para a Flórida.

— O legista era Murray Snow?

— Sim. — Prudente.

— Você conhece o Sr. Snow?

— Dr. Snow. Ele era obstetra. O cargo de legista não é uma função de tempo integral por aqui.

— Quem é o legista atual?

— James Park.

— Outro médico?

— Park tem uma funerária. Um pouco de ironia local. Snow trazia gente ao mundo. Park as despacha.

Soou como uma piada que já foi contada diversas vezes.

— É fácil trabalhar com Park?

— Ele faz o trabalho dele.

— Algum motivo para ele evitar mandar o relatório de análise antropológica?

— Não que ele tenha me dito.

Que drogas. Tente a abordagem feminista.

— Certo. — Momento de hesitação fingida. — Veja, estou trabalhando com os detetives Slidell e Rinaldi aqui em Charlotte. — Tom de voz por um toque de frustração. — Vou ser honesta, detetive Woolsey. Não acho que esses caras estejam me dizendo tudo.

— O que você quer dizer?

Lá se vai a cumplicidade feminina.

— Não me parece provável que o relatório do Dr. Cagle simplesmente tenha desaparecido do sistema.

— Acontece.

— Alguma vez você enfrentou tal problema durante um caso?

Ela ignorou minha pergunta.

— Certamente esse antropólogo deve guardar os seus relatórios. Por que não pede uma cópia a ele?

— Eu pedi. Cagle teve uma emergência médica e a cópia do dossiê dele, com o o arquivo e as fotos desapareceu.

— Que tipo de emergência?

Expliquei sobre o colapso de Cagle e do coma subsequente.

Houve uma longa pausa, ruídos na sala dos detetives ao fundo.

— E esse dossiê foi retirado dos arquivos dele?

— É o que parece.

Eu a ouvi inspirar diversas vezes e mudar o aparelho de uma mão para outra.

— Pode se encontrar comigo amanhã? — Soou distorcido, como se os lábios dela estivessem muito perto do bocal.

— Claro. — Tentei evitar a surpresa em minha voz. — Seu quartel-general fica na Pageland Road, certo?

— Não venha aqui.

Outra pausa, mais curta, enquanto ambas pensávamos.

— Conhece o Coffee Cup, perto do ponto onde a Morehead passa debaixo da I-77?

— Claro.

Todos em Charlotte conheciam o Coffee Cup.

— Amanhã tenho negócios a tratar por ali. Encontre-me às 8.

— Estarei junto ao balcão.

Quando desligamos, fiquei sentada durante cinco minutos.

Primeiro Zamzow e agora Woolsey. O que a detetive teria a me dizer que não podia ser dito em Lancaster?

QUANDO VOLTEI PARA CASA, Boyd e Birdie estavam adormecidos no escritório, o cão no sofá, o gato enfiado em um esconderijo na prateleira de livros atrás de minha escrivaninha.

Ao ouvir passos, Boyd escorregou para o chão, abaixou a cabeça e olhou para mim, língua pendurada entre os dentes inferiores.

— Ei, garotão. — Bati palmas e me agachei.

Boyd ergueu-se, pousou ambas as patas em meus ombros e esticou o focinho para lamber o meu rosto. A força de seu entusiasmo me fez cair sentada. Rolando de barriga para baixo, levei ambos os braços à cabeça. Boyd correu três vezes em círculo ao meu redor, então tentou voltar a lambuzar o meu rosto com saliva.

Quando me sentei, Birdie nos olhava com toda a desaprovação que um gato é capaz de externar. Então se levantou, espreguiçou-se, pulou para o chão e desapareceu no corredor.

— Ouça, Boyd.

Boyd parou estático uma fração de segundo, pulou para trás e deu outra volta ao meu redor.

— Olhe para mim. Estou fora de forma. Você viu Ryan. O que achou?

Boyd deu outra volta.

— Você está certo. Exercício.

Levantei-me, fui até o quarto e me arrumei para correr. Ao voltar à cozinha e pegar a coleira de Boyd, o cão enlouqueceu.

— Sente-se.

Boyd tentou parar bruscamente, perdeu o equilíbrio e escorregou até uma perna da mesa.

Fiz a minha rota curta, descendo a Radcliffe até o Freedom

Park, uma volta ao redor do lago, retornando pela Queens Road West. Boyd me acompanhava, aqui e ali sugerindo paradas em pontos que ofereciam algum apelo canino.

Corremos em uma tarde de fim de agosto, de mães empurrando carrinhos de bebê, idosos passeando com cachorros velhos, crianças jogando frisbee e futebol e andando de bicicleta.

O dia quente e pesado me fez ficar muito atenta aos sons. Ouvi folhas farfalhando à brisa suave. Um balanço infantil movendo-se para a frente e para trás no parque. Uma rã solitária. Gansos voando no céu. Uma sirene.

Embora estivesse atenta, não vi sinal de alguém com uma câmera. Também não ouvi cliques. Estava grata por ter a companhia de Boyd.

Quando voltamos para Sharon Hall, eu estava encharcada de suor e meus batimentos cardíacos, perto de 700. A língua de Boyd estava pendurada de lado, com um bife fino de maminha de alcatra.

Para desacelerar, permiti que Boyd farejasse ao longo do caminho no seu ritmo. O cão cheirou arbustos, árvores, canteiros de flores, aperfeiçoando sua rotina de cheirar-mijar-e-cobrir aqui e ali, parando para farejar e urinar mais intensamente.

Mantendo minha nova campanha pela boa forma, o jantar consistiu de uma grande salada, cortesia de Andrew Ryan. Boyd comeu nuggets marrons.

Às 22h, eu estava faminta. Havia acabado de pegar iogurte, cenouras e aipo na geladeira quando o telefone tocou.

— Ainda acha que eu sou o homem mais bonito, inteligente e sexy do planeta?

— Você é deslumbrante, Ryan.

O som da voz dele instigou meu ânimo. Sorrindo como uma criança, dei uma dentada na cenoura.

— O que está comendo?

— Cenoura.

— Desde quando você come vegetais crus?

— Cenouras fazem bem.

— É mesmo?

— São boas para os olhos.

— Se cenoura faz bem para os olhos, como encontro tantos coelhos mortos na estrada?

— Sua sobrinha está bem?

— Nada bem. Essa menina e mãe dela fazem a família Osbourne parecer normal.

— Lamento.

— Mas nem tudo está perdido. Acho que estão me ouvindo. Não devo demorar mais que alguns dias aqui. Estava pensando em pedir uma terceira semana de férias.

— É? — Meu sorriso lançou faíscas pelo ar.

Boyd abocanhou um punhado de nuggets da vasilha e largou-o no meu pé.

— Tenho um assunto não terminado em Charlotte.

— É mesmo? — Balancei o pé. Os nuggets melados escorreram para o chão. Boyd os comeu.

— Assunto *pessoal*.

Meu estômago estava muito enojado com os nuggets para se manifestar. Mas percebeu o comentário.

— Como vai Hooch?

— Ele está bem.

— Algum avanço nos ossos da latrina?

Descrevi minha ida a Colúmbia.

— *Caramba!* Uma viagem de carro com Skinny.

— O sujeito é um neandertal.

— Viu algum coelho morto?

— A secretária do departamento de antropologia disse que Cagle recebeu a visita de alguém que ela não conhecia, um sujeito baixo com cabelo preto. Looper também viu Cagle com um estranho.

— Mesma descrição?

— Mais ou menos. Embora Looper tenha reforçado o fato de o cara ser lindo. Viu-o como um adversário.

— Isso acontece muito comigo.

— A secretária não disse que o visitante de Cagle era bem-apessoado.

— A beleza está nos olhos de quem a vê.
— Acho que ela teria notado.
— Os médicos estão confusos com o colapso de Cagle?
— Parece que sim.

Contei a Ryan sobre a minha conversa com Terry Woolsey e sobre o encontro que marcamos para a manhã seguinte.

— Woolsey é detetive, de modo que tenho certeza de que é confiável.
— Somos todos sábios e santos.
— Não.
— Ideias podem ser perigosas.
— É estranho, Ryan.
— É estranho.
— Não me trate com condescendência.
— Eu bem sei como prefiro tratá-la.

Senti um frio no estômago.

— Recebeu mais algum e-mail ameaçador?
— Não.
— Ainda estão patrulhando a sua casa?
— Sim. E a de Lija também.
— Bom.
— Estou começando a achar que Dorton estava por trás disso tudo.
— Por quê?
— Ricky Don aparece morto, os e-mails param.
— Talvez. Talvez alguém tenha apagado Dorton.
— Obrigada pelo apoio.
— Quero que seja cuidadosa.
— Nunca pensei nisso.
— Você sabe ser um pé no saco, Brennan.
— Venho trabalhando nisso.
— Hooch está ganhando atenção?
— Fizemos um belo e longo passeio hoje à tarde.
— Hoje fez 11 graus em Halifax.
— Hoje fez 34 graus em Charlotte.
— Sentiu minha falta, Dona Temperance?

Lá vamos nós.

— Alguma.

— Admita, querida. Este *hombre* é a realização de seus sonhos.

— Você acertou a minha fantasia, Ryan. Homens com perneiras de couro.

— Feliz cavalgada.

Após desligar, liguei para Katy.

Ela não atendeu.

Deixei uma mensagem.

Boyd, Birdie e eu assistimos os últimos *innings* de um jogo de beisebol entre os Braves e os Cubs. Terminei minhas cenouras, Boyd roeu um osso de couro e Birdie lambeu o iogurte. Em dado momento, trocaram de lugar. Os braves de Atlanta ganharam o jogo.

Cão, gato e Dona Temperance adormeceram por volta das 23h.

CAPÍTULO 27

CHARLOTTE TINHA MUITAS INSTITUIÇÕES dedicadas à preservação e à veneração da beleza. O Mint Museum of Art. A Spirit Square. O McGill Rose Garden. O Hooters.

O cruzamento da Morehead com a Clarkson não fazia parte dessa lista. Embora a apenas algumas quadras do elegante gueto yuppie, aquele fragmento do terceiro distrito ainda não experimentara um renascimento semelhante, e viadutos, depósitos decrépitos, calçadas rachadas e cartazes descascados permaneciam como tema arquitetônico principal.

Sem problemas. O trabalho me esperava no Coffee Cup.

A cada manhã e ao meio-dia, profissionais negros e brancos, servidores públicos, operários, advogados, juízes, banqueiros e corretores de imóveis se aglomeram ali. Não é o ambiente. É a culinária: comida caseira que aquecerá o seu coração e acabará por fazê-lo parar de funcionar.

Havia décadas, o Coffee Cup era de propriedade de um grupo de cozinheiros negros. O café da manhã nunca mudava: ovos, cereais, toucinho, bolinhos de salmão frito, patê de fígado, além dos habituais bacon, presunto, panquecas e biscoitos. No almoço, os cozinheiros eram um pouco mais flexíveis. O cardápio do dia era anunciado em dois ou três quadros-negros: carne ensopada, pé de porco, filé da roça, costelas e frango frito, assado ou em bolinhos. Os vegetais incluíam couve, feijão, repolho, brócolis cozidos, abóbora com cebola, purê de batata e ervilhas. No almoço, além dos biscoitos serviam pão de milho.

Você nunca verá Jenny Craig ou Fergie comendo no Cup.

Cheguei às 7h50. O estacionamento estava lotado, então parei na rua.

Abrindo caminho entre os clientes dentro do restaurante, percebi que todas as mesas estavam ocupadas. Olhei para o balcão. Sete homens. Uma mulher. Pequena. Cabelo castanho curto. Franja cheia. Perto de 40 anos.

Aproximei-me e me apresentei. Quando Woolsey ergueu a cabeça, vi um par de brincos de turquesa e prata balançarem com o movimento.

Enquanto nos apresentávamos, vagou um lugar dois tamboretes adiante. Os homens que estavam sentados no meio mudaram de lugar. Etiquetas sobre os seus bolsos os identificavam como Gary e Calvin.

Graças a Gary e Calvin, sentei. Uma negra se aproximou, lápis apoiado sobre uma prancheta. Dane-se a dieta. Pedi ovos fritos, biscoitos e bolinho de salmão.

O prato de Woolsey estava vazio exceto pelo monte de mingau de milho branco coberto por um lago de manteiga do tamanho do Erie.

— Não gosta de mingau? — perguntei.

— Continuo tentando — disse ela.

A garçonete voltou, serviu o café em uma caneca grossa e branca e pousou-a à minha frente. Então ergueu o bule sobre a caneca de Woolsey, levou uma das mãos à cintura e ergueu as sobrancelhas. Woolsey assentiu. O café foi servido.

Enquanto eu comia, Woolsey me fornecia as informações que julgava convenientes. Ela era detetive em Lancaster havia sete anos, antes disso fora policial uniformizada do DP de Pensacola, Flórida. Mudara-se para o norte por motivos pessoais. Os "motivos pessoais" se casaram com outra.

Quando terminamos a refeição, tomamos mais café.

— Conte-me a história toda — disse Woolsey, sem preâmbulos.

Sentindo que aquela era uma mulher que não gostava de conversa fiada, contei. Fogão à lenha. Ursos. Cessna. Latrina. Cocaína. Arara. Agentes do FWS desaparecidos. Esqueleto sem cabeça.

O relatório de Cagle.

Woolsey alternava-se entre beber e mexer seu café. Não falou até que eu tivesse terminado.

— Então você acha que o crânio e as mãos que encontrou em uma latrina no condado de Mecklenburg, na Carolina do Norte, se encaixam com os ossos que encontramos no parque estadual no condado de Lancaster, na Carolina do Sul.

— Sim. Mas os restos do condado de Lancaster foram destruídos, e não consegui ler o relatório da análise antropológica ou ver as fotografias.

— Mas se você estiver certa, o João Ninguém *não* é o agente do FWS.

— Brian Aiker. Sim. Seus registros dentários excluem o crânio.

— Mas se o crânio e as mãos *não* combinarem com o esqueleto, o desconhecido de Lancaster ainda pode ser Brian Aiker.

— Sim.

— Neste caso, vocês ainda teriam um desconhecido.

— Sim.

— Que poderia ser a mãe do bebê morto ou o namorado.

— Tamela Banks ou Darryl Tyree. Muito improvável, mas sim.

— Que poderiam estar envolvidos com tráfico de drogas, vesículas de ursos e espécies de pássaros ameaçados de extinção.

— Sim.

— Na tal fazenda abandonada onde apareceram os ursos e o crânio.

— Sim.

— E esses traficantes podem ser comparsas dos dois sujeitos que caíram com o Cessna enquanto entregavam a cocaína.

— Harvey Pearce e Jason Jack Wyatt.

— Que podiam estar trabalhando para um cretino que tinha bares de strip-tease e campos de caça.

— Ricky Don Dorton.
— Que apareceu morto em uma pensão em Charlotte.
— Sim. Olhe, só estou tentando juntar as peças.
— Não fique na defensiva. Fale-me sobre Cagle.

Falei.

Woolsey abaixou a colher.

— O que tenho a dizer é confidencial. Compreende?

Assenti.

— Murray Snow era um bom homem. Casado, três filhos, ótimo pai. Nunca pensou em abandonar a mulher. — Ela inspirou. — Eu estava emocionalmente envolvida com ele à época de sua morte.

— Ele tinha quantos anos?

— Quarenta e oito. Foi encontrado inconsciente no escritório. Morreu assim que deu entrada na emergência.

— Fizeram uma necrópsia?

Woolsey balançou a cabeça.

— A família de Murray tinha um histórico de problemas cardíacos. O irmão morreu aos 54, o pai aos 52, o avô aos 47. Todos acharam que Murray teve um infarto fulminante. O corpo foi liberado e embalsamado em 24 horas. James Park cuidou de tudo.

— O agente funerário que substituiu Snow como legista?

Woolsey assentiu.

— Não é algo incomum no condado de Lancaster. Murray tinha um coração ruim, a mulher estava muito histérica e a família queria resolver as coisas o mais rapidamente possível.

— E não havia legista.

Ela riu, debochada.

— Certo.

— Pareceu bem rápido.

— Muito rápido.

Os olhos de Woolsey voltaram-se para o balcão, depois para mim.

— Algo não me parecia certo. Ou talvez eu me sentisse apenas culpada. Ou solitária. Não sei bem por que, mas fui até a emergência e perguntei se havia algo que eu pudesse enviar para exame toxicológico. Certamente eles haviam tirado sangue e ainda teriam a amostra.

Woolsey fez uma pausa enquanto a garçonete enchia a caneca de Calvin.

— Os exames indicaram que Snow tinha uma grande concentração de efedrina em seu sistema.

Esperei.

— Murray sofria de alergia. Sofria *mesmo*. O sujeito era um médico com um coração fraco. Ele não tocaria em nada que tivesse efedrina. Um dia, tentei convencê-lo a tomar um remédio para sinusite, um daqueles que são vendidos sem precisar de receita. Ele foi inflexível.

— A efedrina é ruim para quem tem problemas de coração?

Woolsey assentiu.

— Hipertensão, angina, problemas de tireoide, doenças cardíacas. Murray sabia disso.

Inclinando-se em minha direção, ela abaixou o tom de voz.

— Murray estava investigando algo pouco antes de sua morte.

— O quê?

— Eu não sei. Uma vez ele começou a me contar, parou no meio e nunca mais voltou ao assunto. Dois meses depois, ele morreu.

Algo que não pude definir eclipsou sua fisionomia.

— Acho que envolvia aqueles ossos sem cabeça.

— Por que você não iniciou uma investigação?

— Tentei. Ninguém me levou a sério. Todos esperavam que Murray morresse cedo de um ataque cardíaco. Morreu. Sem mistério. Fim de história.

— E a efedrina?

— Todos também sabiam de suas alergias. O xerife não queria ouvir uma teoria da conspiração.

— Foi como ele chamou o caso?

— Disse que logo eu estaria falando de uma elevação no gramado e de um segundo atirador.

Antes que eu pudesse falar, meu celular tocou. Verifiquei o número.

— É o detetive Slidell.

Woolsey pegou as faturas debaixo de nossos pratos.

— Vou pagar e a espero lá fora.

— Obrigada.

Andando em meio às mesas logo atrás de Woolsey, atendi o celular.

— É você, doutora? — Mal dava para ouvi-lo.

— Espere.

Woolsey entrou na fila do caixa. Eu fui para o estacionamento. A manhã estava quente e abafada, as nuvens como fiapos de gaze contra um céu muito azul.

— É você, doutora? — repetiu Slidell.

— Sim. — Será que ele esperava que Oprah Winfrey atendesse o meu celular?

— Rinaldi teve um ótimo dia ontem.

— Estou ouvindo.

— Talvez ele possa pôr alguma carne naqueles seus ossos. Acontece que Jason Jack Wyatt, nosso misterioso passageiro, passou um bocado de tempo espreitando e montando armadilhas. A avó em Sneedville o coloca um nível acima do Caçador de Crocodilos. Ouça isso: a especialidade de J.J. eram ursos. Um almofadinha da cidade que se inscreveu no Wilderness Quest deu-lhe mil dólares para que J.J. conseguisse um urso para a sua parede de troféus.

Um carro estacionou e um casal negro desceu. A mulher usava uma minissaia vermelha apertada, blusa cor-de-rosa, meias pretas e sapato de salto alto. Carne saltava de cada vão de tecido. O homem tinha braços e pernas musculosas, mas uma barriga que demonstrava seu amor por toucinho e mingau de milho.

Enquanto Slidell falava, observei o casal entrando no Cup.

— Nada ilegal, é claro — falei.

— Claro que não. E o outro rapaz de Sneedville poderia se tornar presidente da câmara do comércio, se Deus não estivesse o chamado tão cedo.

— Ricky Don.

— O Donald Trump de Sneedville.

— A avó admitiu que os dois se conheciam?

— Ricky Don deu ao seu talentoso, embora menos afortunado, primo um emprego sazonal no campo do Wilderness Quest. Também o mandava realizar pequenas tarefas de tempos em tempos.

— Tarefas?

— Parece que o trabalho de J.J. envolvia incríveis benefícios em viagens.

— O avião de Ricky Don.

— Também fez longas viagens de carro.

— Acha que Wyatt estava transportando drogas para Ricky Don?

— Pode explicar a cocaína que encontramos na cabine.

— Não brinca.

— Você acha que eu faria isso com você?

— Rinaldi conseguiu um mandado?

— Teria conseguido, é claro. Mas a vovó insistiu em dar uma olhada para ver se ninguém estava remexendo nas coisas de J.J. desde sua morte. Ela pediu que Rinaldi a transportasse em seu carro.

— Não acredito.

— Então J.J., o assassino de ursos, podia estar traficando para Ricky Don Dorton e comercializando vesículas em paralelo.

— A avó sabe alguma coisa sobre os telefonemas de J.J. para Darryl Tyree?

— Não.

— Sonny Pounder já falou?

— Continua mudo como um gato morto.

— E quanto ao piloto?

— Ainda estamos investigando Harvey Pearce.

Um homem alto de cabelo rastafári, correntes de ouro e caríssimos óculos de grife se aproximou da porta quando Woolsey saía. Algo a respeito dele me pareceu familiar.

O homem deu um passo atrás, permitindo que Woolsey passasse, baixou os óculos até o nariz e seguiu o caminho das nádegas dela.

Slidell estava falando alguma coisa, mas eu não ouvia.

Onde eu vira aquele rosto?

Meu cérebro buscou um padrão de reconhecimento.

Em pessoa? Em uma fotografia? Recentemente? Em um passado distante?

Slidell falava, sua voz muito baixa através do celular.

Ao ver minha expressão, Woolsey voltou-se para o Cup. O homem desapareceu lá dentro.

— O que foi?

Ergui um dedo.

— Alô? — Ao ver que tinha perdido a minha atenção, Slidell tentava recuperá-la.

Eu estava a ponto de desligar e voltar ao restaurante quando o sujeito reapareceu, um saco de papel branco em uma mão, chaves na outra. Ele foi até um Lexus preto, abriu a porta traseira, colocou a comida sobre o assento e bateu a porta.

Antes de se sentar ao volante, o homem se voltou em nossa direção.

Sem óculos escuros. Plena visão frontal.

Estudei-lhe os traços faciais.

Abstraí o cabelo rastafári.

Sinapse!

A temperatura pareceu cair. O dia se estreitou ao meu redor.

— Caramba!

— O que foi? — perguntou Slidell.

— O que foi? — exclamou Woolsey.

— Pode seguir aquele cara? — perguntei para Woolsey, apontando o telefone para o Lexus.

— O cara de cabelo rastafári?

Assenti.

Ela retribuiu.

Corremos até o carro dela.

※

CAPÍTULO 28

— BRENNAN!

Coloquei o cinto de segurança e me apoiei no painel quando Woolsey deu meia-volta e disparou através da Clarkson.

— O que diabos está acontecendo?

A voz de Slidell tinha o som assustado de alguém de pijama acordado por ruídos no meio da noite.

Levei o fone ao ouvido.

— Acabei de ver Darryl Tyree.

— Como sabe que é Tyree?

— Eu o reconheci da polaroide de Gideon Banks.

— Onde?

— Pegando comida para viagem no Coffee Cup.

— Por ali — falei para Woolsey, apontando para a Morehead.

— O que pensa que está fazendo? — perguntou Slidell.

— Seguindo-o.

Os pneus cantaram baixinho quando Woolsey entrou à esquerda na Morehead, ignorando as placas que proibiam aquele desvio. Dava para ver o Lexus preto um quarteirão e meio adiante. Tyree também não respeitava placas de trânsito.

— Não deixe que ele perceba que está sendo seguido — falei para Woolsey.

Ela me olhou com uma expressão de "obrigada pelo conselho" e concentrou-se em dirigir, agarrando o volante.

— Meu Deus. Você está louca? — gritou Slidell.

— Ele pode nos levar a Tamela Banks.

— Fique longe de Tyree. Aquele maluco não hesitaria em matá-la.

— Ele não sabe que estamos atrás dele.

— Onde você está?

Segurei-me quando Woolsey fez outro desvio.

— Freedom Drive.

Ouvi Slidell gritar para Rinaldi. Então sua voz ficou ofegante, como se ele estivesse correndo.

— Meu Deus, Brennan. Por que você e sua amiga simplesmente não vão ao shopping?

Não me dei ao trabalho de responder.

— Quero que estacione agora mesmo. Deixe isso para os detetives.

— Estou com uma detetive.

— Quem?

— Terry Woolsey. Ela tem um distintivo e tudo. Está me visitando, é da Carolina do Sul.

— Você às vezes é um pé no saco, Brennan.

— Você não é o único que pensa assim.

Ouvi uma porta bater, então um motor sendo ligado.

— Me dê a sua posição.

— Estamos indo para o leste na Tuckaseegee — falei. — Espere.

Ao ver luzes de freio, Woolsey reduziu para manter distância. Tyree entrou à direita. Woolsey acelerou e fez o mesmo. Tyree pegou a esquerda no cruzamento seguinte.

Woolsey o seguiu. Tyree dobrava à direita no fim do quarteirão.

Woolsey acelerou e também entrou à direita. Dessa vez, o Lexus não estava à vista.

— Merda! — dissemos ao mesmo tempo.

— O que foi? — perguntou Slidell.

Estávamos em uma região de ruas tortuosas e becos sem saída. Eu já tinha me perdido naquele labirinto residencial diversas vezes.

Woolsey acelerou até a entrada de uma ruela à esquerda.

Nada do Lexus.

Enquanto Woolsey avançava pelo quarteirão, eu verificava entradas de veículos e carros estacionados.

Nada do Lexus.

No cruzamento seguinte, olhamos para a esquerda e para a direita.

— Ali! — exclamei.

O Lexus estava estacionado à direita a dois terços do quarteirão. Woolsey virou e estacionou junto ao meio-fio.

— ... diabos está você? — Slidell soava apoplético.

Levei o fone ao ouvido e dei-lhe o endereço.

— Não faça nada! Nada! Nada mesmo! — gritou Slidell.

— Tudo bem se eu pedir comida chinesa? Será que eles entregam alguns rolinhos primavera no carro?

Com um aperto do meu polegar, interrompi a explosão do outro lado da linha.

— Seu amigo não gostou que a gente viesse até aqui? — perguntou Woolsey, olhos vasculhando a rua.

— Vai acabar se acostumando com a ideia.

— Ele é um pouco rígido?

— O apelido de Skinny* não se deve ao tamanho de suas roupas.

Olhei ao redor.

Exceto por algumas placas de compensado pregadas aqui e ali, as casas pareciam ter passado por poucas reformas desde que haviam sido construídas, mais ou menos à época da Grande Depressão. A tinta estava descascando, e a ferrugem e os fungos avançavam.

— O sujeito certamente não está aqui para uma reunião do Rotary Club — observou Woolsey.

— Provavelmente não.

— Quem é?

Expliquei que Tyree era o traficante ligado a Tamela, seu bebê, e sua família desaparecida.

— Não consigo evitar pensar que tudo está relacionado — falei.

---

* "Skinny", em inglês, pode ser "magricelo" ou também apertado. (*N. do E.*)

— Não tenho provas, mas minha intuição é que Tamela é a chave de toda essa situação.

Woolsey assentiu, olhos inquietos e avaliadores.

Um homem saiu de uma casa duas portas além daquela que Tyree entrara. Usava um lenço na cabeça e uma camisa de seda preta aberta sobre uma camiseta branca encardida. Depois veio uma mulher com jeans à altura dos quadris, a barriga pendurada como um enorme melão marrom. Ambos pareciam precisar dar uma passada na clínica de reabilitação Betty Ford.

Olhei para o relógio. Sete minutos desde que tinha desligado na cara de Slidell.

Um Ford Tempo enferrujado passou por nós, reduziu ao passar pelo Lexus de Tyree, então acelerou e desapareceu ao dobrar a esquina oposta.

— Acha que fomos notadas? — perguntei.

Woolsey deu de ombros, então ligou o ar-condicionado. O ar frio soprou dentro do carro.

Olhei para o relógio. Oito minutos desde que tinha desligado na cara do Slidell.

Um grupo de adolescentes negros, todos com calças largas, bonés virados para trás e passo de gangue juvenil dobrou a esquina e caminhou em nossa direção. Ao verem o carro de Woolsey, cutucaram-se entre si e o grupo se fechou em roda. Segundos depois, trocaram cumprimentos acrobáticos com as mãos e continuaram a caminhar em nossa direção.

Ao chegarem, dois dos adolescentes subiram no capô, reclinaram-se sobre os cotovelos e cruzaram os tornozelos que terminavam em Nikes. Um terceiro foi até a porta de Woolsey, o quarto até a minha.

Notei que a mão de Woolsey saiu do volante. Seu braço direito permaneceu ligeiramente curvado, mão tensa junto ao quadril direito.

Olhei para o delinquente que parara ao meu lado. Parecia ter uns 15 anos e era ligeiramente maior que um furão de estimação.

O furão gesticulou para eu baixar o vidro. Eu o ignorei.

O furão afastou os pés, cruzou os braços e me olhou feio através dos óculos escuros. Mantive o olhar cerca de cinco segundos, então virei o rosto.

Dez minutos.

O colega do furão era mais velho e provido de acessórios em ouro suficientes para refinanciar a WorldCom. Ele bateu com o nó de um dos dedos na janela de Woolsey.

— E aí? — Dentro do carro fechado, a voz dele soava abafada.

Woolsey e eu o ignoramos.

O garoto pousou o antebraço na janela de Woolsey sobre o qual apoiou a testa.

— Ae, branquinhas. Tão a fim de fazer uns negócios?

Quando o menino falou, apenas o lado direito de seu rosto se moveu, como se o esquerdo tivesse paralisia de Bell ou sofrido um ferimento que desativara os nervos daquele lado.

— Estão com tudo em cima, hein? Abaixa o vidro pra gente trocar uma ideia.

Woolsey mostrou-lhe o dedo do meio.

O rapaz se soergueu usando ambas as mãos.

Woolsey fez um gesto de desprezo com a mão esquerda.

O rapaz deu um passo para trás e lançou a Woolsey um olhar feio de bandido do gueto.

Woolsey olhou feio de volta.

Onze minutos.

Firmando os pés, o rapaz agarrou o espelho lateral do carro com ambas as mãos e olhou para Woolsey. Metade de sua boca sorria. Seus olhos, não.

Nunca vou saber se Woolsey estava tentando pegar uma arma ou o distintivo. Naquele momento, o Taurus de Slidell deu a volta na esquina e estacionou atrás de nós.

Embora o QI deles fosse muito baixo, os garotos que estavam nos assediando conseguiram perceber um carro de polícia à distância. Quando as portas do Taurus se abriram, os sujeitos escorregaram do capô de Woolsey e começaram a subir o quarteirão. Lançando um último olhar, o furão se juntou a eles.

277

O rapaz corpulento no lado do motorista se aprumou, imitou uma pistola com a mão direita e fingiu disparar contra Woolsey. Então batucou diversas vezes sobre o capô e saiu atrás dos amigos.

Enquanto Slidell corria em nossa direção, duas viaturas estacionaram atrás do Taurus. Eu e Woolsey saímos do carro.

— Detetive Slidell, gostaria que conhecesse a detetive Woolsey — falei.

Woolsey estendeu a mão. Slidell a ignorou.

Woolsey manteve a mão erguida. Com a visão periférica, vi Rinaldi sair do Taurus e caminhar em nossa direção.

— Essa é a detetive de que me falou? — Slidell apontou Woolsey com o polegar. Seu rosto estava rubro e havia uma veia saltada em sua testa.

— Acalme-se ou vai ter um ataque do coração — falei.

— E desde quando você se importa com a minha saúde?

Slidell olhou feio para Woolsey.

— Você é da casa?

— Lancaster.

— Você não tem jurisdição aqui.

— Absolutamente nenhuma.

Aquilo pareceu desarmá-lo um pouco. Quando Rinaldi se juntou a nós, Slidell cumprimentou Woolsey com um aperto de mão ligeiro. Então Rinaldi e Woolsey se cumprimentaram.

— Qual é o seu interesse por aqui? — Slidell pegou um lenço e enxugou o rosto.

— A Dra. Brennan e eu estávamos tomando café. Você sabe, conversando. Ela me pediu que a trouxesse até aqui.

— É isso?

— Por enquanto.

— Sei. — Slidell voltou-se para mim. — Onde está Tyree?

Indiquei a casa atrás do Lexus preto.

— Tem certeza de que é Tyree?

— É Tyree. Entrou há uns 15 minutos.

— Vou providenciar reforço para os fundos — disse Rinaldi.

Slidell assentiu. Rinaldi foi até a segunda viatura. Ele e o motorista conversaram, então o carro saiu em marcha a ré e desapareceu ao dobrar a esquina.

— Eis o que vocês vão fazer. — Slidell dobrou o lenço e o enfiou no bolso traseiro. — Você vai entrar no Chevrolet dessa bela detetive e vai embora. Vão à manicure. A uma aula de ioga. A uma venda de tortas na igreja metodista. Qualquer lugar. Mas quero muita terra entre vocês e este lugar.

Woolsey cruzou os braços, os músculos do rosto rígidos de ódio.

— Veja, Slidell — falei. — Desculpe se magoei seu delicado senso de território. Mas Darryl Tyree está naquela casa. Tamela Banks e sua família podem estar lá com ele. Ou podem estar mortas. Em ambos os casos, Tyree pode nos levar até elas. Mas só se o prendermos.

— Nunca teria pensado nisso — disse Slidell com sarcasmo.

— Pense — rebati.

— Veja, *doutora* Brennan, eu já pegava bandidos enquanto você ainda trocava os sapatos de suas Barbies!

— Você não quebrou nenhum recorde de velocidade para encontrar Tyree!

— Talvez fosse melhor falarmos mais baixo — disse Woolsey.

Slidell voltou-se para ela.

— Agora *você* está dando dicas de como devo fazer o meu trabalho?

Woolsey manteve o olhar de Slidell.

— Não faz sentido alertar o suspeito.

Slidell olhou para Woolsey como um israelense para um atirador palestino. Woolsey não piscou.

Rinaldi voltou a se juntar a nós. Sobre o ombro de Woolsey percebi uma cortina se mover na janela da casa em que Tyree estacionara.

— Acho que estamos sendo observados — falei.

— Pronto? — perguntou Slidell para Rinaldi.

Abrindo o paletó, Rinaldi voltou-se e acenou para os policiais uniformizados da outra viatura. As porta se abriram.

Naquele momento, a porta da frente da casa se escancarou. Uma figura desceu correndo os degraus, atravessou a rua correndo e desapareceu através de um caminho no lado oposto.

CAPÍTULO 29

SLIDELL NÃO TEVE UM ATAQUE DO CORAÇÃO. E nem pegou Darryl Tyree. Ao que me lembre, o que aconteceu foi o seguinte: Slidell e Rinaldi correram quarteirão acima, gravatas voando para trás. Dois policiais uniformizados os ultrapassaram em segundos.

Quando os quatro rumaram em direção contrária de onde estava o Lexus, Woolsey e eu trocamos olhares e entramos no Chevrolet da bela detetive.

Woolsey subiu o quarteirão e dobrou a esquina cantando pneu. Eu me apoiei entre a maçaneta da porta e o painel. Outra curva fechada e estávamos descendo um beco. O cascalho voava dos pneus e atingia lixeiras e chassis enferrujados de carros estacionados em ambos os lados da rua.

— Ali! — Vi Rinaldi, Slidell e um dos tiras cerca de 10 metros adiante.

Woolsey acelerou e depois pisou no freio. Projetada para a frente e depois para trás, avaliei rapidamente a situação.

Rinaldi e um policial uniformizado estavam parados com os pés afastados, armas apontadas para um emaranhado de braços e pernas que se debatiam no chão. Slidell estava curvado, mãos nos joelhos, inspirando longas golfadas de ar. Seu rosto estava perto do violeta, o de Rinaldi da cor de um cadáver de necrotério.

— Polícia! — ofegou Rinaldi, segurando a arma com ambas as mãos.

Os dois sujeitos no chão se debatiam como uma aranha imobilizada, policial em cima, suspeito embaixo. Ambos grunhiam, costas escuras de suor. Eu podia ver cascalho e fragmentos de celofane e plástico nos cachos rastafári abaixo do ombro direito do policial.

— Parado! — gritou o tira que estava de pé.

A luta recrudesceu.

— Parado, seu babaca! — elaborou o tira de pé.

Protestos abafados. Membros se contorcendo no asfalto.

— Agora! Ou estouro os seus miolos!

Agarrando um pulso, o tira que lutava no chão puxou um dos braços do sujeito para trás. Outro protesto, então o sujeito começou a se debater com menos violência. O oficial sacou as algemas do cinto.

O sujeito se debateu violentamente, pegando o policial desprevenido. Rolando para o lado, livrou-se, levantou-se e correu, ligeiramente agachado.

Sem hesitar, Woolsey engatou a ré, deu a volta e desceu o beco com o Chevrolet.

Em uma fração de segundo, o policial levantou-se e correu pelo beco. Ele e o parceiro atingiram o suspeito ao mesmo tempo, projetando-o sobre a lateral do Chevy.

— Parado, seu anormal!

O tira voltou a dobrar um dos braços às costas do suspeito. Ouvi um baque quando a cabeça dele bateu no teto do carro.

Woolsey e eu saímos e olhamos para o homem debruçado sobre o carro. Seus pulsos estavam algemados e uma arma estava apontada para a sua têmpora.

Ofegante, o tira afastou-lhe os pés e o revistou. A busca revelou uma Glock 9mm semiautomática e dois sacos Ziploc: um cheio de um pó branco e o outro com pequenas pílulas brancas.

Depois de jogar a Glock e as drogas para o parceiro, o tira ajeitou o colarinho. O policial pegou os sacos e deu um passo atrás, mantendo o cano da arma apontado para o peito do suspeito.

Darryl Tyree nos olhava com olhos arregalados. Um lábio estava sangrando. Suas correntes de ouro estavam emaranhadas e seus cachos pareciam ter varrido uma arena.

Slidell e Rinaldi sacaram as armas ao se aproximarem de Tyree. Slidell ainda estava ofegante.

Evitando contato visual, Tyree moveu o peso do corpo, moveu-se para trás, então para trás outra vez, como se não soubesse o que fazer com os pés.

Slidell e Rinaldi cruzaram os braços e olharam para Tyree. Nenhum dos dois falou ou se moveu.

Tyree mantinha os olhos baixos.

Slidell pegou o maço de Camels, tirou o cigarro com a boca e ofereceu outro para Tyree.

— Fuma? — O rosto de Slidell parecia ter sido escaldado, olhos arregalados.

Tyree moveu a cabeça levemente, balançando os cachos à altura da nuca.

Slidell acendeu o cigarro, tragou, levou as mãos à cintura e exalou a fumaça.

— Poeira e ecstasy. Planejando uma venda dois em um?

— Não vendo — murmurou Tyree.

— Desculpe, Darryl. Não ouvi. — Slidell voltou-se para o parceiro. — Você ouviu, Eddie?

Rinaldi balançou a cabeça.

— O que você falou, Darryl?

Tyree voltou o olhar para Slidell, mas a luz do sol iluminava o detetive pelas costas. Ofuscado, Tyree virou o rosto na direção contrária.

— Essa droga não é minha.

— Só tem um problema, Darryl. O produto estava dentro de suas calças.

— Estou sendo vítima de uma armação.

— Quem faria uma coisa dessas?

— Eu ando por aí. Um homem faz inimigos, entende?

— É, entendo. Você é um cara durão, Darryl.

283

— Vocês não têm nada contra mim. Eu só estava cuidando dos meus negócios.

— Quais negócios seriam esses? — perguntou Slidell.

Tyree deu de ombros e golpeou o cascalho com o calcanhar.

Slidell deu um trago, jogou fora a guimba e a esmagou com o pé.

— Para quem você trabalha, Darryl?

Outro dar de ombros.

— Sabe o que eu acho, Darryl? Acho que você está envolvido em um negócio duplo.

Tyree balançou a cabeça sobre o longo pescoço de ganso.

Slidell suspirou, desapontado.

— A pergunta é muito difícil para você, Darryl?

Slidell voltou-se para o parceiro.

— O que acha, Eddie? Acha que estamos exigindo muito da mente de Darryl?

— Podemos tentar uma abordagem diferente — disse Rinaldi. — Aprendi isso na minha oficina de interrogatório. Variar a abordagem.

Slidell assentiu.

— Então? — Slidell voltou-se para Tyree. — O que você fez com Tamela Banks e o bebê?

Os olhos de Tyree demonstraram os primeiros sinais de medo.

— Não fiz nada com Tamela. Estávamos juntos.

— Juntos?

— Pergunte para quem quiser. Tamela e eu, a gente estava junto. Por que eu faria alguma coisa a ela?

— Isso é legal, não é, Eddie? Quero dizer, estar junto é uma grande coisa, não acha?

— Você só precisa de amor* — concordou Rinaldi.

Slidell voltou-se para Tyree.

— Mas, sabe, Darryl, às vezes uma mulher pode pisar na bola, você me entende? — Slidell piscou exageradamente. — Ao meu ver,

---

* Referência à canção "All You Need is Love", dos Beatles. (*N. do T.*)

estar junto quer dizer estar junto. Às vezes, um homem tem que fazer a sua garota entrar na linha. Droga, todos nós já passamos por isso.

Tyree virou a cabeça de lado.

— Bater em mulher não é a minha.

— Talvez só um tapinha? Um soco nos rins?

— Não, cara. Estou fora.

— E bater em um bebê?

Tyree deu um coice com o calcanhar, a cabeça virou para o outro lado e seus olhos voltaram-se para o chão.

— Merda.

As sobrancelhas de Slidell ergueram-se em uma surpresa fingida.

— Dissemos algo que o ofendesse, Darryl? — Slidell voltou-se para o parceiro. — Eddie, acha que ofendemos Darryl? Ou acha que o Sr. Durão tem algum segredo que não quer compartilhar?

— Todos temos esqueletos no armário — disse Rinaldi.

— É. Mas o de Darryl era pequenininho e estava dentro de um enorme fogão à lenha.

— Não fiz nada com a Tamela.

— O que houve com o bebê?

— O bebê morreu.

— E o fogão à lenha lhe pareceu um memorial comovente?

Outro coice com o calcanhar.

— Cara, por que vocês estão fazendo isso comigo?

— Mil perdões, Darryl. A gente sabe que esse pequeno imprevisto vai atrasar a sua condecoração Águia como escoteiro.

Tyree mudou o peso do corpo.

— Posso até vender umas paradas. Isso não quer dizer que eu saiba onde Tamela está.

— Umas paradas? Pegamos você com cocaína e ecstasy suficientes para mandar meus três sobrinhos para Harvard.

Slidell deu dois passos adiante e ficou com o rosto a poucos centímetros do de Tyree.

— Você está ferrado, Tyree.

Tyree tentou recuar, mas o Chevy o detinha no limite do bafo de Slidell.

— Sabe quanto tempo um assassino de bebê dura na cadeia?

Tyree virou a cabeça de lado o máximo que seu pescoço permitia.

— Uns três meses — disse Slidell sobre os ombros, dirigindo-se a Rinaldi. — O que você acha, Eddie?

— É. Talvez quatro se você for durão.

— Como Darryl.

— Como Darryl.

Não aguentei mais.

— Por favor — falei. — Sabe onde está Tamela?

Tyree inclinou a cabeça e olhou por sobre o ombro de Slidell. Por um instante, seus olhos se fixaram nos meus. Foi apenas um instante, mas o suficiente. Senti como se estivesse olhando para o vazio do inferno.

Sem palavras, Tyree desviou o olhar.

— Por favor — falei para o lado de seu rosto. — Não é tarde demais para fazer alguma coisa por você mesmo.

Expulsando ar pelas narinas, Tyree deu de ombros.

Um pensamento terrível passou pela minha mente. Tamela e sua família estão mortos. Esse sujeito sabe disso.

Esse sujeito sabe muito.

Enquanto observava Tyree sendo levado, uma sensação de frieza e náusea tomou conta de mim.

A PORTA DO ESCRITÓRIO DE TIM LARABEE NO IMLM estava aberta. Já suspeitava que ele estaria me esperando. Quando passei, ele me chamou.

— Ouvi dizer que você anda querendo aparecer no *NYPD Blue*.

Entrei no escritório dele.

— Me disseram que você quis fazer uma busca no orifício anal de Tyree. Slidell teve que detê-la.

— Slidell não está em forma para prender ninguém. Achei que teria de submetê-lo a uma massagem cardíaca.

— Tyree disse algo de útil?

— É inocente como uma flor.

— O cara viu a Virgem em Lourdes?

Assenti.

— Boa analogia.

— Fui educado por freiras.

— Difícil acabar com o hábito.

Revirar de olhos.

— E agora? — perguntou Larabee.

— Uma vez que formalizem a detenção, Rinaldi e Slidell vão espremer Tyree, colocá-lo contra Sonny Pounder. Um dos dois vai abrir o bico.

— Aposto em Pounder.

— Boa aposta. A pergunta é: quanto Sonny sabe?

O rosto de Larabee tinha a expressão de uma criança que tem um segredo.

— Adivinhe quem estamos guardando aqui?

Esse era o modo de Larabee se referir à visita de um cadáver no necrotério. Armazenamento temporário.

— Ricky Don Dorton.

— Notícia velha.

— Osama bin Laden.

— Melhor que isso.

Fiz um gesto de "ora vamos" com os dedos.

Era o último nome que eu esperava ouvir.

CAPÍTULO 30

— BRIAN AIKER.

Senti algo parecido com o que se sente antes de descer uma montanha-russa aos berros. Um de meus castelos de carta estava desabando.

— Tem certeza?

— O corpo foi encontrado no carro de Aiker. Um bocado de documentos com o corpo. Registros dentários completamente compatíveis.

— Mas o crânio, os ossos de Lancaster... — murmurei.

— Não é o seu garoto. Você já sabia que o crânio não era dele. Só que os ossos também não são.

— Como? Onde? — Eu estava perplexa demais para fazer perguntas significativas.

— Rebocaram o carro dele de uma lagoa no Crowder's Mountain State Park.

— O que Aiker estava fazendo no Crowder's Mountain?

— Não estava prestando atenção ao volante.

— Demoraram cinco anos para encontrá-lo?

— Aparentemente não é uma lagoa muito popular.

— Por que não?

— A região tem enfrentado secas, os níveis de água estão baixos. O cara derrapou da margem ou fez alguma outra bobagem.

O carro estava a alguns metros de um cais, o teto a meio metro da superfície.

Acontece a toda hora. Um casal sai de um restaurante e desaparece. Dois anos depois, seu Acura é encontrado no fundo da lagoa da vizinhança. Vovô deixa as crianças e volta para casa. No Natal seguinte, o Honda do velho é localizado em um bueiro sob uma autoestrada. Mamãe solta o freio e cai com o utilitário da família em um reservatório, com as crianças e tudo. Quatro meses depois, uma hélice bate em metal, e veículo e vítimas são retirados do lodo.

Milhares de pessoas jogam golfe, pedalam ou caminham junto a cenas de acidentes todos os anos. Ninguém vê nada. Até que alguém acaba vendo.

— As janelas estavam fechadas e o carro vedado o bastante para manter caranguejos e peixes do lado de fora — continuou Larabee. — Aiker não parece assim tão mal, considerando o tempo que ficou submerso.

— Onde?

Larabee não entendeu a pergunta.

— Banco de trás.

— O corpo foi enviado para Chapel Hill?

Larabee balançou a cabeça.

— Dois patologistas de lá estão de férias e o terceiro está doente. O chefe perguntou se eu me importaria de fazer a necrópsia aqui.

Assenti, distraída, minha mente voltada para ossos que *não* eram de Brian Aiker. Larabee entendeu meu estado de ânimo.

— Isso a deixa na mão em relação ao crânio da latrina e aos ossos de Lancaster.

— É.

— Recebeu aquele relatório que estava aguardando?

— Não.

Larabee esperou enquanto eu punha em ordem meus pensamentos. Ainda esperava quando o telefone tocou. Após hesitar um instante, atendeu.

Fui até meu escritório para refletir. O processo não avançava. Tentei adicionar café. Nenhuma melhora.

Abri meu laptop e tentei organizar em bytes o que tinha descoberto nos últimos 11 dias.

Categoria: <u>Lugares.</u> Fazenda Foote. Local da queda do avião. Condado de Lancaster, Carolina do Sul. Colúmbia, Carolina do Sul. Crowder's Mountain State Park.

Os restos de Lancaster também não haviam sido encontrados em um parque estadual? Fiz uma anotação.

Categoria: <u>Gente.</u> Tamela Banks. Harvey Pearce. Jason Jack Wyatt. Ricky Don Dorton. Darryl Tyree. Sonny Pounder. Wally Cagle. Lawrence Looper. Murray Snow. James Park. Brian Aiker.

Muito ampla. Tentei subdividir.

<u>Bandidos.</u> Harvey Pearce (morto). Jason Jack Wyatt (morto). Ricky Don Dorton (morto). Darryl Tyree (preso). Sonny Pounder (preso).

<u>Vítimas.</u>

Não estava funcionando. Eu estava pondo muitas interrogações após os nomes. Bifurquei.

<u>Vítimas definidas.</u> O bebê de Tamela Banks. O dono do crânio e dos ossos da mão da latrina. O esqueleto sem cabeça do condado de Lancaster.

<u>Vítimas possíveis.</u> Tamela Banks e sua família. Wally Cagle. Murray Snow. Brian Aiker.

Será que Tamela Banks e sua família pertenciam àquela categoria? Teriam realmente sido vítimas ou simplesmente estavam assustadas e sumiram?

O bebê de Tamela Banks pertencia mesmo a essa categoria? Seria possível que o bebê tivesse morrido de causas naturais? Pelos ossos, eu sabia que o bebê estava inteiramente formado, mas podia ter nascido morto.

O colapso de Cagle era real ou o coma fora induzido de algum modo? Seria o visitante desconhecido de Cagle na universidade o mesmo homem com quem Looper o vira na lanchonete? Por que Looper não levou o parceiro ao hospital mais próximo? Onde estava o relatório de Cagle sobre os restos mortais de Lancaster?

Teria Murray Snow morrido de causas naturais? Teria o legista do condado de Lancaster reaberto a investigação sobre o esqueleto sem cabeça e sem mãos antes de morrer? Por quê?

Dorton pertenceria a essa categoria? Dorton morreu de overdose. Teria sido autoadministrada? Teria recebido ajuda?

Eu não estava indo a parte alguma.

Peguei caneta e papel, tentei definir vínculos. Desenhei uma linha de Dorton a Wyatt e escrevi *Melungo* logo acima. Então estendi a linha até Pearce, e escrevi *Cessna* sobre os três nomes.

Liguei Tyree a Pounder, tracei a linha da *fazenda Foote*, estendi a linha às palavras "crânio da latrina", e dali ao nome de Tamela Banks.

Ligando Tyree à linha Dorton-Pearce-Wyatt, escrevi *cocaína*.

Fiz uma ligação triangular entre Cagle, Snow, e os restos mortais Lancaster, então conectei aquilo ao crânio da latrina da fazenda Foote. Traçando uma linha a partir dali, acrescentei bifurcações para os ossos de ursos e penas de pássaros, puxei uma linha para cima até J. J. Wyatt, acrescentei outra e escrevi os nomes Brian Aiker e Charlotte Grant Cobb nas extremidades.

Olhei para meu rascunho, uma teia de aranha de nomes e linhas que se cruzavam.

Estaria eu tentando relacionar eventos que nada tinham a ver uns com os outros? Pessoas e lugares díspares? Quanto mais pensava, mais frustrada me sentia com quão pouco eu sabia.

De volta ao laptop.

<u>Vítimas possíveis.</u> Brian Aiker.

Nem o crânio da latrina e nem o esqueleto de Lancaster podiam ser atribuídos ao agente desaparecido do FWS. Aiker despencara com o carro de um cais e se afogara. Eu estava a ponto de riscar seu nome da categoria de possível vítima quando um pensamento perturbador deteve a minha mão. Por que Aiker fora encontrado no banco de trás do veículo?

Era uma pergunta respondível. Afundando em minha cadeira, comecei a procurar pela resposta.

Larabee estava trabalhando na sala fedorenta. Descobri o motivo assim que entrei.

A pele de Aiker tinha manchas marrons e esverdeadas, e a maior parte de sua carne se convertera em adipocera. A exposição ao ar não estava ajudando.

O que restara dos pulmões de Aiker estava fatiado e espalhado em uma prancha de cortiça ao pé da mesa de necropsia. Outros órgãos decompostos repousavam sobre a balança.

— Como está indo? — perguntei, respirando devagar.

— Extensa formação de adipocera. Pulmões estão murchos e putrefatos. Putrefação líquida nas vias aéreas. — Larabee soava tão frustrado quanto eu. — Os espaços de ar que restaram parecem diluídos, mas isso pode ser por causa das bolhas de ar.

Esperei enquanto Larabee espremia o conteúdo do estômago de Aiker em um frasco e entregava a amostra para Joe Hawkins.

— Afogamento acidental?

— Não encontrei nada que sugerisse outra coisa. As unhas estão quebradas, parece que as mãos, feridas. O pobre coitado deve ter lutado para sair do carro, provavelmente tentou quebrar a janela.

— Há algum meio de ter certeza de que morreu por afogamento?

— É difícil dizer após cinco anos submerso. Acho que podemos procurar por diátomos.

— Diátomos?

— Microrganismos encontrados em plâncton e sedimentos de água doce e salgada. Estão por aí desde pouco depois do Big Bang. Existem aos zilhões. Na verdade, alguns solos são formados inteiramente por essas criaturas. Já ouviu falar em diatomita?

— Minha irmã usa isso para filtrar a água da piscina.

— Exato. Esse negócio é extraído comercialmente para ser usado como filtro e abrasivo.

Larabee continuou falando enquanto abria e inspecionava o estômago de Aiker.

— É muito interessante observar diátomos sob o microscópio. São belas conchas de sílica em todos os formatos e configurações.

— Lembre-me o que os diátomos têm a ver com afogamento.

— Teoricamente, todo corpo d'água contém certo gênero de diátomos. Portanto, encontrar diátomos nos órgãos internos é uma indicação de que a vítima se afogou. Alguns patologistas forenses acreditam que, desta forma, você pode ligar uma vítima de afogamento a um determinado corpo d'água.

— Você me parece cético.
— Alguns colegas apostam um bocado em diátomos. Eu não.
— Por quê?

Larabee deu de ombros.

— As pessoas engolem diátomos.
— Mas se encontrarmos diátomos na cavidade do tutano de um osso longo, não podemos concluir que chegou ali pela ação cardíaca?

Larabee ponderou.

— É. Provavelmente. — Ele apontou um bisturi em minha direção. — Vamos examinar o fêmur.
— Também devemos enviar uma amostra da água do lago. Se encontrarem diátomos no fêmur, poderão comparar os perfis.
— Boa.

Esperei enquanto Larabee fazia um corte ao comprido no esôfago de Aiker.

— O fato de termos encontrado o corpo no banco de trás é significativo?
— O peso do motor deve ter puxado a frente do veículo para baixo, deixando a última bolha de ar presa contra o teto, na traseira. Quando não conseguem abrir as portas, as vítimas vão para a traseira e respiram ali o quanto podem. Ou às vezes o corpo apenas flutua para a parte de trás do veículo.

Assenti.

— Vamos fazer um exame toxicológico, é claro. E analisar a cena do crime no carro e na rampa de barcos. Mas não estou encontrando nada de suspeito.

As roupas e os objetos pessoais de Aiker estavam secando sobre a bancada. Aproximei-me para olhar.

Era como observar a última manhã do agente através de alguns itens encharcados e cobertos de lama.

Cueca jóquei. Camiseta. Camisa de manga comprida com listras azuis e brancas. Jeans. Meias atléticas. Tênis Adidas. Casaco Black Polarfleece, com gorro.

Teria Aiker calçado as meias antes do jeans? Calças antes da camisa? Senti tristeza por uma vida encerrada tão subitamente.

Ao lado das roupas, estava o conteúdo dos bolsos de Aiker.

Pente. Chaves. Canivete suíço em miniatura. Vinte e três dólares em notas dobradas. Setenta e cinco centavos em moedas. Distintivo do FWS e carteira de identidade. Porta-cartão de couro.

Além da carteira de motorista da Carolina do Norte, Hawkins tinha recuperado da carteira de couro um cartão telefônico de DDD, um cartão de viajante frequente da US Airways, e cartões de crédito Diners Club e Visa.

Calcei uma luva na mão direita e corri um dedo sobre a fotografia na carteira de motorista. Os olhos castanhos e firmes e o cabelo louro-claro estavam longe daquela coisa grotesca sobre a mesa de Larabee.

Aproximando-me, examinei o rosto, perguntando-me o que Aiker estaria fazendo em um cais no Crowder's Mountain. Peguei a carteira e olhei atrás.

Havia outro cartão grudado no verso. Descolei-o com a unha do polegar. Um cartão do supermercado Harris-Teeter. Deitei o cartão sobre a bancada e dei uma olhada na parte de trás da carteira de habilitação.

E prendi o fôlego.

— Tem algo agarrado aqui atrás — falei.

Os dois homens olharam para mim. Pegando uma pinça de uma gaveta, tirei uma folha flácida do verso da carteira.

— Parece um papel dobrado.

Usando a pinça outra vez, livrei uma extremidade e desdobrei uma camada. Mais um puxão e o papel se abriu sobre o balcão. Embora borradas e diluídas, era possível ver letras escritas.

— É um bilhete escrito à mão — comentei, pousando a folha sobre uma bandeja para levá-la até a lente com luzes fluorescentes.

— Talvez um endereço ou um número de telefone. Ou direções de uma estrada.

— Ou um testamento — disse Hawkins.

Larabee e eu olhamos para ele.

— É mais provável que seja uma lista de compras — disse Larabee.

— O cara pode ter escrito algo e escondido dentro do plástico na esperança de que aquilo sobrevivesse. — Hawkins soava defensivo. — Droga, provavelmente foi isso o que aconteceu. O papel não foi destruído pela água por estar protegido entre os cartões.

Hawkins estava certo quanto ao modo de preservação.

Quando liguei as luzes ao redor da lente, Hawkins e Larabee se aproximaram. Juntos, examinamos a escrita iluminada e aumentada.

m dúvida. C o ins envolvido.
ndo para lúmbia.
Tenha cui
Vejo você em tte dia.

Mesmo sob condições ideais, a letra teria sido difícil de decifrar.

— A primeira parte provavelmente é "Sem dúvida" — disse Larabee.

Hawkins e eu concordamos.

— Algo para Colúmbia? — sugeri.

— Enviando?

— Emprestando?

— Indo?

— Aterrissando?

— Alguém está envolvido — disse Hawkins.

— Clowns?

— Collins?

— Talvez não seja um C. Talvez seja um O ou um Q.

— Ou um G.

Posicionei a lente mais perto do papel. Nós nos inclinamos e olhamos, tentando entender as manchas e borrões.

Não adiantou. Partes da mensagem estavam ilegíveis.

— Vejo você em algum lugar ou algum dia — falei.

— Bom — disseram Hawkins e Larabee.
— Charlotte? — falei.
— Possivelmente — disse Larabee.
— Quantos lugares terminam em *tte*?
— Vou verificar um atlas — disse Larabee, erguendo-se. — Nesse ínterim, os caras da grafotécnica poderão fazer algo com isso. Joe, ligue para o eles e pergunte se devemos deixar o papel molhado ou esperar que seque.

Hawkins tirou as luvas e o avental, lavou as mãos e foi até a porta. Desliguei as lâmpadas da lente.

Enquanto Larabee continuava a necrópsia, falei sobre o coma de Cagle e sobre a conversa com Terry Woolsey. Quando terminei, ele olhou para mim por sobre a máscara.

— Será que você não está trabalhando com muitos "e ses", Tempe?
— Talvez — admiti.

À porta, fez um último comentário.

— Mas e se eu não estiver?

CAPÍTULO 31

E SE EU NÃO PERCEBI ALGO?

Em vez de aumentar minha frustração com mais exercícios no computador, fui até a geladeira, peguei o crânio e os ossos da latrina e voltei a fazer uma análise completa.

Aqueles restos mortais ainda contavam a mesma história: homem branco de 30 e poucos anos.

Mas não era Brian Aiker.

De volta ao laptop.

O crânio e os ossos da mão da latrina foram achados na fazenda Foote. Os ossos de ursos e arara foram descobertos na fazenda Foote. Coincidência?

O esqueleto de Lancaster apareceu sem mãos e sem cabeça. Coincidência?

O esqueleto de Lancaster foi encontrado há três anos. Brian Aiker desapareceu há cinco. Coincidência?

Brian Aiker e Charlotte Grant Cobb desapareceram ao mesmo tempo. Coincidência?

Ossos de ursos e penas de espécies de pássaros ameaçadas. Agentes do FWS desaparecidos. Coincidência?

Pense sob outra perspectiva, Brennan.

Eu estava a ponto de fazê-lo quando o telefone tocou.

— Oi — disse Slidell.

— O que foi?
— Pounder está falando como um canário sob efeito de crack.
— Estou ouvindo.
— Tyree estava vendendo cocaína para Dorton.
— Que surpresa.
— Dorton recebia a droga de uma conexão sul-americana, Harvey Pearce fazia a coleta em algum lugar a leste, perto de Manteo, e transportava o material do litoral para Charlotte. Dali, a droga era enviada para pontos do norte e do oeste.
— Tyree pagou Pounder para usar a fazenda Foote como ponto de apoio — adivinhei.
— Bingo.
— E o primo de Dorton, J.J., ganhava a vida trabalhando no negócio da família.
— Agora vem a parte que você vai gostar mais. Parece que Pearce foi convencido a comprar um pássaro de um dos sul-americanos há algum tempo, e que vendeu-o com um bom lucro. Dorton soube. Até mesmo o empreendedor, o Sr. Clube de Strip-tease e Chefão da Droga, decidiu diversificar os negócios.
— Deixe-me adivinhar. Ricky Don se aproveitou das habilidades de caçador de J.J.
— Pearce também fornecia mercadoria para o litoral da Carolina do Sul.
Mercadoria. Animais raros e especiais sendo mortos por lucro. Que criaturas nobres somos nós, hominídeos.
— Dorton se envolveu com um contato asiático, se tornou o rei da vesícula.
— Quem? — perguntei.
— Pounder não sabe o nome. Disse achar que o sujeito era coreano. Que tinha algum tipo de influência interna.
— Influência interna em quê?
— O babaca não tem certeza. Não se preocupe. Nós pegamos o cara.
— O que Tyree está dizendo?
— Que quer um advogado.

— Como Tyree explica as ligações entre seu celular e o de J. J. Wyatt?

— O idiota disse que as coisas nem sempre são o que parecem. Estou parafraseando.

Eu estava quase com medo de fazer a pergunta seguinte.

— E quanto à Tamela Banks e sua família?

— Tyree alega não saber de nada.

— E quanto ao bebê?

— Morto ao dar entrada.

A insensibilidade de Slidell me fez fechar a mão em punho.

— Estamos falando de um recém-nascido morto, detetive.

— Desculpe — cantarolou. — Faltei à aula de simpatia esta semana.

— Ligue para mim quando souber de mais alguma coisa.

Batendo o aparelho, reclinei-me na poltrona e fechei os olhos.

Imagens atravessaram a minha mente.

Olhos destituídos de afeto, íris engolidas por pupilas dilatadas pela droga.

O rosto de quem sofre de Gideon Banks, Geneva silenciosa à porta.

Fragmentos de ossos de bebê carbonizados.

Pensei em minha filha.

A pequena Katy em uma roupinha de bebê macia. Katy criança usando maiô cor-de-rosa com babados, pés gorduchos chapinhando em uma piscina plástica. A jovem Katy de short e camiseta, pernas longas e bronzeadas empurrando um balanço de varanda.

Cenas de normalidade. Cenas das quais o bebê de Tamela jamais faria parte.

Precisando de algo mas ainda sem saber o quê, peguei o telefone e liguei para minha filha. A amiga atendeu.

Lija achava que Katy tinha ido para Myrtle Beach com Palmer Cousins, mas não tinha certeza por que também estivera fora.

Katy estava atendendo o celular?

Não.

Desliguei, apavorada.

Katy não estava trabalhando como recepcionista temporária na firma de Pete? Era terça-feira.

Cousins não tinha que trabalhar?

Cousins. O que havia a respeito daquele sujeito que me deixava tão inquieta?

Pensar em Cousins me fez voltar a pensar em Aiker.

De volta a becos sem saída.

Encontre uma nova perspectiva.

Comecei a digitar ideias aleatórias na tela.

Premissa: os restos de Lancaster e da latrina eram da mesma pessoa.

Dedução: essa pessoa não é Brian Aiker.

Dedução: essa pessoa não é Charlotte Grant Cobb. O exame de DNA confirmou que os restos mortais de Lancaster eram do sexo masculino.

O comentário de Slidell, "Morto ao dar entrada", me enfureceu além da conta. Estaria sendo injusta com ele? Talvez. Estou sempre perdendo o fio de meu raciocínio.

Ou estaria ansiosa por causa de minha filha?

Era Slidell. O sujeito era um cretino intolerante e homofóbico. Pensei em sua falta de tato ao falar com Geneva e Gideon Banks. Pensei em sua insensibilidade ao fazer comentários sobre Lawrence Looper e Wally Cagle. O que era aquela metáfora sobre dormir em tendas e comprar roupas de baixo? Ou a pérola a respeito do papel dos gêneros? Ah, tá. A natureza lança os dados e você aceita. Brilhantismo embriônico.

Nova perspectiva.

O que parecia ser cocaína acabou se revelando ranúnculo amarelo.

O que parecia ser lepra acabou se revelando sarcoidose.

Outro Slidellismo: as coisas nem sempre são o que parecem. Ou seria um Tyreeismo?

Um novo ângulo.

Uma ideia. Improvável, mas que diabos...

Abri minha bolsa e peguei o cartão que tinha encontrado debaixo do mata-borrão de Cagle, e disquei.

— Divisão de Manutenção da Lei da Carolina — respondeu uma voz feminina.

Fiz meu pedido.

— Um momento, por favor.

— DNA. — Outra voz feminina.

Li o nome do cartão.

— Ele não está aqui esta semana.

Pensei um instante.

— Ted Springer, por favor.

— Quem fala?

Eu me identifiquei.

— Um momento.

Passaram-se segundos. Um minuto.

— Madame Antropóloga. O que posso fazer por você?

— Oi, Ted. Ouça, quero lhe pedir um favor.

— Manda.

— Seu setor cuidou de um caso para um legista do condado de Lancaster há uns três anos, esqueleto sem cabeça e sem mãos. — Outra vez, li o nome no cartão e expliquei que o sujeito não estava. — Walter Cagle fez a análise antropológica.

— Você tem o número de arquivo?

— Não.

— Fica mais difícil, mas Deus abençoe os computadores. Posso encontrar. Do que precisa?

— Será que você podia dar uma olhada no perfil amelogenino do caso, ver se algo lhe parece estranho?

— Para quando precisa disso?

Hesitei.

— Já sei — falou Springer. — Para ontem.

— Vou ficar lhe devendo esta.

— Vou cobrar — disse ele.

— Margie e as crianças talvez não aprovem.

— É verdade. Preciso de algumas horas.

Dei-lhe o meu número de celular.

Em seguida, liguei para Hershey Zamzow no escritório do FWS em Raleigh.

— Estou curiosa. Você sabe o paradeiro de algum familiar de Grant Cobb em Charlotte?

— Cobb cresceu em Clover, Carolina do Sul. Os pais ainda moravam lá quando Charlotte desapareceu. Ao que me lembre, não foram muito cooperativos.

— Por quê?

— Insistiam que Cobb acabaria aparecendo.

— Negação?

— Quem sabe. Espere um pouco.

Torci o fio do telefone enquanto esperava.

— Acho que eles eram muito ativos em um grupo de igreja de lá, de modo que é possível que ainda tenham o endereço. Só ouvi Charlotte mencionar os pais uma vez. Tive a impressão de que não se davam muito bem.

Enquanto anotava o número, um dúvida me ocorreu.

— Qual a altura de Cobb?

— Ela não era pequena. Mas também não era uma amazona Imagino que tenha ter ouvido falar de Brian Aiker.

— Tim Larabee fez a necrópsia dele hoje — falei.

— Pobre coitado.

— Aiker estava trabalhando em alguma coisa no Crowder's Mountain?

— Não que eu saiba.

— Alguma ideia de por que ele foi até lá?

— Nenhuma.

Olhei para o relógio. 18h40. Não tinha comido nada desde o café da manhã com Woolsey no Coffee Cup.

E Boyd não saía há trinta horas.

Céus.

BOYD ATACOU O JARDIM COMO OS ALIADOS desembarcando na Normandia. Após devorar o cheeseburger que eu trouxera para ele do Burger King, passou dez minutos tentando roubar meu Whopper e outros cinco lambendo ambas as embalagens.

Mostrando-se mais contido e demonstrando mais dignidade, Birdie roeu as bordas de uma batata frita. Então se sentou, esticou a pata traseira, e cuidadosamente lambeu o espaço entre as garras.

Cão e gato estavam dormindo quando Ted Springer ligou de Colúmbia às 20 horas.

— Os microbiólogos trabalham até tarde — falei.

— Estava verificando algumas amostras. Ouça, encontrei o arquivo sobre o seu esqueleto de Lancaster e pode haver algo.

— Essa foi rápida.

— Tive sorte. Quanto você sabe sobre a amelogenina?

— As meninas têm uma faixa, já os meninos têm duas, uma do mesmo tamanho das meninas, outra ligeiramente maior.

— Resposta digna de B-mais.

— Obrigada.

— A amelogenina aparece como duas faixas em um gel, mas há uma pequena variação que nem todo mundo percebe. Com machos normais, as duas faixas são de intensidade semelhante. Está me acompanhando?

— Acho que *normal* será a palavra do dia — falei.

— Com machos Klinefelter, a faixa representando o cromossomo X é duas vezes mais intensa que a que representa o cromossomo Y.

— Machos Klinefelter? — Minha mente arranhava, recusando-se a engatar a marcha.

— Refiro-me ao cariótipo XXY, onde há três cromossomos sexuais em vez de dois. Meu colega não percebeu a diferença de intensidade.

— O desconhecido tinha síndrome de Klinefelter?

— O sistema não é cem por cento preciso.

— Mas SK é uma boa possibilidade nesse caso?

— Sim. Ajuda?

— Pode ajudar.

Fiquei sentada imóvel, como um troféu de caça empalhado e pendurado em uma parede.

Síndrome de Klinefelter.

XXY.

Uma mão ruim do baralho embrionário de Slidell.

Ligando o computador, comecei a pesquisar. Estava visitando o site da Klinefelter's Syndrome Association quando Boyd cutucou o meu joelho.

— Agora não, garoto.

Outra cutucada.

Olhei para baixo.

Boyd pousou uma pata no meu joelho, ergueu o focinho e mordeu o ar. Preciso ir.

— Está apertado?

Boyd atravessou a sala, rodou, abocanhou o ar, mexeu os pelos ao redor dos olhos.

Olhei para o relógio. 22h15. Basta.

Desligando o computador e as luzes, peguei a coleira de Boyd.

O cão me puxou para fora do escritório, ansioso com a possibilidade de uma saída antes de se deitar.

A escuridão no anexo era quase total, aliviada apenas por raios de calor, provocados por relâmpagos a distância, que brilhavam através das árvores. No interior, o relógio de mesa marcava as horas. Lá fora, mariposas e besouros de verão se chocavam contra as janelas, seus corpos emitindo baques surdos contra as telas.

Quando entramos na cozinha, o comportamento de Boyd mudou. Seu corpo ficou tenso e seu rabo e orelhas se aguçaram. O cão rosnou, avançou e começou a latir para a porta.

Levei a mão ao peito.

— Boyd — sibilei. — Venha aqui.

Boyd ignorou-me.

Mandei que ele ficasse quieto. O cão continuou a latir.

Coração disparado, fui até a porta e pressionei as costas contra a parede, ouvindo.

Uma buzina de carro. Besouros de verão. Grilos. Nada extraordinário.

Os latidos de Boyd tornavam-se mais urgentes. Os pelos de suas costas estavam eriçados. Seu corpo, rígido.

Voltei a mandar que ele ficasse quieto. Outra vez ele me ignorou.

Acima do latido de Boyd, ouvi um baque, então um suave arranhar do lado de fora da porta.

Fiquei gelada por dentro.

Alguém estava ali!

"Ligue para a emergência!", gritaram os meus neurônios. Corra até a casa do vizinho! Fuja pela porta da frente!

Fuja de quê? Dizer o que à emergência? Que o bicho-papão está na minha varanda? Que o Anjo da Morte está na porta dos fundos?

Tentei pegar Boyd. O cão se desvencilhou e continuou a protestar.

A porta estava trancada? Geralmente eu era boa em segurança, mas às vezes cochilava. Teria me esquecido de trancá-la na pressa de deixar Boyd sair?

Estendi dedos trêmulos em direção à tranca.

A peça pequena e comprida estava na horizontal. Trancada? Destrancada? Eu não me lembrava!

Deveria experimentar a maçaneta?

Não faça um som! Não deixe que saibam que está aqui!

Eu tinha ligado o sistema de segurança? Geralmente eu só fazia aquilo ao subir para dormir. Meus olhos correram para o painel.

Nenhuma luz vermelha piscando!

Droga!

Com as mãos muito trêmulas, ergui um canto da cortina da janela.

Escuridão total.

Meus olhos lutaram para se ajustar.

Nada.

Inclinei-me junto ao vidro, olhei para a esquerda, para a direita, espreitando através da estreita abertura.

Não adiantava.

"Ligue a luz da varanda", sugeriu um neurônio racional.

Minha mão tateou em busca do interruptor.

Não! Não deixe que saiba que você está em casa!

Minha mão ficou paralisada.

Nesse momento, um relâmpago clareou o céu. Duas silhuetas emergiram da escuridão.

A adrenalina tomou conta de meu corpo.

Vi dois vultos na varanda dos fundos, a menos de 1 metro de meu rosto aterrorizado.

CAPÍTULO 32

AS FIGURAS ESTAVAM IMÓVEIS, dois vultos negros contra um céu completamente escuro.

Fechei a cortina e recuei, coração disparado na garganta.

O Anjo da Morte? Com um cúmplice?

Arfando, dei outra olhada.

O espaço entre as silhuetas parecia ter diminuído.

O espaço entre as silhuetas e a minha porta também parecia ter diminuído.

O que fazer?

Minha mente aterrorizada sugeriu variações das mesmas alternativas.

Ligue para emergência! Ligue a luz da varanda! Grite através da porta!

Boyd continuava a latir, embora não freneticamente.

Outro relâmpago. Então o céu voltou a escurecer.

Estaria a minha mente me pregando uma peça ou a silhueta maior me parecia familiar?

Esperei.

Mais relâmpagos, desta vez mais demorados. Um, dois, três segundos.

Meu Deus.

Ela parecia ainda maior que a lembrança.

Minha mão tateou a parede em busca do interruptor. A lâmpada iluminou a varanda com uma luz âmbar.

— Quieto, Boyd.

Pousei uma das mãos na cabeça dele.

— É você, Geneva?

— Não solte o cachorro em cima da gente.

Segurei a coleira de Boyd. Então destranquei e abri a porta.

Ao lado de uma jovem que imediatamente reconheci como Tamela, Geneva protegia o rosto com o outro braço. As duas irmãs pareciam muito assustadas, olhos ofuscados pela luz inesperada.

— Entrem. — Ainda segurando a coleira do cão, abri a porta telada.

Ao me ver dar passagem às recém-chegadas, Boyd parou de latir e começou a abanar o rabo.

As irmãs não se moveram.

Recuei para dentro da cozinha, puxando Boyd comigo.

Geneva abriu a porta telada, cutucou Tamela para que entrasse e seguiu logo atrás.

— Ele não vai machucá-las — falei.

As irmãs pareciam preocupadas.

— Mesmo.

Soltei Boyd e acendi a luz da cozinha. O cão se aproximou e começou a cheirar as pernas de Tamela, a cauda movendo-se em velocidade dobrada.

Geneva ficou rígida.

Tamela estendeu a mão e, hesitante, acariciou a cabeça Boyd.

O cão voltou-se e lambeu os seus dedos. Pareciam tão delicados que, tirando as unhas pintadas de vermelho sangue, poderiam estar nas mãos de uma criança de 10 anos.

Boyd voltou-se para Geneva. Ela olhou feio para ele. Boyd voltou-se para Tamela. A jovem se agachou, apoiou um joelho no chão e acariciou-lhe o pelo.

— Tem um bocado de gente à sua procura — falei, olhando para as irmãs. Tentei disfarçar minha surpresa. Depois de todo aquele tempo, Tamela estava ali, na minha cozinha.

— Estamos bem — disse Geneva.

— Seu pai?

— Papai está bem.

— Como me encontraram?

— Você deixou o seu cartão.

Devo ter demonstrado a minha surpresa ao ouvir aquilo.

— Papai sabia como encontrá-la.

Deixei passar, supondo que Gideon Banks tinha conseguido o meu endereço domiciliar por intermédio de alguma fonte universitária.

— Estou muito aliviada por vê-las a salvo. Posso lhes servir uma xícara de chá?

— Coca? — perguntou Tamela, erguendo-se.

— Tenho Diet.

— Tudo bem. — Frustração.

Apontei para a mesa. Elas se sentaram. Boyd as seguiu e pousou o queixo no joelho de Tamela.

Eu não queria tomar refrigerante, mas abri três latas para ser sociável. Voltando à mesa, posicionei uma lata na frente de cada irmã e me sentei.

Geneva vestia um jérsei com gola em V dos Forty-niners da UNCC e o mesmo short que usava no dia que Slidell e eu visitamos seu pai. Seus membros e sua barriga pareciam inchados, a pele nos cotovelos e joelhos estava rachada e enrugada.

Tamela vestia um top que amarrava atrás do pescoço e ao redor das costelas, saia laranja e vermelha de poliéster, e chinelos cor-de-rosa com strass sobre a tira de borracha. Seus braços e pernas eram longos e magros.

O contraste era marcante. Geneva era um hipopótamo. Tamela, uma gazela.

Esperei.

Geneva olhou ao redor da cozinha.

Tamela mascava chiclete e acariciava o focinho de Boyd, agitada. Ela parecia nervosa, incapaz de ficar quieta por mais de um segundo.

Esperei.

A geladeira começou a funcionar.

Esperei tempo o bastante para Geneva organizar seus pensamentos. O bastante para Tamela se acalmar.

O bastante para ouvirmos os cinco movimentos do quinteto "A Truta", de Schubert.

Finalmente, Geneva quebrou o silêncio, olhos voltados para a lata de refrigerante.

— Darryl foi preso?

— Sim.

— Por quê?

Raios de calor brilhavam na janela às minhas costas.

— Há provas de que Darryl estava traficando drogas.

— Ele vai passar um tempo na cadeia?

— Não sou advogada, Geneva. Mas acho que sim.

— Você acha. — Por algum motivo, Tamela dirigiu o comentário para Geneva.

— Sim — respondi.

— Como você sabe? — Tamela inclinou a cabeça para o lado, como Boyd ao estudar algo curioso.

— Não sei ao certo.

Outro longo silêncio. Então:

— Darryl não matou o meu bebê.

— Diga-me o que houve.

— Não era filho de Darryl. Eu estava com ele, mas o bebê não era de Darryl.

— Quem é o pai?

— Um garoto branco chamado Buck Harold. Mas não importa. O que estou dizendo é que Darryl não fez mal ao bebê.

Assenti.

— O bebê não pertencia a Darryl e eu também não pertencia a ele, entende o que estou dizendo?

— Diga-me o que houve com o seu bebê.

— Eu estava ficando na casa do Darryl... Bem, a casa não era dele mas ele estava morando ali, tipo, em um dos quartos. Então, um dia, comecei a sentir dores e vi que tinha chegado a hora. Mas a dor apenas piorava e nada acontecia. Eu sabia que havia algo errado.

— Ninguém a levou para receber atendimento médico?

Ela riu e olhou para mim como se eu tivesse sugerido que ela se candidatasse a uma vaga em Yale.

— No dia seguinte, o bebê finalmente nasceu, mas estava ferrado.

— Como assim?

— Estava azul e não respirava.

Os olhos dela brilharam. Desviando o olhar, ela passou a palma das mãos sobre as bochechas.

Uma seta de aço partiu o meu coração. Eu acreditava na história dela. Sentia a dor daquela jovem diante da perda insuportável. Por todas as Tamelas e seus bebês.

Eu toquei a mão dela. Tamela se retraiu e deixou as mãos tombarem sobre o colo.

— Você jogou o corpo do bebê no fogão à lenha? — perguntei em voz baixa.

Ela assentiu.

— Foi Darryl quem mandou?

— Não. Não sei por que fiz aquilo, apenas fiz. Darryl ainda acreditava que o bebê era dele, entrou numa viagem de paternidade.

— Entendo.

— Ninguém fez nada com aquele bebê. — As lágrimas brilharam em seu rosto e seu peito magro ofegava sob o top vermelho. — Aparentemente ele nasceu sem vontade de viver.

Tamela voltou a enxugar as bochechas, raiva e tristeza reveladas na grosseria do gesto. Então ela fechou os dedos e apoiou a testa sobre os punhos.

— Você não conseguiu reanimá-lo?

Tamela só conseguiu balançar a cabeça.

— Por que se esconderam?

Tamela olhou para Geneva por sobre os nós dos dedos.

— Vá em frente — disse Geneva. — Estamos aqui. Agora conte para ela.

Tamela inspirou diversas vezes.

— Um dia, Darryl brigou com Buck. Buck disse para ele que eu traía Darryl e que o bebê era de Buck. Darryl ficou maluco, pensou que eu tinha matado o meu bebê para afrontar ele. Disse que vai me encontrar e me encher de porrada.

— Para onde você foi?

— Para o porão de uma prima.

— Seu pai está lá agora?

Duas cabeças balançaram em negativa.

— Papai foi para a casa da irmã dele, em Sumter. Ela veio de carro e o levou, mas não queria nada com a gente. Disse que éramos filhas do diabo, que íamos queimar no inferno.

— Por que vieram me ver?

Nenhuma das irmãs ergueu os olhos para me encarar.

— Geneva?

Geneva manteve o olhar voltado para os dedos que seguravam a lata de refrigerante.

— Vou contar para ela — falou, voz sem entonação.

Tamela deu de ombros.

— Esta manhã, minha prima bateu à minha porta, gritando que o marido dela estava olhando muito para a minha irmã. Exigiu que fôssemos embora. Papai está furioso conosco, nossos próprios parentes estão furiosos conosco, e Darryl quer nos matar.

A cabeça de Geneva estava baixa, de modo que eu não podia ver-lhe o rosto, mas o tremor de seu rabo de cavalo revelava o seu desespero.

— Tivemos que sair de onde estávamos. E não podemos ir para casa, pois Darryl pode sair da cadeia a qualquer momento e ir atrás de nós. — Sua voz diminuiu de volume. — Não tínhamos para onde ir.

— Eu não... — Tamela começou a falar mas não terminou.

Segurei a mão de cada uma delas. Desta vez, não fui rejeitada.

— Ficarão comigo até poderem ir para casa em segurança.

— Não vamos roubar nada. — Tamela falava aos sussurros, voz de uma criança assustada.

LEVEI BOYD PARA UM PASSEIO DE CINCO MINUTOS. Então passamos meia hora separando toalhas, lençóis e cobertores para o sofá-cama. Quando as irmãs Banks finalmente se instalaram, Boyd tendo garantido um lugar no cômodo sob a objeção de Geneva, já passava das 23h.

Muito agitada para dormir, levei o laptop para o quarto, entrei na internet e voltei à pesquisa sobre Klinefelter. Estava naquilo há uns dez minutos quando meu celular tocou.

— O que houve? — Ryan pareceu alarmado ao ouvir minha voz de tenor.

Falei para ele sobre Geneva e Tamela.

— Tem certeza de que isso é verdade?

— Acho que sim.

— Bem, tome cuidado. Elas podem estar tentando acobertar o vagabundo do Tyree.

— Sempre tomo cuidado. — Não precisava mencionar aquele momento de incerteza a respeito da tranca da porta. Ou o alarme desligado.

— Você deve estar aliviada pelos Banks estarem bem.

— Sim. E acho que descobri algo mais. — Já ouviu falar na síndrome de Klinefelter?

— Não.

— Quantos cromossomos você tem?

— Vinte e três pares. É o que me basta.

— Isso sugere que alguma coisa a seu respeito é normal.

— Tenho a impressão de que estou a ponto de aprender algo sobre cromossomos.

Deixei-o ouvir o meu silêncio.

— Tudo bem. — Ouvi um fósforo estalando, então uma profunda tragada. — Por favor?

— Como você destacou de modo tão astuto, indivíduos geneticamente normais têm 23 pares de cromossomos, um cromossomo em cada par herdado do pai, outro da mãe. Vinte e dois pares são chamados de autossomos, o outro par é feito de cromossomos sexuais.

— XX: sapatinhos cor-de-rosa; XY: sapatinhos azuis.

— Você é um gênio, Ryan. Ocasionalmente, algo errado acontece na formação de um óvulo ou de um espermatozoide e o indivíduo nasce com um cromossomo a mais ou a menos.

— Síndrome de Down.

— Exato. Gente com mongolismo ou síndrome de Down tem um cromossomo a mais no vigésimo primeiro par de autossomos Tal condição também é chamada de trisomia 21.

— Acho que estamos chegando ao Sr. Klinefelter.

— Às vezes, a anomalia envolve um cromossomo sexual a mais ou a menos. Mulheres XO têm uma condição chamada síndrome de Turner. Homens XXY têm síndrome de Klinefelter.

— E quanto a homens YO?

— Não é possível. Sem X, não há sobrevivência.

— Fale-me de Klinefelter.

— Uma vez que há um cromossomo Y no genoma XXY, os indivíduos com síndrome de Klinefelter são do sexo masculino. Mas têm testículos pequenos e sofrem de deficiência de testosterona e infertilidade.

— São fisicamente distintos?

— Homens com SK tendem a ser altos, com pernas desproporcionalmente compridas, poucos pelos corporais ou faciais. Alguns têm corpos em formato de pera. Outros, desenvolvem seios.

— Isso é comum?

— Li estimativas que variam de um em quinhentos a um em oitocentos bebês do sexo masculino. Isso torna a SK a mais comum das anomalias de cromossomos sexuais.

— Alguma implicação comportamental?

— Indivíduos com SK têm uma alta incidência de dificuldades de aprendizado, às vezes QI verbal reduzido, mas geralmente têm inteligência normal. Alguns estudos relatam níveis mais altos de agressividade e de comportamento antissocial.

— Não creio que essas crianças se sintam realmente bem a respeito de seu próprio crescimento.

— É — concordei.

— Por que estamos interessados na síndrome de Klinefelter?

Falei para ele sobre Brian Aiker e recontei a minha conversa com Springer e Zamzow. Então compartilhei a minha ideia sob nova perspectiva.

— Então você acha que o crânio da latrina combina com o esqueleto de Lancaster, e que essa pessoa pode ser Charlotte Grant Cobb?

— Sim. — E disse por quê. — É uma especulação e tanto.

— Zamzow disse que Cobb não era muito alta — lembrou Ryan.

— Ele disse que ela não era uma amazona. Se os ossos das pernas fossem desproporcionalmente longos, isso alteraria a estimativa de altura.

— O que planeja fazer?

— Encontrar a família Cobb, fazer algumas perguntas.

— Não vai doer — disse Ryan.

Atualizei-o a respeito do que soube por Slidell e Woolsey.

— Curioso — disse Ryan.

Hesitei.

Que diabos.

— Vejo você em breve? — perguntei.

— Mais cedo do que pensa — falou.

Eba!

Após verificar um mapa no Yahoo!, fui para a cama.

Não vai doer, pensei, repetindo Ryan.

Quão errados estávamos!

CAPÍTULO 33

NA MANHÃ SEGUINTE, LEVANTEI ÀS 7H30. O silêncio no gabinete de leitura sugeria que Geneva e Tamela ainda estavam mortas para o mundo. Após passear com Boyd ao redor do quarteirão, enchi os potes de ração, coloquei flocos de milho e passas na mesa da cozinha, escrevi um bilhete e entrei no carro.

Clover fica na divisa entre as Carolinas do Norte e do Sul, a meio caminho entre um trecho represado do rio Catawba chamado lago Wylie, e o Kings Mountain National Park, local da Guerra Revolucionária que Ryan e Boyd visitaram. Minha amiga Anne chamava a cidade de Clo-vay, dando ao nome um ar de *je ne sais quoi*.

Fora dos horários de pico, uma viagem a Clo-vay demora menos de trinta minutos. Infelizmente, cada motorista registrado no Estado das Palmeiras estava na estrada naquela manhã. Outros se juntaram a eles vindos do Tennessee e da Geórgia. E Oklahoma. E Guam. Arrastei-me pela I-77, alternando entre tomar goles de meu Starbucks e tocar a buzina.

Clover foi fundada em 1887 como uma parada de trem, para florescer como um centro têxtil no início do século XX. Os vazamentos de água dos tanques da ferrovia mantinham o lugar úmido e coberto de trevos, o que garantiu ao lugar o nome de Cloverpatch – área dos trevos. Aspirando a uma imagem mais imponente, ou talvez querendo se dissociar dos Yokum e dos Scraggs*, algum comitê de cidadãos acabou abreviando o nome para Clover.

O polimento na imagem não ajudou. Embora Clover ainda tenha algumas confecções e fábricas de peças de freio e de material cirúrgico em suas redondezas, nada de mais acontece por ali. Uma leitura cuidadosa na literatura de câmara do Comércio revela que os bons momentos são vividos em outras partes: no lago Wylie, nas montanhas Blue Ridge, nas praias da Carolina, nos jogos de beisebol dos Charlotte Knights e nos jogos de futebol americano dos Carolina Panthers.

Ocultas nas colinas ao redor de Clover, há algumas casas anteriores à Guerra Civil, mas não são lugares para guarda-chuvas listrados ou toalhas de mão da campanha francesa. Embora muito Norman Rockwell, a cidade é estritamente de operários de colarinho azul ou, mais corretamente, sem colarinho algum.

Por volta das 9h40 eu chegava ao ponto em que a US 321 cruzava a SC 55, o centro de Clover. Edifícios de tijolos de dois ou três andares alinhavam-se ao longo das pistas que formavam o cruzamento. Previsivelmente, a 321 era chamada de Main Street ao atravessar a cidade.

Lembrando-me do mapa do Yahoo!, rumei para o sul na 321, então entrei à esquerda na Flat Rock Road. Três direitas adiante, me vi em uma rua sem saída, orlada de pinheiros de folhas longas e carvalhos frondosos. O endereço que Zamzow me deu me levou a um trailer estacionado sobre uma laje de cimento uns 8 metros adiante.

A varanda da entrada frontal abrigava duas cadeiras de metal, uma sem assento, a outra com almofadas decoradas com motivos verde floral. À direita do trailer pude ver uma horta. O jardim da frente estava cheio de cata-ventos.

Havia um capô de carro pendurado por garras de sucção à extremidade esquerda do trailer, seu interior repleto de volumes de formato insólito cobertos com plástico azul. Um grupo de magnó-

---

* Famílias rivais nas histórias em quadrinho *Família Buscapé* (Li'l Abner, em inglês). Os personagens moravam numa cidade chamada Dogpatch. (*N. do T.*)

lias projetava a sua sombra sobre um balanço enferrujado à esquerda do abrigo do trailer.

Entrei no acesso de veículos coberto de brita, desliguei o motor e atravessei o jardim até a porta da frente. Entre os cata-ventos reconheci a Pastorinha. Dunga e Soneca. Uma mãe-ganso guiava quatro miniaturas de si mesma.

Uma mulher esquelética com olhos que pareciam grandes demais para o rosto atendeu a campainha. Usava um cardigã frouxo de bolinhas sobre um vestido caseiro e desbotado de poliéster. As vestes cobriam o seu corpo sem carne como roupas sobre um cabide.

A mulher falou comigo através de uma porta externa de alumínio e vidro.

— Não tenho nada esta semana. — Ela se afastou para fechar a porta interna.

— Sra. Cobb?

— Você está com o pessoal dos rins? Gostaria de conversar sobre a sua filha.

— Não tenho filha.

Outra vez a mulher fez menção de fechar a porta, então hesitou, linhas verticais surgindo na testa descarnada.

— Quem é você?

Tirei um cartão de minha bolsa e o exibi através do vidro. Ela o leu então olhou para cima, olhos repletos de pensamentos que nada tinham a ver comigo.

— Legista? — perguntou.

— Sim, senhora. — Seja simples.

A moldura de alumínio chacoalhou quando ela abriu a porta. Um vento frio soprou para fora do cômodo, como ar de uma tumba recém-aberta.

Sem palavras, a mulher me levou até a cozinha e apontou para uma pequena mesa com pernas verdes e tampo de madeira falsa. O interior do trailer cheirava a naftalina, desinfetante de pinho e cigarro.

— Café? — perguntou quando me sentei.

— Sim, por favor. — O termostato devia estar em 14 graus e senti os pelos do pescoço e dos braços se arrepiarem.

A mulher pegou duas canecas de um armário e as encheu com o café de uma cafeteira sobre o balcão.

— É a Sra. Cobb, certo?

— Sim. — A Sra. Cobb pousou as canecas sobre a madeira falsa. — Leite?

— Não, obrigada.

Pegando um maço de Kools de cima da geladeira, a Sra. Cobb sentou-se na cadeira diante da minha. Sua pele parecia flácida e acinzentada. Uma verruga brotava de uma dobra abaixo de sua pálpebra esquerda, parecendo uma craca na beira de um cais.

— Tem fogo?

Peguei fósforos em minha bolsa, acendi um e o estendi para ela acender o cigarro.

— Nunca encontro as coisas quando preciso delas.

Ela tragou profundamente, exalou a fumaça e apontou para a caixa de fósforos.

— Tire isso daqui. Não quero fumar muito. — Ela deu uma risada debochada. — Faz mal para a minha saúde.

Guardei os fósforos no bolso do jeans.

— Você quer falar sobre a minha filha.

— Sim, senhora.

A Sra. Cobb pegou um Kleenex de um bolso do suéter, assoou o nariz, então deu outro trago.

— Novembro que vem vai fazer dois anos que meu marido morreu.

— Lamento por sua perda.

— Ele era um bom cristão. Cabeça dura, mas um bom homem.

— Tenho certeza de que sente falta dele.

— Deus sabe o quanto.

Um cuco saiu de seu relógio em cima da pia. Ambas ouvimos. Dez pios.

— Ele me deu esse relógio no nosso vigésimo quinto aniversário de casamento.

— Deve lhe ser muito precioso.

— Essa coisa continua funcionando todos esses anos.

A Sra. Cobb deu um trago no seu Kool, olhos fixos num ponto entre nós. Num ponto anos atrás. Então ergueu o queixo, movida por um pensamento súbito.

Ela se voltou para mim.

— Você encontrou a minha filha?

— Talvez.

A fumaça exalava do cigarro e flutuava ao redor de seu rosto.

— Morta?

— É uma possibilidade, Sra. Cobb. A identificação está complicada.

Ela levou o cigarro aos lábios, tragou e exalou a fumaça pelo nariz. Então bateu a cinza e rodou a ponta incandescente em um pequeno pires de metal até apagá-lo.

— Em breve me juntarei ao Charlie Pai. Acho que é hora de acertar algumas coisas.

Ela se levantou da cadeira e foi até os fundos do trailer, chinelos arrastando sobre o tapete. Ouvi o que pareceu ser uma porta se abrindo.

Os minutos passaram. Horas. Uma década.

Finalmente, a Sra. Cobb voltou com um volumoso álbum verde amarrado com um cordão preto.

— Acho que o velho bode vai me perdoar.

Ela pôs o álbum na minha frente e abriu na primeira página. Sua respiração soava ofegante quando se inclinou sobre meu ombro para apontar a foto de um bebê enrolado em um cobertor xadrez.

O dedo se moveu para um bebê em um berço antiquado. Um bebê em um carrinho.

Ela passou diversas páginas adiante.

Uma criança segurando um martelo de plástico. Uma criança com macacão jeans e boné de ciclista.

Mais duas páginas.

Um menino de cabelo louro-claro com cerca de 7 anos, chapéu de caubói e duas cartucheiras. O mesmo menino pronto para jogar beisebol, bastão apoiado sobre o ombro.

323

Três páginas.

Um adolescente com a palma da mão estendida em protesto, rosto afastado da lente. Tinha cerca de 16 anos e vestia uma camisa de golfe imensa sobre uma camiseta sem mangas.

Era o menino do martelo-beisebol-caubói, embora seu cabelo estivesse mais escuro agora. A bochecha era macia, rosada e pontilhada de acne. Os quadris do menino pareciam largos, o corpo suavemente feminino, com total ausência de definição muscular.

Olhei para a Sra. Cobb.

— Meu filho. Charles Grant Cobb.

Dando a volta na mesa, ela se sentou e segurou a caneca de café.

Ficamos em silêncio durante um minuto completo. Fui eu quem falou afinal.

— Seu filho deve ter enfrentado dificuldade durante a adolescência.

— Charlie Junior não passou pelas mudanças certas. Nunca desenvolveu barba. Sua voz nunca mudou, e seu... — cinco segundos. — Você sabe.

XXY. Um menino com síndrome de Klinefelter.

— Eu sei, Sra. Cobb.

— Os jovens podem ser tão cruéis...

— Alguma vez seu filho foi examinado ou tratado?

— Meu marido recusava-se a admitir que havia algo de errado com Charlie Filho. Quando a puberdade chegou e nada pareceu acontecer, exceto o fato de Charlie Filho ficar cada vez mais pesado, suspeitei de que algo não estava certo. Sugeri que fosse examinado.

— O que os médicos disseram?

— Nunca fomos a um médico. — Ela balançou a cabeça. — Havia duas coisas que o Sr. Cobb odiava com todas as suas forças. Médicos e bichas. Era como ele chamava... Bem, você sabe.

Ela pegou outro Kleenex, voltou a assoar o nariz.

— Era como discutir com um bloco de concreto. Até o dia de sua morte, Charlie Pai acreditava que Charlie Filho só precisava se fortalecer. Era o que ele sempre dizia para o filho. Fique forte, garoto. Seja homem. Ninguém gosta de efeminados. Ninguém gosta de florzinhas.

Olhei para o menino na fotografia e pensei em valentões empurrando os mais fracos nos corredores da escola. De jovens roubando o dinheiro do lanche de crianças menores. De fanfarrões debochando de defeitos e fragilidades, fazendo os outros sangrarem como feridas não cicatrizadas. De crianças debochando, atormentando, perseguindo até as suas vítimas finalmente desistirem de si mesmas.

Senti raiva, frustração e tristeza.

— Quando Charlie Filho saiu de casa, ele decidiu viver como uma mulher — supus.

Ela assentiu.

— Não sei exatamente quando, mas foi o que fez. Ele... — a Sra. Coob buscou o pronome adequado — ... ela nos visitou certa vez, mas Charlie Pai quase teve um troço, disse para ele não retornar até ter voltado ao normal. Eu não via Charlie havia mais de dez anos quando ele... — mais confusão com pronomes — ... quando desapareceu.

Sorriso de conspiração.

— Mas eu falava com ele. Charlie Pai não sabia disso.

— Frequentemente?

— Ele ligava uma vez por mês. Era um guarda florestal, você sabe.

— Um agente do Fish and Wildlife Service. É uma profissão muito puxada.

— Sim.

— Quando você falou com Charlie Filho pela última vez?

— Foi no início de dezembro, há cinco anos. Recebi a ligação de um policial pouco tempo depois, perguntando se eu sabia onde *Charlotte* estava. Foi o nome que Charlie Filho escolheu.

— Seu filho estava trabalhando com o quê quando desapareceu?

— Algo a ver com gente que matava ursos. Ele estava furioso com aquilo. Disse que as pessoas estavam matando ursos às pencas apenas para ganhar algum dinheiro. Mas, ao que me lembre, falou disso como uma atividade paralela, não uma missão oficial. Como se fosse algo com que topou por acaso. Acho que ele devia mesmo era estar cuidando das tartarugas.

— Ele mencionou algum nome?

— Acho que ele disse algo sobre um chinês. Mas espere. — Ela levou um dedo esquelético aos lábios e o ergueu no ar. — Ele disse que havia um sujeito em Lancaster e outro em Colúmbia. Não sei se isso tinha a ver com ursos ou tartarugas, mas lembro-me de ter pensado nisso depois, porque Charlie Filho trabalhava na Carolina do Norte, não aqui.

O cuco piou uma vez, anunciando a meia hora.

— Mais café?

— Não, obrigada.

A Sra. Cobb se levantou para encher a caneca. Falei para as costas dela.

— Encontramos restos de ossos, Sra. Cobb. Acredito que podem ser de seu filho.

Seus ombros arriaram visivelmente.

— Alguém vai telefonar?

— Eu mesma ligarei quando tiver certeza.

Ela fechou os punhos e enfiou-os nos bolsos de seu suéter.

— Sra. Cobb, posso fazer uma última pergunta?

Ela assentiu.

— Por que não compartilhou essa informação com aqueles que investigavam o desaparecimento de seu filho?

Ela se voltou para mim com olhos melancólicos.

— Charlie Pai disse que Charlie Filho provavelmente tinha fugido para São Francisco ou para algum outro lugar onde pudesse levar adiante seu estilo de vida. Eu acreditei nele.

— Seu filho alguma vez disse algo sugerindo que pretendia se mudar?

— Não.

Ela levou a caneca aos lábios, e voltou a pousá-la sobre a bancada.

— Acho que acreditei no que queria acreditar.

Levantei-me.

— Preciso ir andando.

À porta, ela me fez uma última pergunta.

— Você lê muito a Bíblia?

— Não, senhora, não leio.

Seus dedos amarrotavam o lenço de papel.

— Não entendo esse mundo — disse ela em voz muito baixa.

— Sra. Cobb, em meus melhores dias, não consigo entender nem a mim mesma.

Caminhando em meio aos cata-ventos, senti olhos voltados para as minhas costas. Olhos repletos de perda, tristeza e confusão.

Ao caminhar em direção ao meu carro, algo no para-brisa me chamou a atenção.

Que diabos?

Dois passos mais e o objeto entrou em foco.

Parei de andar.

Levei a mão à boca. Meu estômago se revirou.

Engolindo em seco, dei dois passos adiante. Três. Quatro.

Meu Deus.

Revoltada, fechei os olhos.

Uma imagem ocupou a minha mente. Uma mira em minhas costas.

Meu coração disparou. Meus olhos se arregalaram.

Estaria no campo de visão do Anjo da Morte? Teria sido seguida?

Tive de me forçar a ver a forma macabra contra o para-brisa.

Preso entre o limpador e o vidro, havia um esquilo. Olhos mortos, barriga cortada, entranhas brotando como cogumelos de um tronco podre.

CAPÍTULO 34

VIREI-ME.

A porta interna e a de alumínio estavam fechadas.

Examinei todo o quarteirão.

Uma mulher correndo com um cão vira-latas.

Será que eu fui seguida? Senti um frio no estômago.

Prendendo a respiração, ergui a lâmina do limpador, peguei o esquilo pelo rabo e joguei-o em meio às árvores. Embora minhas mãos estivessem trêmulas, minha mente automaticamente fazia anotações.

O esquilo estava duro. Não havia morrido recentemente.

Peguei um pano no porta-luvas, limpei o vidro e sentei-me ao volante.

Use a adrenalina. Deixe-a fluir.

Liguei o motor e subi a rua.

A corredora e o cão dobravam a esquina. Dobrei atrás deles.

Era uma mulher de 30 e poucos anos e parecia estar precisando correr mais frequentemente. Usava um top e short de ciclista. Fones de ouvido dotados de uma pequena antena emolduravam um rabo de cavalo louro. O cão estava atado a uma daquelas coleiras com guias retráteis.

Abaixei o vidro.

— Com licença.

O cão se voltou, a corredora não.

— Com licença — gritei, inclinando-me para a frente.

O cão voltou-se para o carro, quase derrubando a dona. Ela parou, tirou os fones do ouvido e olhou-me, preocupada.

O animal apoiou as patas da frente na minha porta e cheirou. Estendi a mão e acaricie-lhe a cabeça.

A corredora pareceu relaxar um pouco.

— Conhece a Sra. Cobb? — perguntei, a calma em minha voz contrariando a minha agitação.

— Sim — disse ela, ofegante.

— Enquanto eu fazia uma visita a ela, algo foi deixado no meu para-brisa. Você viu algum outro carro perto do trailer dela?

— Na verdade, sim. É uma rua sem saída, de modo que não tem muito tráfego. — Ela apontou um dedo para o cão e dali para o chão. — Gary, desça.

Gary?

— Era um Ford Explorer preto. Homem ao volante. Não muito alto. Cabelo bom. Óculos escuros.

— Cabelo preto?

— Muito. — Ela riu. — Meu marido é careca. "Estou ficando calvo", ele diz. Presto atenção nos cabelos dos homens. De qualquer modo, o Explorer estava estacionado em frente à entrada de veículos da Sra. Cobb. Não reconheci o carro, mas tinha placa da Carolina do Sul.

A mulher chamou Gary. O cão foi para a calçada e então se apoiou no meu painel lateral.

— A Sra. Cobb está bem? Eu tento, mas não a tenho visitado muito frequentemente.

— Tenho certeza de que ela gostaria de companhia — falei, meus pensamentos voltados para um estranho de cabelo preto.

— É.

Arrastando Gary de minha porta, a mulher voltou a colocar os fones de ouvido e retomou a corrida.

Fiquei parada um instante, pensando no próximo passo. Sendo condescendente comigo mesma.

Lancaster e Colúmbia.

Baixo com cabelo preto. Bom cabelo preto.

Era a mesma descrição do parceiro de lanchonete de Wally Cagle.

E de Palmer Cousins.

E de um milhão de homens nos EUA.

Será que descreveria o Anjo da Morte?

O que diabos estava acontecendo?

Acalme-se.

Inspirei profundamente e tentei ligar para o celular de Katy.

Não atendeu. Deixei uma mensagem de voz.

Lancaster e Colúmbia.

Liguei para Lawrence Looper para saber de Wally Cagle.

Secretária eletrônica. Mensagem.

Liguei para Dolores no departamento de antropologia da USC.

Notícias maravilhosas. Wally Cagle estava se recuperando. Não, ainda não estava consciente. Não, não tinha recebido nenhuma outra visita na universidade.

Agradeci e desliguei.

O que conseguiria com outra viagem a Colúmbia? Assustar Looper? Assustar Palmer Cousins? Localizar Katy? Deixar Katy irritadíssima por tentar localizá-la? Deixar Skinny Slidell irritadíssimo?

Uma viagem até Lancaster?

Clover ficava a meio caminho.

Katy não ficaria chateada.

Skinny conseguiria superar.

E, de qualquer modo, Cagle ainda não estava consciente.

Fui para o sul na 321, então para leste na 9, olhos constantemente voltando-se para o retrovisor. Duas vezes vi o que achei serem Explorers pretos. Duas vezes reduzi. Duas vezes os veículos me ultrapassaram. Embora parecesse controlada, o medo permanecia dentro de mim.

A 10 quilômetros de Lancaster, liguei para Terry Woolsey no departamento do xerife.

— A detetive Woolsey não está aqui hoje — disse uma voz masculina.

— Posso ligar para a casa dela?
— Sim, senhora, pode.
— Mas você não tem permissão para me dar o número.
— Não, senhora, não tenho.

Droga! Por que não peguei o número da casa dela?

Deixei uma mensagem para Woolsey.

— E o número de legista do condado?

— Isso eu posso dar. — E deu. — O Sr. Park talvez esteja em casa. — Não parecia acreditar muito nisso. — Senão, pode tentar encontrá-lo na casa funerária.

Eu o agradeci. Ao desligar, vi outro utilitário preto. Quando acabei de discar para o escritório do legista, o veículo havia desaparecido. O medo aumentou.

O telefonista tinha razão. Park não estava. Deixei a quarta mensagem em dez minutos, então parei em um posto de gasolina para perguntar como chegar à casa funerária.

O atendente conversou com o assistente adolescente, uma longa discussão se seguiu, chegaram finalmente a um acordo: siga a 9 até se tornar a West Meeting Street. Entre à direita na Memorial Park Drive, atravesse os trilhos, pegue outra direita meio quilômetro mais abaixo, siga as placas. Se passar pelo cemitério, foi longe demais.

Nenhum deles se lembrava do nome da rua da casa funerária.

Quem precisava de Yahoo!? Eu tinha aqueles dois frentistas.

Mas suas orientações foram precisas. Quinze minutos e duas entradas depois, vi uma placa de madeira sobre dois pilares brancos. Letras brancas em relevo anunciavam a Park Funeral Home e listavam os serviços fornecidos.

Entrei e segui um acesso de veículos sinuoso margeado de azaleias e pinheiros. Ao dobrar a nona ou a décima curva, vi um estacionamento coberto de brita e um grupo de edifícios. Estacionei e observei a área.

A Park Funeral Home não era uma empresa grande. Seu centro principal era um prédio de um andar com duas alas e uma parte que se projetava para a frente, dois conjuntos de janelas triplas em cada lado da entrada, e uma chaminé em um telhado de telhas de asfalto.

Atrás do prédio principal havia uma capelinha de tijolos, com um pequeno campanário e portas duplas. Atrás dela havia duas estruturas de madeira, a maior provavelmente uma garagem, a menor provavelmente um armazém.

Heras e mirtales cobriam o chão ao redor dos prédios, e emaranhados de ipomeias galgavam as suas fundações. Olmos e carvalhos mantinham todo o complexo em sombras perpétuas.

Ao sair, os calafrios deram o ar da graça. Minha mente acrescentou mais um serviço à lista na placa da entrada. Funerais. Cremações. Apoio na dor. Planejamento. Sombras perpétuas.

Deixe de melodrama, Brennan.

Bom conselho.

Contudo, o lugar me dava medo.

Fui até o prédio grande de tijolos. Porta aberta.

Entrei em um pequeno vestíbulo. Letras brancas de plástico em um quadro cinza indicavam onde ficavam a recepção, a sala de arranjos, a sala dos carregadores de caixão e os salões um e dois.

Alguém com o nome de Eldridge Maples ocupava o salão dois.

Hesitei. Seria "sala de arranjos" um eufemismo para escritório? Seria a "recepção" destinada aos vivos? Setas de plástico branco indicavam que ambos os locais ficavam bem à frente.

Do vestíbulo, atravessei um corredor decorado com tapete denso cor de lavanda e paredes rosa-claro. As portas e as madeiras eram de um branco brilhante, e falsas colunas coríntias brancas, completas, com rosetas e volutas à altura do teto, abraçavam as paredes em intervalos.

Ou eram dóricas? As colunas coríntias não tinham capitéis no topo? Não, colunas coríntias tinham rosetas.

Pare!

Sofás e poltronas de dois lugares estilo cabriolé preenchiam cada espaço entre as colunas. Ao lado, mesas de mogno com flores de seda e caixas de lenços de papel.

Palmeiras em vasos flanqueavam portas duplas fechadas à direita e à esquerda. Havia um relógio antigo na outra extremidade do corredor, seu tique-taque constante o único som a romper o silêncio do lugar.

— Olá? — chamei em voz baixa.

Ninguém respondeu. Ninguém apareceu.

Tentei outra vez, um pouco mais alto.

O tique-taque continuou.

— Alguém aí?

Era minha manhã de tique-taques de relógios.

Estava escolhendo entre "arranjos" e "recepção" quando meu celular tocou. Assustei-me e olhei em torno, esperando que meu nervosismo não tivesse sido notado. Como não vi ninguém, fui até o vestíbulo e atendi.

— Sim — murmurei.

— Oi.

Meus olhos se reviraram completamente. Será que ele nunca iria aprender a dizer "Olá"?

— Sim? — voltei a murmurar.

— Está na igreja ou algo parecido? — Slidell parecia mastigando um de seus eternos Snickers.

— Algo parecido.

— Onde diabos está?

— Em um funeral. Por que ligou?

Houve uma pausa enquanto Slidell digeria aquilo.

— O Dr. Larabee me pediu para eu lhe avisar. Disse que recebeu a resposta da seção de grafotecnia, achou que você gostaria de saber.

Por um instante, minha mente não ligou uma coisa a outra.

— O bilhete que você e o doutor encontraram na cueca de Aiker.

Não me incomodei em explicar a correta proveniência do bilhete.

— O médico disse que você estava certa quanto a Colúmbia — disse Slidell.

Irracionalmente, dei as costas à entrada do corredor, como se o falecido Sr. Maples pudesse ouvir alguma coisa.

— Quem escreveu o bilhete estava indo para Colúmbia?
— Parece. O pessoal da grafotecnia usou um tipo de luz vodu e conseguiu decifrar algumas letras que faltavam.
— Algo mais?

Uma porta bateu nas proximidades da capela ou da garagem. Abri a porta de entrada e olhei para fora. Ninguém à vista.

— A única outra palavra que conseguiram decifrar foi "Cousins".

Minha mente soltou fagulhas como em um curto circuito.

Não havia dúvidas. Cousins está envolvido. A caminho de Colúmbia.

Foi como se eu tivesse sido acordada com um tapa na cara.

Um homem baixo e musculoso com cabelo preto e denso. Um agente do FWS que nada sabia sobre caça predatória de ursos.

Palmer Cousins.

Slidell falava mas eu não o ouvia. Lembrava-me da conversa com Ryan. Os restos da latrina foram encontrados na terça-feira.

O Anjo da Morte começou a me fotografar na quarta-feira.

Palmer Cousins estava na fazenda Foote naquele sábado. Ele sabia o que Boyd havia encontrado.

Teria Cousins colocado o esquilo em meu carro? Seria outra ameaça do Anjo da Morte? Estaria me seguindo? Estaria com Katy? Será que ele faria mal a ela para me atingir?

Meu coração estava disparado, palmas das mãos suadas segurando o aparelho.

— Ligo para você depois — falei.

Slidell começou a gritar.

Desliguei.

Mãos trêmulas, guardei o telefone na bolsa e saí pela porta da frente.

E esbarrei em um peito que parecia feito de concreto.

O sujeito tinha mais ou menos a minha altura, vestia um terno preto listrado e camisa incrivelmente branca.

Murmurei um pedido de desculpas e dei passagem para que ele passasse.

Ele estendeu um braço. Dedos de ferro fecharam-se sobre o meu bíceps.

Senti meu corpo girar, vi cabelos densos e negros, meu rosto refletido em lentes metálicas, boca aberta de surpresa.

Levei um tapa na orelha esquerda. Minha cabeça foi projetada para a frente e bateu contra a porta.

A dor tomou conta de meu crânio.

Lutei para me libertar. As mãos me seguravam como um torno.

Dedos agarraram meu cabelo. Minha cabeça foi puxada para trás. Senti sangue e lágrimas em meu rosto.

Mais uma vez, minha cabeça foi projetada para a frente e bateu contra a madeira.

Meu pescoço voltou a dobrar para trás.

Para a frente.

Senti um impacto, ouvi um baque surdo.

Então mais nada.

CAPÍTULO 35

SENTI CHEIRO DE MOFO, MUSGO, um pouco adocicado, como fígado fritando em uma frigideira.

Ouvi gansos no céu, ou chamando uns aos outros em algum lago distante.

Onde eu estava? Sabia estar deitada de barriga para baixo sobre algo duro, mas onde?

Meu cérebro fornecia apenas fragmentos desconexos. O trailer de Cobb. Um posto de gasolina. Uma casa funerária. Alguém chamado Maples.

Meus dedos tatearam o chão ao meu redor.

Liso. Frio. Plano.

Acariciei a superfície, inspirei o odor.

Cimento.

Passei a mão no rosto, senti sangue encrostado, um olho inchado, uma protuberância do tamanho de uma maçã.

Outra imagem mental.

Preto com listras. Branco antisséptico.

O ataque!

E aí?

Senti o pânico se acumular no peito. Meus neurônios torturados gritavam ordens, não respostas.

Levante!

Agora!

Colocando as palmas das mãos debaixo do corpo, tentei ficar de joelhos.

Meus braços pareciam feitos de borracha. A dor tomava conta de meu crânio. Senti um espasmo no estômago.

Voltei a me deitar, o cimento frio contra as minhas bochechas.

Sentia o coração pulsar em meus ouvidos.

Onde? Onde? Onde?

Outra ordem gritada.

Mexa-se!

Rolei de costas e lentamente me sentei. Luzes brancas atravessavam o meu cérebro. Sentia tremores sob a língua.

Dobrei os joelhos e puxei os tornozelos, abaixei o queixo e respirei profundamente.

Pouco a pouco, a náusea e a tontura diminuíram.

Devagar, ergui a cabeça, abri o olho bom e olhei intensamente ao redor.

A escuridão parecia sólida.

Esperei minhas pupilas dilatarem. Não dilataram.

Com cuidado, fiquei de joelhos e me levantei, tateando a escuridão, agachada, mãos estendidas para a frente. Eu era a cabra-cega.

Dois passos e minhas mãos tocaram cimento vertical. Andei para o lado, como um caranguejo. Três passos até um canto. Girando noventa graus, segui a parede perpendicular, mão direita adiante, a esquerda tateando o concreto.

Ai, meu Deus. Quão pequena era a minha prisão? Quão pequena? Senti gotas de suor no rosto, no pescoço.

Quatro passos e meu pé esquerdo se chocou contra um objeto sólido. Caí para a frente. Estendi as mãos na escuridão e toquei algo áspero e duro enquanto meu queixo se chocava contra a borda de algo no chão.

Gritei de dor e tremi de medo.

Outra vez os tremores em minha boca, o gosto amargo.

Tinha tropeçado sobre o que parecia ser uma laje de pedra. Estava caída em cima dela, mãos e braços estendidos, meus pés de volta ao lugar onde fizeram contato com a borda.

Eu me derreti sobre o cimento. Uma lágrima escorreu de meu olho bom e desceu pelo meu rosto. Outra vazou pelo canto de meu olho inchado, fazendo a carne ferida arder.

Suor frio. Lágrimas sofridas. Coração disparado.

Outras imagens, mais rápidas agora.

Um homem com cara de buldogue e cabelo preto e grosso.

Lentes metalizadas. Um reflexo de meu rosto que lembrava uma imagem de sala de espelhos de parque de diversão.

Um flashback em ricochete. Quarenta e oito horas. Uma conversa entre Slidell e uma debutante ofendida.

— O que você *viu*?

— A mim mesma!

Dolores se referia a lentes espelhadas!

Meu Deus! Meu agressor era o homem que visitou Cagle!

Cagle, que tinha passado a última semana em coma.

Pense!

Meu rosto estava queimando. Meu queixo, trêmulo. Sangue martelava no olho inchado.

Pense!

Imagens caleidoscópicas.

Uma corredora com fones de ouvido. A Sra. Cobb. O cuco. As fotografias.

Prendi a respiração.

Os fósforos!

Enfiei os dedos em um bolso de trás de meu jeans.

Vazio.

Tentei o outro e quebrei uma unha na afobação.

Os dois bolsos da frente.

Um lenço de papel, 21 centavos em moedas.

Mas eu guardara os fósforos ali. Sabia que tinha guardado. A Sra. Cobb me pediu fogo. Talvez eu não estivesse lembrando corretamente. Pense na sequência mais lentamente.

Tive uma sensação de paredes se fechando ao meu redor. Quão pequeno era o espaço onde eu estava presa? Ai meu Deus! A claustrofobia aumentou o medo e a dor.

Minhas mãos estavam trêmulas enquanto verificavam cada bolso. Os fósforos tinham que estar ali.

Por favor!

Tentei o bolsinho na parte de cima do bolso da frente. Meus dedos se fecharam ao redor de um objeto quadrado, grosso em uma extremidade, áspero na outra.

Uma caixa de fósforos!

Mas quantos?

Abri a tampa e apalpei.

Seis.

Faça-os durar!

Seis. Apenas seis!

Acalme-se! Divida o espaço em quadrantes. Localize uma luz. Localize uma saída.

Caminhando na direção do que esperava ser o centro do cômodo, afastei os pés, peguei um fósforo e tentei acendê-lo.

A cabeça quebrou sem acender.

Droga! Só cinco!

Peguei e risquei outro fósforo, pressionando-o com o polegar contra a tira de fricção.

O fósforo acendeu, iluminou a minha camisa, mas pouco mais que isso. Erguendo-o, caminhei para a frente e fiz uma fotografia mental do lugar. Pelo que pude ver, a sala parecia ser bem grande.

Caixas de madeira e papelão ao longo da parede que eu seguia. Uma lápide que tinha tirado um pedaço de minha canela pousada no chão. Prateleiras de metal, tiras perfuradas sustentando as prateleiras. Espaço entre as prateleiras e a parede.

O fogo queimou meu dedo. Joguei fora o fósforo.

Escuridão.

Mais cabra-cega. No final das prateleiras, acendi o terceiro fósforo.

Porta de madeira no meio da parede oposta.

Inclinando o fósforo para baixo para a chama aumentar, procurei um interruptor de luz.

Nada.

A chama apagou. Joguei fora o fósforo, fui até a porta, agarrei a maçaneta e girei.

Trancada!

Joguei o corpo contra a madeira, bati com os punhos, chutei, gritei.

Nenhuma resposta.

Tive vontade de berrar de raiva e frustração.

Dando um passo atrás, voltei-me para a direita, dei alguns passos e acendi o quarto fósforo.

Uma mesa emergiu da escuridão. Objetos alinharam-se sobre a mesa. Volumes maciços empilhados ao meu lado.

O fósforo se apagou.

Meu centro de lembrança visual juntou as três visões para formar um quadro.

A sala tinha cerca de 6 por 4 metros.

Muito bem. Administrável. Minha claustrofobia diminuiu um grau. O medo não.

Caixas e prateleiras ao longo de uma parede, mesa e bancada de trabalho na outra, área de armazenamento ao lado, porta no extremo oposto.

Voltei ao centro da sala, fiquei de costas para a porta e avancei lentamente, planejando uma inspeção mais detalhada da parede dos fundos.

Trêmula, pousei a cabeça do penúltimo fósforo sobre a tira de fricção. Antes de acender, senti que aquela parte da sala era mais cinzenta do que negra.

Voltei-me e vi um pequeno retângulo em cima da mesa.

Observei melhor.

O retângulo era uma janela coberta por grades, sujeira e poeira.

Enfiei a caixa de fósforos no bolso, subi na mesa, fiquei na ponta dos pés e olhei para fora.

A janela estava semienterrada, cercada por um poço coberto de trepadeiras. No alto, eu via árvores, um depósito de ferramentas, o luar atravessando uma fenda entre nuvens de berinjela.

Ouvi mais gansos e dei-me conta de que seus grasnidos haviam sido abafados por terra e concreto, não pela altitude ou pela distância.

Meu pulso voltou a disparar. Minha respiração estava ainda mais acelerada.

Eu estava presa em uma sala subterrânea, em um tipo de porão. O único meio de sair devia ser uma escadaria que ficava além da porta trancada.

Fechei os olhos, inspirei profundamente.

Mova-se! Faça algo!

Ao pular da mesa, percebi uma dezena de fios oscilando ao luar, brilhantes como teias de aranha. O cheiro doce de fígado ficou ainda mais forte.

Aproximei-me.

Cada fio sustentava uma massa carnuda mais ou menos do tamanho de meu punho. Cada uma dessas massas estava suspensa sobre um pequeno queimador.

Vesículas de ursos! Já deviam estar secas porque os queimadores estavam apagados.

O ultraje e a raiva acabaram com o que me restava de claustrofobia.

Faça alguma coisa agora! Seja rápida! As brechas entre as nuvens não vão durar muito.

Acendi o quinto fósforo e fui à extremidade oposta da mesa.

Armários de arquivo. Sinais de trânsito. Estandes de flores longas e pontudas. Um caixão de bebê. Um cofre de metal em miniatura. Rolos de grama falsa. Uma barraca.

Desenrolando uma camada de tela, peguei uma estaca da barraca, guardei-a no bolso e atravessei a sala.

Encontre velas! Leve a luz para perto da porta. Use a estaca da barraca para tentar quebrar a tranca ou forçar a maçaneta.

Arfando, acendi o último fósforo e vasculhei as caixas de papelão.

Fluidos de embalsamamento. Compostos endurecedores.

Fui até as prateleiras, agachei-me, olhei dentro de uma caixa aberta.

Próteses oculares, drenos, bisturis, tubos, agulhas hipodérmicas, seringas. Nada que pudesse quebrar uma porta.

A sala começou a escurecer.

Eu conseguiria mover um dos queimadores? Poderia acendê-lo?

Fiquei de pé.

As prateleiras superiores abrigavam um parque temático de urnas de bronze e mármore. Uma águia de asas abertas. A máscara mortuária de Tutancâmon. Um carvalho retorcido. Um deus grego. Uma cripta dupla.

Meu Deus! Será que aquelas urnas continham cinzas? Estariam os mortos não recolhidos observando o meu infortúnio? Poderia uma águia de bronze quebrar uma porta de madeira? Eu conseguiria erguê-la?

As nuvens se fecharam. A escuridão tomou conta do porão outra vez.

Tateei meu caminho de volta à mesa, subi e olhei para fora. Conseguiria chamar a atenção de alguém? Será que queria isso? O estranho de cabelo preto voltaria para acabar comigo?

Minhas pernas e meu rosto pulsavam de dor. As lágrimas queimavam o interior de minhas pálpebras. Trinquei os dentes.

A paisagem era uma incógnita.

Minutos se passaram. Horas. Milênios.

Lutei contra a sensação de abandono. Certamente viria alguém. Mas quem? Quando?

Olhei para o meu relógio. Estava tão escuro que eu não conseguia ver a minha mão.

Quem sabia que eu estava ali? O desespero assumiu o controle de meu cérebro. Ninguém!

Subitamente, apareceu uma luz, que tremulava enquanto se movia através das árvores.

Observei a luz oscilar em direção à mancha escura que eu sabia ser o depósito. Desaparecia, voltava a aparecer, oscilando em minha direção. Ao se aproximar, comecei a gritar, então parei de súbito. Comecei a distinguir a silhueta de um homem. Ele se aproximou e saiu de meu campo visual.

343

Uma porta bateu lá em cima.

Desci da mesa, atravessei a sala e me encolhi atrás das prateleiras. A estante oscilou quando me apoiei contra ela. Enfiando a mão no bolso, retirei a estaca da barraca, agarrei-a com firmeza e a segurei junto ao corpo, com a ponta para baixo.

Momentos depois, ouvi uma movimentação do lado de fora do porão. Uma chave rodou na fechadura. A porta se abriu.

Ofegante, olhei por entre as urnas.

O homem fez uma pausa à porta, lampião erguido acima do ombro direito. Era baixo e musculoso, com cabelo preto e grosso e olhos asiáticos. Suas mangas estavam enroladas, revelando uma tatuagem acima do pulso direito. *SEMPER FI.*

Hershey Zamzow tinha falado de um intermediário asiático no tráfico de vesículas de urso.

Sonny Pounder falara de um comerciante coreano, alguém com influência interna.

Ricky Don Dorton executara o seu esquema de tráfico dentro de caixões com um colega fuzileiro.

Terry Woolsey suspeitava da morte de seu amante e sua substituição no cargo de legista.

Em uma fração de segundo, minha mente montou outro quadro.

Meu agressor era o homem que apressadamente embalsamara o corpo de Murray Snow. O homem que visitara Wally Cagle.

O homem que contrabandeava drogas e vesículas de urso para Ricky Don Dorton.

Meu agressor era o legista do condado de Lancaster, James Park! James Park era coreano.

Park entrou no porão e correu a lanterna ao redor. Ouvi ele inspirar com força, vi seu corpo se enrijecer.

Ele foi até o ponto diretamente oposto às estantes e ergueu um saco de aniagem com a mão esquerda. O saco se moveu e mudou de forma como se fosse algo vivo.

A adrenalina tomou cada fibra de meu corpo.

O círculo de luz de Park iluminou os objetos macabros do porão, os movimentos abruptos do lampião eram um indicador da raiva de quem o segurava. Eu podia ouvir a respiração de Park, sentir o cheiro de seu suor.

Agarrei a estaca da barraca com firmeza. Inconscientemente, fiquei tensa e me espremi com mais força contra a estante, que oscilou e bateu na parede.

Park virou em minha direção. Deu um passo à frente. Outro.

A luz iluminou meus pés, minhas pernas. Movendo-me lentamente, escondi atrás do corpo a mão com que segurava a estaca.

Ouvi Park ofegar, parar e erguer o lampião. Embora não fosse muito clara, a luz súbita ofuscou o meu olho bom. Virei a cabeça para o lado.

— Então, Dra. Brennan. Finalmente nos conhecemos.

A voz era monótona e aveludada, alta como a de uma criança. Agora Park não estava tentando disfarçar a voz, mas eu soube instantaneamente. O Anjo da Morte!

Agarrei a estaca com mais força. Cada músculo tenso.

Park abriu um sorriso feito de puro gelo.

— Meu sócio e eu gostamos tanto de seus esforços em benefício da vida selvagem que decidimos lhe dar uma pequena demonstração de nossa gratidão.

Park ergueu o saco. Algo se contorceu lá dentro.

Fiquei paralisada, costas pressionadas contra a parede.

— Nada a dizer, Dra. Brennan?

Como jogar aquele jogo? Razão? Lisonja? Agressão? Escolhi permanecer calada.

— Muito bem, então. O presente.

Park deu um passo atrás, permitindo que a escuridão voltasse a tomar conta de meu corpo. Eu o vi pousar o lampião no chão e começar a desamarrar a extremidade do saco.

Sem pensar, enfiei a estaca da barraca atrás da estante como se fosse uma alavanca e forcei com ambas as mãos. A estante pesada oscilou para a frente e, então, voltou a se acomodar.

Ocupado, Park não percebeu.

Larguei a estaca.

Park ergueu a cabeça.

Agarrei uma das hastes laterais com ambas as mãos e empurrei a estante com toda força.

Park se aprumou.

A estante caiu para a frente. Urnas tombaram.

Park ergueu ambas as mãos e girou o torso. A urna egípcia o atingiu na têmpora direita. Ele caiu. Ouvi seu crânio rachar contra o cimento.

O vidro do lampião quebrou e a luz se apagou, deixando apenas o cheiro de querosene.

Durante o que pareceu uma vida, objetos se espatifaram e rolaram pelo chão.

Quando o barulho finalmente cessou, pairou um silêncio assustador.

Escuridão de catacumba.

Silêncio absoluto.

Uma batida de coração. Duas. Três.

Estaria Park inconsciente? Morto? Fingindo-se de morto? Será que eu deveria fugir? Procurar a estaca de barraca?

Ouvi o saco de aniagem farfalhar, o que soou como um trovão em meio ao silêncio.

Prendi a respiração.

Estaria Park liberando o seu presente malicioso?

Um murmúrio, como o arrastar suave de escamas sobre o cimento.

Mais silêncio.

Teria imaginado aquele som?

O arrastar suave começou de novo, parou, recomeçou.

Algo estava se movendo!

E agora?

Então, um chacoalhar aterrorizante, estupefaciente, me fez ficar paralisada.

Cobras!

Imaginei corpos rastejantes enrodilhando-se para o ataque. Línguas inquietas. Olhos brilhantes e sem pálpebras.

Um frio glacial acumulou-se em meu peito e então se espalhou através de meu coração, minha veias, meu estômago, as pontas de meus dedos.

Que tipo de cobras? Mocassins? Cabeças de cobre? Essas cobras têm chocalhos? Cobra d'água? Alguma espécie exótica da América do Sul? Conhecendo a história de Park, estava certa de que as cobras eram venenosas.

Quantas delas estariam agora serpenteando no escuro em minha direção?

Senti-me totalmente só. Totalmente abandonada.

Por favor, por favor! Alguém me ajude!

Mas ninguém me ajudaria. Ninguém sabia onde eu estava. Como pude ter sido tão burra?

Lutando para funcionar, minha mente voou em um milhão de direções diferentes.

Como uma cobra localiza a presa? Visão? Cheiro? Calor? Movimento? Ela atacaria ou tentaria evitar contato?

Devia ficar parada? Correr? Pegar a estaca de barraca?

Mais chacoalhares.

O pânico superou a razão. Olho bom arregalado no escuro, corri para a porta.

Meu pé ficou preso na estante tombada e caí de cabeça em meio à bagunça. Minha mão atingiu carne e ossos e instintivamente moveu-se para a esquerda.

Cabelo. Algo quente e úmido acumulando-se no cimento.

Park!

O chacoalhar aumentou.

Contendo as lágrimas, rolei para a direita e senti um pedaço de madeira.

Levante-se! Tire a cabeça do raio de ação das cobras!

Ao tentar me erguer, percebi luz vindo da janela.

Então senti uma queimação muito forte no tornozelo.

Gritei de dor e terror.

Ao apoiar sobre a mesa, a queimação subiu pela minha perna, minha virilha. O pouco que conseguia ver ficou borrado.

Meus pensamentos flutuaram para um lugar diferente, um tempo diferente. Vi Katy, Harry, Pete, Ryan.

Ouvi pancadas, ruídos ásperos, senti meu corpo ser erguido.

Então mais nada.

CAPÍTULO 36

ISSO FOI UMA SEMANA ANTES DE RYAN e eu arrastarmos nossas cadeiras de praia pelo calçadão de Anne e pousá-las na areia. Eu usava o tão esperado biquíni e elegantes sandálias gladiadoras brancas. Um chapéu de palha de aba larga e óculos escuros estilo Sophia Loren ocultavam o olho roxo e os ferimentos em meu rosto. Uma bengala sustentava o peso de meu pé esquerdo.

Ryan usava bermudas de surfe e protetor solar suficiente para proteger Moby Dick. Em nosso primeiro dia de praia, ele ficou cor-de-rosa, do tom de Pepto-Bismol. No segundo, começou a ficar dourado como uma folha de tabaco.

Enquanto Ryan e eu líamos e conversávamos, Boyd se divertia atacando a arrebentação e caçando gaivotas.

— Hooch gosta muito daqui — disse Ryan.

— O nome dele é Boyd.

— Que pena que Birdie não mudou de ideia.

Na semana anterior, Slidell, Ryan e Woolsey me ajudaram a entender o que tinha acontecido. Ryan e eu oscilávamos entre discutir e evitar falar sobre o que acontecera em Lancaster. Ryan percebia que eu ainda estava sujeita a flashbacks de terror.

As cobras eram cascavéis capturadas nas Smoky Mountains. Park gostava de trabalhar com ingredientes naturais. Graças a Slidell e Rinaldi, fui mordida apenas duas vezes. Graças a Woolsey, cheguei à emergência antes que o veneno se espalhasse.

Embora eu tenha ficado muito mal por 24 horas, melhorei rapidamente depois disso, e as visitas diárias de Ryan aceleraram a minha recuperação. Quatro dias após o conflito no porão da capela funerária, eu estava de volta em casa. Três dias depois, Ryan e eu partimos para Sullivan's Island, Boyd babando no banco de trás.

O céu estava azul. A areia, branca. Faixas rosadas brilhavam ao redor das bordas do meu biquíni. Embora o meu pé e o meu tornozelo esquerdos ainda estivessem inchados e me incomodassem, eu me sentia muito bem.

Minha súbita epifania sobre James Park estava correta. Park e Dorton eram colegas de tráfico desde a época da Guerra do Vietnã. Quando Dorton voltou para os EUA, investiu seus lucros em campos de caça e clubes de strip-tease. Quando Park voltou, entrou para o negócio familiar da funerária. Mamãe e papai Park, ambos nascidos em Seul, tinham uma casa funerária em Augusta, Geórgia. Após alguns anos, com a ajuda de amigos, James comprou uma funerária própria em Lancaster.

Park e Dorton mantiveram contato e Park se inscreveu em um dos campos de caça de Dorton. Tendo se estabelecido no negócio de importação-exportação, Ricky Don comentou quanto dinheiro era possível ganhar com o tráfico de drogas e de vida selvagem, e Park levantou a possibilidade de usarem os mercados asiáticos tanto para as importações quanto para as exportações.

Jason Jack Wyatt fornecia ursos das montanhas. Harvey Pearce caçava no litoral e trazia as partes de ursos para Dorton durante as entregas de droga em Charlotte. Park preparava as vesículas e as vendia na Ásia, frequentemente trocando-as por drogas para suplementar os carregamentos latino-americanos de Ricky Don.

— Protetor solar? — perguntou Ryan balançando o tubo.
— Obrigada.
Ryan aplicou a loção sobre os meus ombros.
— Mais embaixo?
— Por favor.

Suas mãos baixaram à parte inferior de minhas costas.

— Mais embaixo?

— Hum.

As pontas de seus dedos escorregaram por debaixo do elástico de meu biquíni.

— Basta.

— Tem certeza?

— O sol nunca chegou aí embaixo, Ryan.

Quando ele recostou na cadeira, outra pergunta me ocorreu.

— Como você acha que Cobb descobriu o esquema do tráfico de vesículas de ursos?

— Cobb investigava caça predatória de tartarugas no condado de Tyrrell e descobriu sobre os ursos por acaso, enquanto seguia Harvey Pearce.

Fiquei furiosa ao pensar em Harvey Pearce.

— O filho da puta atraía os ursos com Honey Buns, estourava os miolos deles, cortava as patas, extraía as vesículas biliares e jogava fora o resto.

— Talvez o círculo que Pearce frequente no inferno seja cheio de ursos e ele só tenha uma zarabatana para se defender.

Pensei em outra coisa.

— Aquele bilhete na carteira de Brian Aiker me induziu ao erro.

— O bilhete de Cobb para Aiker.

— É. Achei que Cobb queria dizer Colúmbia, Carolina do Sul. Esqueci que Harvey Pearce morava em Colúmbia, Carolina do Norte. — Balancei a cabeça ao lembrar de minha estupidez. — Também achei que Cobb estivesse se referindo a Palmer Cousins como a pessoa que estava envolvida.

— Na verdade, ele queria dizer primos*, referindo-se à Dupla Dinâmica de Sneedville, Tennessee. — Após algum titubear gramático, Ryan e eu decidimos usar o pronome masculino para Charlotte Cobb. — Os primos melungos.

---

* No original "cousins", primos em inglês. (*N. do T.*)

351

Vi um pelicano voar rente à água, recolher as asas e mergulhar contra uma onda. Segundos depois, voltou sem nada no bico.

— Você acha que a ararinha-azul e o ranúnculo amarelo eram apenas mercadorias secundárias de oportunidade? — perguntei.

— Dorton deve ter pedido que J.J. colhesse ranúnculo amarelo. Ele provavelmente planejava convencer os seus clientes de que a substância era efetiva para mascarar drogas em exames de urina.

— E Harvey Pearce provavelmente conseguiu a arara do mesmo modo que obteve o pássaro que Pounder mencionou.

— Provavelmente — concordou Ryan. — Tyree vendia cocaína na rua para Dorton. Tyree, Dorton, Pearce e Park se encontravam periodicamente na fazenda Foote. Pearce deve ter levado a ave para a fazenda em uma dessas ocasiões. Infelizmente para todos, o pássaro não sobreviveu.

— Mas alguém guardou as penas, achando que podiam valer alguns dólares.

Exatamente como Rachel Mendelson tinha sugerido.

— É o meu palpite — disse Ryan.

Boyd viu um menino em uma bicicleta, correu com ele alguns metros, então desviou em direção a um pássaro.

— Tamela não tinha nada a ver com drogas, apenas foi à fazenda com Tyree. — Lembrei-me das irmãs Banks na minha cozinha. — Devia ter visto a cara dela, Ryan. Acredito na história de que o bebê nasceu morto.

— De qualquer modo, não podia ser indiciada. Não havia como provar a causa da morte.

Ficamos pensando naquilo. Até que falei:

— Então Cobb alertou Brian Aiker, e os dois começaram a bisbilhotar. Dorton ou Park descobriram.

— Dorton deve ter dado a ordem mas, de acordo com Tyree, foi Park quem matou Aiker — disse Ryan. — Drogou-o, levou dois carros à rampa de barcos e jogou o carro de Aiker na água. Não me surpreenderia se Tyree tivesse dirigido um desses carros.

— E Tyree matou Cobb.

— De acordo com o acusado, ele não é assassino. Só faz "negócios". Para ganhar a vida. Tudo o que Tyree admite é ter levado a cabeça e as mãos de Cobb até a fazenda Foote em um saco fornecido por Park, que queria tornar o corpo mais difícil de ser identificado.

— Duas balas na cabeça lhe parecem ser estilo de Park? — perguntei.

— Não exatamente — concordou Ryan. — Tyree também alega não saber nada sobre pedaços de urso. Diz que se dedicava inteiramente aos negócios de Jason Jack e Harvey. E que foi obrigado a escavar e remover alguns ursos porque a latrina estava ficando lotada e ele tinha medo que o cheiro pudesse chamar atenção para os restos mortais de Cobb.

— Só que o idiota escavou parte daquilo que estava tentando esconder. — Outra pergunta me passou pela mente. — Park matou Dorton?

— Dificilmente. Ele não tinha motivo para isso e o exame toxicológico mostrou que Dorton estava muito calibrado de cocaína e álcool. Talvez nunca saibamos se a causa da morte foi homicídio ou excesso. Mas sabemos que Park fez uma viagem a Charlotte dois dias depois da prisão de Sonny Pounder.

Mais ou menos ao mesmo tempo em que eu estava analisando os ossos do bebê de Tamela.

— Por quê? — perguntei.

— Isso não está claro. Mas Slidell descobriu que Park usou o cartão de crédito em um posto de gasolina na Woodlawn com a I-77.

— Acha que Park e Dorton estavam planejando eliminar Pounder caso ele falasse?

— Não me surpreenderia. O que está claro é que Park matou Murray Snow. Woolsey descobriu uma lata de Ma Huang no porão da capela.

— Estou confiante de que você vai me dizer o que é isso.

— Ma Huang é uma erva venenosa asiática, conhecida nas ruas como "ecstasy vegetal".

— Deixe-me adivinhar. Ma Huang contém efedrina.

— Você ganhou o primeiro lugar da turma.

— Park sabia que Snow tinha coração fraco.

— Deve ter lhe dado chá misturado com Ma Huang. Geralmente é administrado desse modo. Bum! Parada cardíaca.

— Por quê? — perguntei.

— Mesmo motivo que o levou a envenenar Cagle. Ele estava ficando nervoso com todo aquele interesse no esqueleto sem cabeça.

— *Como* ele envenenou Cagle?

— Sem conhecer as suscetibilidades médicas de Cagle, nosso herói teve que apelar para algo mais poderoso. Algo que matasse até mesmo um homem saudável. Já ouviu falar em tetrodotoxina?

— É uma neurotoxina, abreviada para TTX, encontrada no fugu.

Ryan olhou para mim como se eu tivesse falado em romeno.

— Fugu é um baiacu japonês — expliquei. — O TTX é cerca de 10 mil vezes mais letal que o cianeto. Várias pessoas morrem por causa dessa substância todo ano na Ásia. O que é aterrorizante em relação ao TTX é que a droga paralisa o corpo mas deixa a mente plenamente consciente do que está acontecendo em volta.

— Mas Cagle sobreviveu.

— Já está falando?

— Não.

— Então não sabemos como Park administrou a droga.

Ryan balançou a cabeça.

— Como sabe que Park usou TTX? — perguntei.

— A tetrodotoxina se parece com heroína. Além de Ma Huang, a caixa de remédios de Park incluía também um pacote de pó branco cristalino. Woolsey mandou testar.

Uma gaivota circulou, aterrissou e balançou a cabeça como um brinquedo.

— Por que cobras? — perguntei.

— Sua morte tinha que parecer acidental. — Ryan imitou um repórter de TV. — "Enquanto explorava uma densa floresta no condado de Lancaster, uma antropóloga foi tragicamente morta por uma cascavel." — A voz de Ryan voltou ao normal. — Só que foi Park quem morreu.

Estremeci ao me lembrar do som da cabeça de Park se partindo contra o cimento. De acordo com o relatório da polícia, Park sofreu fraturas cranianas fatais provocadas tanto pelos objetos que caíram em cima dele quanto por ter batido a cabeça no chão de concreto.

Ao ver uma gaivota flutuando em direção à praia, Boyd correu pela areia. O pássaro se foi. Boyd seguiu-lhe o voo, então voltou e se chacoalhou, bombardeando-nos com areia e água salgada.

— Heineken? — perguntei, cobrindo o rosto com o braço.

— *S'il vous plaît.*

Abri o isopor e tirei uma cerveja para Ryan, água mineral para Boyd e uma Coca Diet para mim.

— Por que você acha que Park me mandou os e-mails do Anjo da Morte? — perguntei para Ryan, entregando-lhe a cerveja. Boyd ergueu o focinho e derramei água em sua boca.

— Queria que você se afastasse do crânio da latrina.

— Pense, Ryan. Os e-mails começaram na quarta-feira. Como Park poderia saber quem eu era ou o que havíamos encontrado àquela altura?

— Rinaldi enviou as suas indagações sobre o esqueleto sem cabeça na terça-feira. Elas provavelmente chegaram até Lancaster e aos ouvidos do legista. Acabaremos descobrindo. Slidell está convencido de que Tyree vai acabar falando.

— Slidell — debochei.

— Skinny não é tão mal — disse Ryan.

Não retruquei.

— Ele salvou a sua vida.

— Sim — concordei.

Boyd deitou-se de lado à sombra de minha cadeira de praia. Ryan voltou ao seu Terry Pratchett. Eu voltei à minha revista *E*.

Não conseguia me concentrar. Meus pensamentos voltavam a Skinny Slidell. Finalmente, desisti.

— Como Slidell descobriu onde eu estava?

Ryan deixou um dedo no livro para marcar a página.

— A verificação de antecedentes de Dorton feita por Rinaldi revelou o fato de que o colega fuzileiro contrabandista de Ricky Don não era outra pessoa senão o atual legista do condado de Lancaster. Slidell tentou adverti-la sobre Park quando ligou para o seu celular com notícias sobre o bilhete de Aiker.

— Eu desliguei na cara dele.

— De acordo com Rinaldi, Slidell ficou furioso durante algum tempo, então concordou em passar no anexo. Você não estava em casa, mas Geneva mostrou-lhes o seu bilhete.

— No qual eu dizia que ia para a Carolina do Sul.

— Slidell juntou isso com o seu comentário irônico sobre estar em um funeral, e ele e Rinaldi foram correndo para Lancaster. Chegaram lá mais ou menos ao mesmo tempo em que a cascavel estava se apresentando a você. Woolsey estava com eles e a levou para o hospital. Ela praticamente entrou com o carro através das portas da emergência, segundo Skinny.

— Hum.

— Ele também me telefonou do hospital para dar notícias.

— Hum.

— E admitiu estar errado quanto a Tamela.

— Foi mesmo?

— Levou um crisântemo para a família.

— Skinny fez isso?

— Amarelo. Foi ao Wal-Mart especialmente para isso.

Skinny levou uma planta para Gideon Banks.

Hum.

— Acho que peguei muito pesado com Skinny. Detesto admitir, mas o cara realmente é um bom policial.

Um sorriso surgiu na boca de Ryan.

— E quanto ao agente Cousins?

— Tudo bem. Talvez eu tenha me enganado com Cousins. De qualquer modo, Katy não foi a Myrtle Beach com ele.

— Onde ela estava?

— Passando alguns dias em Asheville, com Pete. Ela não me disse nada porque estava aborrecida com minha pressão por causa dos e-mails do Anjo da Morte. Mas não importa. Katy ligou de Charlottesville essa manhã toda animada por causa de um estudante de medicina chamado Sheldon Seabourne.

— Ah, juventude volúvel.

Ryan e eu voltamos à leitura. A cada página eu me dava conta de quão ingênua tinha sido a minha fé no Movimento Verde. Havia momentos em que meu dissabor vinha à tona. Um desses momentos chegou logo.

— Você sabia que mais de 9 milhões de tartarugas e cobras foram exportadas dos EUA em 1996?

Ryan abaixou o livro sobre o peito.

— Aposto que você conhece algumas cobras que gostaria que estivessem nesse bolo.

— Já ouviu falar na Captive Bred Wildlife Foundation, no Arizona?

— Não.

— O slogan deles é: "Enquanto as tartarugas forem consideradas ilegais, apenas os criminosos terão tartarugas".

— Isso é muita cretinice.

— Esses gentis cidadãos adorariam lhe vender um casal de tartarugas das Galápagos por 8 ou 10 mil dólares. Você pega um pardal, inclui o animal na lista de espécies ameaçadas e logo algum babaca lhe pagará 2 mil dólares por um exemplar.

— Há o CITES — disse Ryan. — E o Ato das Espécies Ameaçadas.

— Proteção de papel — falei com desdém. — Muitas ambiguidades, pouco controle. Lembra-se da história de Rachel Mendelson sobre a ararinha-azul?

Ryan assentiu.

— Ouça isso. — Li em voz alta um trecho da matéria que estava lendo. — "Em 1996, Hector Ugalde declarou-se culpado de crime federal no Brasil por contrabandear araras azuis." — Ergui a cabeça. — Ugalde pegou três anos de condicional e uma multa de 10 mil dólares. Isso certamente o deterá — ironizei.

Boyd aproximou-se e pousou o focinho no meu joelho. Acariciei a cabeça dele.

— Todo mundo sabe sobre baleias, pandas, tigres e rinocerontes. Tais animais são atraentes. Têm fundações, camisetas e cartazes.

Boyd seguiu um pássaro com os olhos, avaliando.

— Cinquenta mil plantas e animais são extintos todo ano, Ryan. Em 50 anos, um quarto das espécies mundiais pode ter desaparecido. — Apontei para o mar. — E não apenas ali. Um terço de todas as plantas e animais dos EUA estão em risco de extinção.

— Respire.

Respirei.

— Ouça isso. — Voltei a ler, selecionando trechos. — "Ao menos 430 remédios contendo ingredientes retirados de 80 espécies ameaçadas foram documentados nos EUA. Ao menos um terço de todos os remédios orientais patenteados disponíveis nos EUA contém espécies protegidas."

Ergui a cabeça.

— O mercado ilegal de vesículas de ursos negros na Califórnia é avaliado em 100 milhões de dólares por ano. Pense nisso, Ryan. Grama por grama, as vesículas de urso valem mais que cocaína. E cretinos como Dorton e Park sabem disso. Também sabem que nada vai acontecer se forem pegos.

Balancei a cabeça com desgosto.

— Veados são mortos pelo veludo de seus chifres. Tigres siberianos são caçados por seus ossos e pênis. Cavalos marinhos são mortos para tratamento de calvície masculina.

— Cavalos marinhos?

— Rinocerontes são baleados, eletrocutados e empurrados com bambus por valas para que homens do Iêmen possam fazer cabos de adagas. Há apenas alguns poucos rinocerontes no mundo, Ryan. Meu Deus, você pode comprar patas de ursos defumadas pela internet!

Ryan levantou-se e agachou-se junto à minha cadeira.

— Você parece muito abalada com isso.

— Isso me revolta. — Olhei para Ryan. — Um carregamento de 6 toneladas métricas de marfim de elefantes foi apreendido em Cingapura em junho passado. Agora, um grupo de países sul-africanos está falando em acabar com a proibição do comércio de marfim. Para quê? Para que as pessoas possam fazer enfeites com presas de elefantes. Todo ano, os japoneses matam centenas de baleias para pesquisa. Sei. Está bem. Pesquisas que acabam no mercado de frutos do mar. Você faz alguma ideia da duração do processo evolucionário que resultou nos animais que temos hoje e a rapidez necessária para acabar com todos eles?

Ryan segurou o meu rosto com ambas as mãos.

— Nós ajudamos a fazer algo a esse respeito, Tempe. Park e Tyree já eram. Nenhum urso ou pássaro voltará a morrer por causa deles. Não é muito, mas já é um começo.

— É um começo — concordei.

— Vamos levar isso adiante. — Os olhos de Ryan eram azuis como o Atlântico e me olhavam fixamente. — Você e eu.

— Está falando sério, Ryan?

— Estou.

Eu o beijei, abracei-lhe o pescoço e apertei meu rosto contra o dele.

Afastando-me, tirei um pouco de areia da testa de Ryan e voltei à minha leitura, ansiosa para encontrar um lugar onde começar.

Ryan levou Boyd para dar uma corrida na praia.

Naquela noite, comemos camarões e caranguejos no cais de Shem Creek. Caminhamos até a arrebentação, fizemos amor, então adormecemos ouvindo o oceano eterno de Ryan.

DOS ARQUIVOS FORENSES
DA DRA. KATHY REICHS

POR RAZÕES LEGAIS E ÉTICAS, não posso discutir nenhum caso real que possa ter inspirado *Ossos*, mas posso compartilhar com vocês algumas experiências que contribuíram para a trama.

Monsieur Orignal

Shakespeare falou em "assassino torpe" (*Hamlet*, 1,5), mas nem todos os casos de antropologia forense são resultados de violência.

Muitos achados de ossos acabam em meu laboratório: crâniostroféus contrabandeados de terras estrangeiras; esqueletos didáticos roubados das salas de aula; soldados confederados enterrados em covas sem identificação; animais de estimação enterrados em quintais nos vãos embaixo das casas.

Acontece a toda hora. Ossos e outras partes de corpos humanos são descobertos. As autoridades locais, não familiarizadas com a anatomia, mandam-nas para o legista ou para o patologista. Ocasionalmente, a "vítima" acaba se revelando um réptil ou um pássaro, mas na maioria são membros da classe Mammalia. Já examinei costeletas de churrasco, metapódios de veados, ossos de pernil de porco e chifres de alces. Recebi gatinhos em sacos de aniagem e ratos silvestres misturados com vítimas de homicídio. Às vezes, patas de ursos, que lembram particularmente mãos e pés humanos, também aparecem em meu laboratório.

Os restos de esqueleto citados em *Ossos* entraram em minha vida durante uma nevasca em Montreal em uma quinta-feira de novembro de 1997. Dirigindo como uma sulista que tem horror à neve, só aumentando a velocidade para 50 quilômetros por hora dentro do túnel, cheguei tarde ao laboratório e perdi a reunião matinal na qual os casos do dia foram discutidos e distribuídos. Havia um documento em minha escrivaninha, uma *Demande d'Expertise en Anthropologie*.

Sem perder tempo, procurei as informações mais importantes: número do caso, número no necrotério, legista, patologista. Pediam que eu examinasse marcas de corte em um fêmur e em um osso pélvico para determinar o tipo de serra usada para o esquartejamento. O sumário de fatos conhecidos incluía uma palavra francesa que eu não conhecia: *orignal*. Sentindo-me culpada pelo atraso, fui direto aos ossos, optando por fazer a verificação de vocabulário mais tarde.

Vestindo um jaleco de laboratório, fui até a bancada reservada a novos casos. Quando abri o saco, meu queixo caiu. Ou aquela vítima tinha uma desordem pituitária colossal ou eu estava olhando para o próprio Golias.

Mudança de planos. Dicionário.

Orignal: élan, n. m. Au Canada on l'appelle orignal.

Minha vítima de esquartejamento era um alce.

Lendo com mais cuidado o formulário, descobri que o parecer fora requisitado pela Société de la Faune et des Parcs, o equivalente em Quebec ao U.S. Fish and Wildlife Service. Um caçador andava matando alces há anos, com total desrespeito à quota anual. Os agentes ambientalistas decidiram processá-lo e queriam uma opinião. Poderia eu associar as marcas de corte nos ossos de alce com uma serra encontrada na garagem do suspeito?

Eu podia.

Ossos grandes. Animais grandes. Grandes ensinamentos sobre como agir rapidamente sem total conhecimento de sua missão.

Não precisamos de Shakespeare aqui.

Thoreau disse-o bem: "Provas circunstanciais são às vezes muito convincentes, como quando você encontra uma truta no leite." (Walden).

Ou Bullwinkle* em um saco de cadáver.

---

* Personagem de desenho animado nos EUA que é um alce. (*N. do T.*)

Este livro foi composto na tipologia Berling, em
corpo 11/15,2, e impresso em papel off-white 80g/m²
no Sistema Cameron da Divisão Gráfica da Distribuidora Record.